·青少版经典名著书库·

列那狐的故事

[法]吉罗夫人 著　爱德少儿编委会 编译

爱德少儿编委会

主　编：童　丹
副主编：陈慧颖
编　委：安　心　代成妙　杜佳晨　高敬华
　　　　姜　月　刘国华　路　远　谭蓉平
　　　　唐　倩　田海燕　任仕之　余小溪
　　　　余信鹏　张重庆　张凤娟　张　云
　　　　张运旭　钟孟捷　朱梦雨

浙江人民美术出版社

图书在版编目（CIP）数据

列那狐的故事 /（法）吉罗夫人著；爱德少儿编委会编译. — 杭州：浙江人民美术出版社，2021.6
（青少版经典名著书库）
ISBN 978-7-5340-8744-8

Ⅰ. ①列… Ⅱ. ①吉… ②爱… Ⅲ. ①童话－法国－近代 Ⅳ. ①I565.88

中国版本图书馆 CIP 数据核字（2021）第 061492 号

责任编辑：程　璐
责任校对：雷　芳
装帧设计：爱德少儿
责任印制：陈柏荣

青少版经典名著书库
列那狐的故事　　［法］吉罗夫人　著　　爱德少儿编委会　编译

出版发行：	浙江人民美术出版社
地　　址：	杭州市体育场路 347 号
经　　销：	全国各地新华书店
制　　版：	湖北省爱德森森文化传播有限公司
印　　刷：	湖北鄂南新华印刷包装股份有限公司
版　　次：	2021 年 6 月第 1 版
印　　次：	2021 年 6 月第 1 次印刷
开　　本：	710mm×990mm　1/16
印　　张：	16.5
字　　数：	230 千字
书　　号：	ISBN 978-7-5340-8744-8
定　　价：	26.00 元

如发现印装质量问题，影响阅读，请与承印厂联系调换。

前言

《列那狐的故事》是法国一部以狐狸为主角的长篇动物故事书,是中世纪市民文学中最重要、最具代表性的作品,也是法国同类故事书中成就最高、影响最大的作品。

这部动物传奇由一系列独立成篇又前后呼应的故事组成,描绘了一个驳杂而又新奇的动物王国,叙述了形形色色的动物之争,展示了中世纪各种社会力量错综复杂的局面。围绕列那展开的每个小故事都引人入胜,充满神奇色彩,而且具有深刻的讽刺意味。

故事主要描写动物的生活,以狐狸列那和代表贵族的叶森格仑狼的斗争为线索,揭露了重重的社会矛盾,辛辣地嘲讽了专制的国王、贪婪的贵族、愚蠢的教士等等。作者把中世纪封建社会描绘成一个野兽的世界和吸血强盗的王国。书中所写,飞禽走兽皆有人情,狐狼兔羊亦通世故。这里也有贪财徇私的国王,片言折狱的廷审,远行请罪的朝圣……故事虽然出于动物圈,但情形不异于人世间。

列那狐的形象是复杂的。尽管故事里说他是贵族男爵,但他在与狼、熊、狮子和神父等的斗争中是一个反封建的人物。他捉弄国王,杀害大臣,嘲笑教会,几乎无法无天。他的胜利标志着市民智慧战胜了封建暴力。另一方面,列那狐又肆意欺凌和虐杀代表下层劳动人民的很多没有防卫能力的弱小动物,许多鸡、兔、鸟类几乎成了他的腹中之物。从这方面看,他又是城市上层分子的形象。故事通过列那狐的经历,形象地反映出欧洲中世纪封建社会这个黑暗、充满欺诈、掠夺和弱肉强食的野蛮世界，作者为中世纪法国惨受剥削和压迫的广大劳动人民发出愤怒的抗议。

《列那狐的故事》在中世纪法国家喻户晓，"列那"这一专有名词成了"狐狸"的代称。这部作品问世后，法国有好几个诗人为它写作续篇，德国、英国、意大利等国都有译本或模仿作品。一七九四年，德国诗人歌德根据这个故事写成叙事诗《列那狐》。近代很多法国和欧美作家把《狐狸列那的故事》改写成散文，成了一部生动优美的童话，流行于全世界。总之，其作者有很多人，但绝大多数难于考证，今天流传最广的版本就是法国女作家吉罗夫人改写的散文体故事。

《列那狐的故事》对法国和欧洲文学都产生过影响。法国著名诗人拉封丹的许多作品就是在它的直接或间接启发下产生的。

目 录
CONTENTS

引　子	……………………………………………	1
一　列那夜间偷走腌猪肉	………………………………	6
二　农庄抓鸡	………………………………………	10
三　村长贝尔东上当	……………………………………	17
四　列那夺走铁斯兰的奶酪	……………………………	25
五　渴望和平之吻	………………………………………	29
六　列那逃过猎狗	………………………………………	32
七　列那偷鱼	……………………………………………	34
八　叶森格仑剃发受戒	…………………………………	37
九　列那和朋友钓鳗鱼	…………………………………	42
十　普利莫打钟	…………………………………………	46
十 一　集市做买卖	……………………………………	54
十 二　普利莫丢鹅	……………………………………	58
十 三　普利莫挨揍	……………………………………	60

十　四	肉库遇险	66
十　五	普利莫上了大当	70
十　六	列那招惹花猫	75
十　七	列那与蒂贝尔争香肠	80
十　八	蒂贝尔闯进神父的家	86
十　九	在田野上玩游戏	89
二　十	蒂贝尔的尾巴被截	93
二十一	有心无力的骑士	97
二十二	骑士狩猎	102
二十三	第十张狐皮	106
二十四	列那吞食白鹭品萨尔	110
二十五	想捉列那的农夫	113
二十六	悲惨的德鲁依诺	116
二十七	猎狗莫胡	121
二十八	麻雀德鲁依诺的诡计	124
二十九	德鲁依诺拜访列那	127
三　十	列那去了艾尔桑家	130
三十一	艾莫莉娜释梦	134
三十二	叶森格仑复仇	137
三十三	叶森格仑独吞熏肉	140

三十四	朝圣路上	143
三十五	两位冤家的和平之吻	146
三十六	列那淹死农夫	149
三十七	列那分配食物	153
三十八	水井中的不同遭遇	157
三十九	不幸降临艾尔桑身上	166
四 十	叶森格仑夫妇上诉	170
四十一	秘密召开贵族会议	174
四十二	列那被传唤	181
四十三	叶森格仑拜访罗尼奥斯	183
四十四	叶森格仑邀请盟友	185
四十五	列那的怀疑	187
四十六	追赶狐狸列那	189
四十七	叶森格仑再次控告列那	192
四十八	来自鸡族的申诉	198
四十九	科佩特夫人的葬礼	201
五 十	狗熊布朗品尝蜂蜜	204
五十一	第二次传唤列那	209
五十二	第三次传唤列那	213
五十三	列那来到朝廷	217

五十四	宣读指控列那的诉状	220
五十五	列那刑场逃脱	224
五十六	列那与叶森格仑辩论	230
五十七	决斗前准备	234
五十八	列那与叶森格仑宣誓	237
五十九	正式决斗	241
六 十	神父改造列那	245

《列那狐的故事》读后感 …………………………… 249

参考答案 …………………………………………… 251

引　子

M 名师导读

亚当和夏娃幸福地生活在伊甸园里。一天，夏娃受到蛇的诱惑偷吃了禁果，于是上帝将亚当和夏娃赶出了伊甸园。仁慈的上帝给了亚当一根神棒，让他一人使用，然而不听劝告的亚当却把神棒给了夏娃使用。夏娃使用后发生了什么事情呢？狐狸列那又是怎么出现的呢？

很久很久以前，人类还没有在世界上诞生，上帝很孤单，于是用泥土捏了两个泥人，男人取名叫亚当，女人取名叫夏娃。上帝把他们俩安排在美丽的伊甸园[《圣经》中是乐园的意思]里幸福快乐的生活。伊甸园里长着一棵可以辨别善良与罪恶的果树，树上结满了鲜香的果实，特别诱人！但是，上帝却提醒亚当和夏娃千万不要去摘来吃，不然就会丢了性命。有一天，夏娃经不住蛇的怂恿，偷摘了禁果[禁果是《圣经》中伊甸园"知善恶树"上结的果实。《旧约·创世纪》记载，神对亚当及夏娃说园中树上的果子都可以吃，唯"知善恶树"上的果实"不可吃"，否则他们便会死。最后夏娃受魔鬼引诱，不顾上帝的吩咐进食了禁果，又把果子给了亚当，他也吃了。上帝便把他们赶出了伊甸园]，并分给亚当吃了。这似乎是一个好妻子应有的做法，显然，贪嘴的亚当也并没有反对夏娃这样做。

上帝看到他俩违反禁令，恼怒异常，于是把亚当和夏娃赶出了伊甸园。起初亚当和夏娃完全按照自己的意愿生活着。他们十分满意这样的生活，然而好景不长，原来从上帝那里得到的一切好处，现在都得不到了，他们又缺乏谋生的本领，于是生活渐渐变得艰难起来。

▶ 列那狐的故事

有一天,因为只抓到了几只蚌来吃,亚当和夏娃饿着肚子,愁眉苦脸地坐在海边。此时,慈悲的上帝有点可怜他们,想来帮助他们改变处境。

上帝走到他俩面前,对着他认为罪恶较轻的亚当说:"亚当,独立生活需要很多的勇气和智慧,我担心你的智慧还不足以应付这世上的种种事情。这里有一根神棒,只要你用它来敲击水面,就能得到有用的动物。但有一条你要牢记,一定不能让夏娃拿着神棒去敲击水面,不然,跳出来的动物对你们一点好处都没有。"【名师点睛:为下文夏娃造出凶恶的动物埋下伏笔。】说完,上帝就不见了,亚当手里多了一根精致的榛树棒。

夏娃的好奇心很重,她暂时顾不上对上帝的警告表示不满,迫不及待地催促亚当:"亚当,快点!快点敲击水面啊!"亚当也想试试这根神棒的威力,他举起神棒用力向水面击去。立刻,一只母绵羊和一只小绵羊跳了出来,来到了亚当的身边。

亚当和夏娃高兴极了,他们忙活着把羊毛做成了衣服,把羊奶做成了干酪和奶油,还吃到了美味的小羊腿。就这样,在神棒的帮助下,亚当和夏娃又过上了伊甸园里那种衣食无忧的生活。

可是,唉,夏娃总是不安分,她不顾上帝的警告,非要自己来用神棍敲击水面不可,因为她相信自己比亚当打得好。亚当虽然反对夏娃的这种想法,但他向来对妻子是言听计从。

事实证明夏娃拿到神棒一定会做出对两人不利的事情来。果然,夏娃刚一敲击水面,就从水里跳出一条狼来,它恶狠狠地扑倒母绵羊,叼起就跑,飞快地消失在了树林深处。

亚当气急败坏地对妻子说:"你看,都是因为你不听上帝的警告,现在我们怎么办呢?"【名师点睛:亚当一味地认为是夏娃打水造成的不利局面,而没有看到自己违背了上帝的旨意。】他夺回神棒,懊恼地敲击地面。意外的是,由于亚当是靠近海边站着的,神棒的一端碰到了水,

2

又一只动物从水里跳了出来，跟狼非常像。

夏娃看到了，哈哈大笑，走到亚当跟前说："看来你用神棒击水的结果，也不比我好嘛！"可是，夏娃没想到，这只动物是一条狗，它跑到亚当身边，摇头摆尾，做出各种温顺的样子。随后，它奔向树林深处，找到了抢走母绵羊的狼，跟狼一番搏斗后，夺回了母绵羊，带回给主人。

亚当不希望重蹈覆辙(zhé)[重新走上翻过车的老路。比喻不吸取教训，再走失败的老路]，他把神棒小心地藏了起来。后来，亚当又用神棒把马、牛、鸡和其他各种有用的动物，都变了出来。

然而夏娃好奇又固执，甚至还有点狡猾，亚当每次用完神棒后，她都仔细观察，想方设法找到亚当藏神棒的地方。趁着亚当不注意，夏娃偷偷拿着神棒去敲击水面，于是，那些猛禽啊凶兽啊都跑出来了。这些动物后来给人类带来了很多麻烦。

看到这一切，亚当恼羞成怒。有一次夏娃又想拿神棒击水时，碰巧被亚当看到了，他赶紧冲过去抢夏娃手里的神棒，夏娃死死抓住，两人都不肯放手。正在拉扯之间，神棒敲在了水面上，由于两个人一起握着神棒击水，因此跳出来的是一只猫。它生得可爱，却又十分可恶。

忍无可忍的亚当警告夏娃再也不能接触神棒。这下可激怒了夏娃，她突然把神棒折成两段，远远地抛到了海里。【名师点睛：狐狸列那产生的原因。】马上，波涛汹涌，海面上出现了一只怪兽，它的皮毛光滑而漂亮，夏娃立刻想到可以用它来做一条暖和的围巾。当她高兴地走过去时，怪兽冷笑一声，逃走了。这只怪兽就是狐狸列那，他生性狡猾，诡计多端，到处都流传着他做过的坏事，说也说不完。然而，对于他的家人，他却是一个慈祥又有爱心的父亲，一个体贴又有责任心的丈夫。我们这本《列那狐的故事》，讲的就是狐狸列那传奇的一生。

大灰狼叶森格仑被列那称作叔叔，但其实他们并不是亲戚，不过

3

列那狐的故事

是非常要好的朋友，可以说是知己知彼、心意相通，他们熟悉对方就像熟悉自己的牙齿和爪子一样，这种友谊他们维持了很久。【名师点睛：交代大灰狼叶森格仑与狐狸列那的关系，为后文情节的发展奠定基础。】

叶森格仑侯爵出生于一个世袭贵族，自有一种与生俱来的威严，这种威严在他打猎的时候常会恰如其分地表现出来。不过，叶森格仑虽然勇敢大胆，却不及列那狡猾，因此常被列那用各种阴险的圈套来捉弄，吃了不少苦头。每当叶森格仑遇到倒霉的事情时，他总认为是自己的运气差，丝毫没觉察到都是列那在捉弄他，仍然和列那十分要好。【名师点睛：这段用叶森格仑的老实忠厚与列那的狡猾对比，更加鲜明地突出了列那狡诈阴险的性格。】

至于叶森格仑的妻子——母狼艾尔桑太太，不可否认，她对列那有些偏爱。我们常常可以在正直善良的人身上看到这种情形，他们认为对那些"可怜"的有罪的人，还是应该抱以宽容的态度。

猪獾葛令拜是列那真正的表兄，他友爱热情，处处照顾着列那，他的所作所为，可以说是全世界所有表兄的榜样。

列那还有一些朋友，他们是叶森格仑的弟弟普利莫、狗熊布朗、猴子关德罗（在狡猾这一"美德"上，他可以跟列那相媲美）、松鼠鲁塞尔、野猪泊桑，他们都是狮王诺布尔和狮后菲耶尔手下的大臣。还有雄猫蒂贝尔，他天生充满着和列那一样的智慧，在耍弄阴谋诡计方面，他们俩完全不相上下。当然，猫和狐狸的友谊并不总是那么真诚。公鸡尚特克莱尔，很快就看出了列那的虚伪，于是就和他疏远了。

其他的朋友，像大黄狗柯尔特、山雀梅桑热、兔子库阿尔姆、麻雀德鲁安，也都是如此。乌鸦铁斯兰在空中，常听到列那的花言巧语，也知道怎样来对付他。

列那与他的妻子和孩子一起住在马贝渡城堡里。他的妻子艾莫莉娜太太，是一个贤惠的女人，她所做的一切，都是为了把孩子们拉扯大，尽管有时候手段不那么光彩。

每天，列那从马贝渡出发，不管辛不辛苦，也不管路途是否遥远，到处去寻找食物，来养活全家。我们可以看到他全部智慧和勇气运用到了极致，不仅伤害亲朋好友，甚至连不可一世的万兽之王——狮王诺布尔也被列那伤害了。【名师点睛：列那为了一己之利，不惜损害其他人的利益，最终导致自己被孤立，形单影只。】

Z 知识考点

1.亚当和_____利用上帝给的_____造出了各种各样的动物，其中就有我们的主人公_____。大灰狼_____被列那称作_____，但其实他们并不是_____。列那真正的表兄是猪獾_____。表兄对列那_____。列那和他贤惠的妻子——_____以及孩子一起住在_____城堡里。

2.亚当和夏娃同时握着棒子打水面的时候出来的是哪个动物？（　　）

　　A.狼　　　　　　B.狐狸　　　　　　C.猫

3.列那是怎样出世的？

_____

_____

Y 阅读与思考

1.亚当和夏娃各具有怎样的性格？

2.请分析亚当应该怎样做才能解决和平打水问题，而不是造成不利的局面？

3.为什么夏娃明知道她打水会给他们的生活带来祸端，还要继续打水呢？

列那狐的故事

一

列那夜间偷走腌猪肉

名师导读

  列那的第一个故事便是施计偷走他叔叔叶森格仑的腌猪肉,那列那是如何偷走腌猪肉的呢?叶森格仑在他的腌猪肉被偷后,又是什么反应呢?

  一天清晨,列那双眼迷离、毛发凌乱地走进叶森格仑的家。"我的侄子?你气色不太好,"叶森格仑说,"是不是病了?"

  "是呀,我有点不太舒服。"

  "你应该还没吃饭吧?"

  "没有,我一点都不想吃。"

  "行了!好吧,艾尔桑大婶,快点起床,给你亲爱的侄子做一串猪腰吃,他一定会喜欢的。"

  艾尔桑从床上起来,准备给列那做吃的。可是,列那想从他叔叔那里得到的岂止是一串猪腰。他看见屋脊上挂着三块肥美的腌猪肉,其实他就是被这肉香吸引来的。"啊呀,"他说,"腌猪肉这样挂着太危险了!您知道吗,叔叔,假若您的邻居(不管是哪一个,他们都是一丘之貉[貉,一种形似狐狸的野兽。一个土山里的貉。比喻彼此同是坏人,没有什么差别])看见,一定会找您索要的。我要是您,就会马上把它们取下来,然后大张旗鼓地告诉别人,肉被偷走了。"

  "啊!"叶森格仑说,"我可不担心这些腌肉,就算那些家伙看到了，也永远别想尝到这腌猪肉的味道。"

"不会吧？他们如果问您要呢？"

"要也没用。这肉我不会给世界上的任何人，包括我的侄子、我的兄弟。"

列那也不多说，吃完猪腰串便离开了。可是，第二天凌晨，他趁着夜色，回到了叶森格仑的屋前。屋里的人都在熟睡。他爬上屋顶，在上面挖出一个小洞，钻了进去，拿到了腌肉，把它们带回了家。然后，他把腌肉切成小块，藏在床褥(rù)[睡觉时垫在身体下的东西，用棉絮、兽皮或电热材料等制成]的草垫里。

天亮了。叶森格仑睁开睡眼，大惊失色，屋顶上有个洞，腌肉——他心爱的腌肉——被偷走了！"来人哪！抓贼呀！艾尔桑！艾尔桑！我们完了！"

艾尔桑从梦中惊醒，披头散发地直起身子：

"出什么事了？啊！腌猪肉被盗了！该向谁去报案呢？"夫妻俩争先恐后地大喊大叫，始终猜不到窃贼是谁。

这时，列那来了：他酒足饭饱，神采奕奕。【写作借鉴：与列那前面"双眼迷离，毛发凌乱"的样子对比强烈，形象地写出了列那偷走腌猪肉后饱食一顿的样子。】"嗨！叔叔，您气色不太好，是不是病了？"

"不病才怪呢！还记得我那三块肥美的腌猪肉吗？它们被偷了！"

"哈！"列那笑着回答，"就是呀！您就应该这样说：它们被偷了。好，很好！可是，叔叔，这还不够，您应该到街上去大叫一番，让邻居们都深信不疑。"

"哎呀！我对你说的可是真话，我的腌猪肉被偷了，那肥美的腌猪肉！"

"得了！"列那回答，"在我面前您就不用说这种话了，我知道，越是叫苦的人，越是没有苦。那些腌肉早就被您藏到了隐蔽的地方。我非常支持您的做法。"【名师点睛：列那故意这样说，让叶森格仑叔叔

7

▶ 列那狐的故事

有苦说不出，表现他狡诈的性格特点。】

"怎么！你这个幸灾乐祸的家伙，你难道还是觉得我说的是假话吗？我告诉你，我的腌猪肉是真的被偷了！"

"好吧，继续说下去。"

"你不相信我们，这样可不好，"这时艾尔桑大妈说话了，"你知道，如果腌猪肉没有失窃的话，我们会很乐意和大家一起分享的。"

"我知道您肯定使了很多花招，不过这些花招也有不划算的哦。您瞧，您的房顶上有一个洞，您非得这样做，这一点我理解，但要修补它可是一项大工程。窃贼就是从这个洞口进来的，对吗？也是从那里逃走的？"

"是的，的确如此。"

"您也只能这么说。"

"不管怎样，"叶森格仑一边转动着眼珠，一边说，"要是我抓到那个盗贼，绝饶不了他！"

列那不再吱声，他优雅地噘了噘嘴，暗笑着走开了。狐狸列那的第一个故事就把他的阴谋诡计用在了他叔叔叶森格仑身上。不过，好戏还在后面，被他欺骗的人不计其数，特别是他的叔叔叶森格仑，将被列那耍得团团转。

Z 知识考点

1.列那在叶森格仑家吃完猪肉的第＿＿＿天凌晨,他趁着＿＿＿＿＿＿，回到了叶森格仑的屋前。屋里的人都在＿＿＿＿。他爬上＿＿＿＿，在上面挖出一个小洞，钻进去，拿到了＿＿＿＿，把它们带回了＿＿＿。

2.解释"幸灾乐祸"的意思。

_____

_____

_____

3.列那是怎么样把腌猪肉藏起来的？

阅读与思考

1.列那是如何偷走叔叔的腌猪肉的？

2.列那用的是什么计策让叔叔丢了腌猪肉又有口难言的？

列那狐的故事

二

农庄抓鸡

M 名师导读

列那又打起了农夫院子里家禽的主意,他在翻进院子后发生了一系列事情。列那与公鸡在院子里斗智斗勇时遇到了什么?列那能否成功偷走家禽呢?

过了几天,列那家中的食物全部吃完了,他必须外出觅食了。列那来到树林中的一个村庄,那里住着许多公鸡、母鸡、公鹅、母鹅,还有鸭子。树林里还住着一个富裕的农夫,名叫康斯坦·戴诺瓦,他家里藏满了好吃的食物,包括鲜肉和腌肉。屋子的一边种着苹果和梨子,另一边则是放养家禽的院子,院子周围围绕着用橡树桩搭起的树篱,上面覆盖着茂密的山楂叶。【写作借鉴:运用环境描写,突出农夫家的富裕和对院子的防护森严。】

康斯坦·戴诺瓦在树林里安心地放养着他的家禽。列那走进树林后,悄悄地朝树篱靠近。但是,树篱上纵横交错的荆(jīng)棘(jí)[泛指山野丛生多刺的灌木]却使他无法翻越。他目不转睛地盯着母鸡们,监视着她们的一举一动,可就是没办法去接近她们。只要他离开埋伏的地方,就会立刻被发现。家禽们会逃进荆棘丛,而人们也就会来驱赶他,他连拔下一根小鸡的毛的时间都不会有。为了吸引家禽们,他不停地拍打自己的肋部,缩起头颈,摇晃尾巴尖,【名师点睛:用"吸引""拍打""缩""摇晃"这些动词反映出列那为了抓家禽想尽办法。】可这一切都是徒劳，他的伎(jì)俩[手段、花招]没有一个起作用。

最后，列那发现树篱边上有一根木桩断了，可以从那里轻易地进去。于是，他踩在断木桩上，跳进了农夫的菜地里。列那跳进去的声音惊动了整个养鸡场，家禽们惊慌失措[失措:失去常态。由于惊慌，一下子不知怎么办才好]，纷纷逃窜。这可不是列那的错！而在另一头，英俊潇洒的公鸡尚特克莱尔刚从树篱巡视回来，很不理解为什么自己的臣民们慌不择路地四处逃窜。于是，他垂下羽毛，伸长脖子，来到他们中间，用责怪和生气的语气问："为什么这么急匆匆地乱窜？难道你们都疯了吗？"

品特是鸡群中最漂亮、下蛋最大的母鸡，她回答道："那是因为我们感到害怕。"

"怕什么？"

"树林中有一只野兽，我怕他会伤害我们。"

"得了！"公鸡说，"这里看上去风平浪静。不要走，我保证你们没事。"

"噢！您瞧，"品特叫道，"我刚才又看见他了！"

"你？"

"对。至少我看见树篱在摇晃，菜叶在颤抖，那野兽肯定就躲在下面。"【写作借鉴:运用拟人的手法突出品特的害怕。】

"闭嘴，你这个傻瓜，"尚特克莱尔骄傲地说，"别说狐狸，就连黄鼠狼都不可能进来:这树篱扎得这么牢固。安心睡觉去吧，再说，我在这里，会保护你们呢。"【名师点睛:表明了尚特克莱尔对树篱牢固的充分信任和自大的性格。】

说完，尚特克莱尔就去扒一堆粪便了，他似乎对这堆粪便很感兴趣。不过，品特的话一直在他耳边回响。他也不知道将会有什么样的事情发生，所以尽管内心慌张，他表面上还是装出一副若无其事的样子。他登上屋顶，睁一只眼闭一只眼，单脚站立，时不时地左看看，右望望。直到他守累了，唱乏了，才不知不觉地昏昏睡去。

▶ 列那狐的故事

　　他做了一个奇怪的梦，似乎看见什么东西从院子里朝他靠近，让他很恐惧。那东西给他一件棕红色的兽皮，边上还镶着白色的小点。他把兽皮套在身上，兽皮很窄，而且也不知为什么，他是从领子部分开始往下套的，所以当兽皮穿上身之后，他的脑袋就碰到了兽尾的根部。另外，兽皮的毛在外面，这与通常的穿法完全相反。【名师点睛：暗示着后文尚特克莱尔会被列那吃进嘴里。】

　　尚特克莱尔吓醒了，他跳起来，惊叫着："上帝呀！"他一边说一边画着十字："请保佑我远离死神和监牢！"他跳下屋顶，去树篱下寻找四散在荆棘丛中的母鸡们。他叫来了品特。"亲爱的品特，说实话，这次是我感到担心了。"

　　"看来您是想嘲笑我们，"母鸡回答说，"您就像一条狗，还没有被石头打到，就汪汪乱叫。好吧，怎么了？"

　　"我刚才做了一个奇怪的梦，请您告诉我您对这个梦的想法。我好像看见什么东西朝我靠近，它穿着一件棕红色的皮袄，皮袄做得很好，没有一点剪裁的痕迹。我被迫穿上它，皮袄的边就像象牙一样洁白、坚硬，毛在外面，那东西让我反着穿上它，我想把它脱下来，挣扎的时候就惊醒了。您非常聪明，告诉我应该怎样理解这个梦。"

　　"这只是个梦境，"品特认真地说，"人们都说梦是假的。不过，我想我猜得出您这个梦的预兆。那个穿棕红色皮袄的东西恰恰就是狐狸，他要把您吃掉。那些如同象牙颗粒一般的镶边是白色的牙齿，您也感觉到了它们的坚硬。皮袄狭窄的衣领是那头恶兽的咽喉，您被咽下后脑袋就会碰到他的尾巴，而尾巴的毛是露在外面的。这就是您这个梦的解释，可能中午以前这个梦就会变成现实。所以请您听我的话，不要犹豫，马上躲起来。我再说一遍，他就在这里，在这荆棘里，他在等候时机抓您。"【名师点睛：品特对梦的精确解释和善意的提醒突出了品特聪明、善良、谨慎的特点。】

　　可是，尚特克莱尔这时已经完全清醒，他又恢复了以往的信心。

"品特，我的朋友，"他说，"您太胆小了，这就是您的弱点。您怎么可以说我会被躲在院子里的野兽抓去呢！您一定是疯了，只有疯子才会被梦吓倒。"

"我们让上帝来评判吧，"品特说，"不过，要是您的梦还会有什么其他含义，我以后就不再要求享有您的任何恩宠。"

"好了，好了，我的大美人，"尚特克莱尔扬起脖子说，"您真唠叨。"说着，他又回到那堆粪便前，愉快地扒拉起来。不一会儿，他又疲倦地睡着了。

列那一字不漏地听到了尚特克莱尔和品特的对话。看到公鸡如此放松警惕，他暗自窃喜。当他确信公鸡已经睡着的时候，便稍稍动了动，注意到公鸡没有醒后，又悄悄地做好跳跃的姿势，然后一跃而起，想把公鸡抓住。然而，尽管列那蹑手蹑脚[形容放轻脚步走的样子。也形容偷偷摸摸、鬼鬼祟祟的样子]，但还是被尚特克莱尔发现了。公鸡一跳，飞到那堆粪便的另一边，及时地躲开了攻击。列那扑了个空，感到很沮丧。现在该用什么办法逮住逃脱的猎物呢？"啊！我的上帝，尚特克莱尔，"他温柔无比地说，"您对我避之不及，好像害怕我似的，我可是您最好的朋友。行行好，就让我告诉您：见到您如此神采飞扬、如此轻盈敏捷，我心里有多么高兴呀！要知道，我们可是堂兄弟。"【名师点睛：列那失败后，迅速想到应对的办法，突出列那机智、灵活的特点。】

尚特克莱尔没说话，也许是因为他戒心未消，要不就是听到一个自己不认识的亲戚夸奖自己，高兴得连话都说不出了。不过，为了表示自己并不害怕，公鸡引吭（háng）高歌[引：拉长；吭：嗓子，喉咙。放开嗓子大声歌唱]了一曲。"好呀，唱得真好！"列那说，"您还记得您的父亲尚特克兰吗？啊！他唱歌非常出色。我记得他的嗓音高昂而清澈，方圆一里之外都能听见。如果他想不换气唱出一个长音，就会张开嘴，闭上眼。"

"堂兄，"尚特克莱尔说，"您是想嘲弄我吗？"

▶ 列那狐的故事

"我嘲弄我的近亲？啊！尚特克莱尔，您可不知道，其实我什么都不喜欢，就喜欢听动听的音乐，而且我是个行家。您要是愿意，只要稍稍眯起眼睛，您最拿手的歌就可以唱得很好。"

"可是，"尚特克莱尔说，"您的话我能听信吗？如果您真的要听我唱，那就离我远一点。在一定距离之外，您可以更加清晰地听到我最高的音域。"

"好吧，"列那说着，勉强往后挪了挪，"堂弟，现在让我瞧瞧您是不是继承了我叔叔尚特克兰的完美嗓音。"

公鸡睁一只眼、闭一只眼，不无戒备地开始高歌。"说实话，"列那说，"您唱得特别一般。和尚特克兰比差别太大了！只要他一闭上眼睛，就能把曲调唱得悠扬无比，连树林外的人都能听到。说真的，可怜的朋友，您比不上他。"这些话刺痛了尚特克莱尔。

为了让堂兄弟刮目相看，他忘记了一切。他眯起眼睛，竭尽全力把音符拖得长长的。列那认为时机已到，如箭一般扑上前去，咬住公鸡的头颈，叼着猎物夺路而逃。【写作借鉴：心理描写，尚特克莱尔被自己的虚荣心所害，被列那抓住了。】品特看见后，发出一声凄厉的尖叫。"啊！尚特克莱尔，我早就对您说过，为什么您就不信呢？现在列那把您抓去了。啊！可怜的我呀！失去了世上我最亲爱的人，我该怎么活下去呀！"

不过，列那抓住可怜的公鸡的时候，天已经亮了。看守院子的老妇人打开了鸡舍的大门。她叫着品特、碧斯、路赛特的名字，可是没有人回答她，她抬起眼睛，看见列那正叼着尚特克莱尔拼命地逃跑。"哎呀，哎呀！"她叫道，"抓狐狸呀！抓贼呀！！"农夫们闻讯从四面八方赶来。"出什么事了？干吗大惊小怪的？"

"哎呀！"老妇人又叫道，"公鸡被狐狸抓走啦。"

康斯坦·戴诺瓦说："你为什么不制止他？"

"他跑得太快了。"

"他是往哪里跑的？"

"那边，瞧，在那儿，您看见了吗？"

这时候列那越过了树篱，可是，农夫们听见他跳到外面地上的声音，便追赶了过来。康斯坦·戴诺瓦放出了高大的看门狗莫瓦赞。狗嗅到了列那的逃跑路线，越追越近，眼看就要赶上他了。"抓狐狸！抓狐狸！"列那拼命跑着。

"列那先生，"这时，可怜的尚特克莱尔断断续续地说道，"难道您就这样听任农夫们追赶您吗？如果我是您的话，我就会反击。只要康斯坦·戴诺瓦对他的伙计们说'列那把公鸡抓走了'，您就回答：'是的，就在您眼皮底下，尽管您不乐意。'只有这样才能使他们闭嘴。"

人言道：聪明一世，糊涂一时。【名师点睛：聪明一辈子，临时却糊涂起来。指一向聪明的人，偶尔在某件事上犯糊涂。常用来怪人办了不该办的事。】超级骗子列那这次上当受骗了。他听见康斯坦·戴诺瓦的声音，便扬扬得意地回答道："是呀，农夫们，我抓走了公鸡，尽管你们不乐意。"然而，尚特克莱尔一俟(sì)[等待]狐狸的牙齿松开，就立刻奋力逃脱出来，拍打着翅膀，飞到邻近一棵苹果树高高的枝头上，列那既恼怒又惊讶，他转过身来，意识到自己干了一件不可挽回的蠢事。"啊！我的堂兄，"公鸡对他说，"现在可是您要考虑改变命运的时候了。"

"该死，"列那说，"我这张嘴，不该说话的时候偏偏就喜欢多话！"

"是呀，"尚特克莱尔继续说，"骗子站在眼前的时候，本该把眼睛睁得大大的，可我却把眼睛闭上了。列那，相信您的人才是疯子。让您的堂兄堂弟都见鬼去吧！我差点为此付出惨重的代价。至于您，如果想保住您这身皮毛的话，我奉劝您赶紧撒开双腿跑吧。"

列那没有心情回答。矮树丛使他躲过了农夫们的追捕。他垂头丧气、腹中空空地走开了。而公鸡则在农夫们回来之前，高高兴兴地回到了院子。狡猾多端的列那最后却被公鸡给骗了，这对他来说简直就是奇耻大辱。俗话说：常在河边走，哪有不湿鞋。

▶ 列那狐的故事

Z 知识考点

1.那个穿_____的东西恰恰就是狐狸,他要把您吃掉。那些如同象牙颗粒一般的镶边是白色的_____,您也感觉到了它们的_____。皮袄狭窄的衣领是那头恶兽的_____,您被咽下后_____就会碰到他的尾巴,而尾巴的毛是_____的。

2.尚特克莱尔做了个什么样的梦?
_____
_____

3.列那用的什么方法让公鸡尚特克莱尔上当受骗被抓住的?
_____
_____

Y 阅读与思考

1.公鸡尚特克莱尔用的什么办法从列那嘴中逃脱的?

2.概括公鸡尚特克莱尔的性格。

三

村长贝尔东上当

M 名师导读

　　比埃尔讲述了一个关于列那偷一位爱鸡如命的农民贝尔东的故事。在这个故事中，列那为了家人的食物，身处险境。与贝尔东的争斗，谁会获得胜利？列那能否偷到鸡？列那是否会像上次一样被戏耍呢？

　　出生在圣－克鲁[法国地名，位于巴黎西郊]的比埃尔[比埃尔·德·圣－克鲁：法国教士，12世纪后期将流传于民间的列那狐的故事以文字形式表现出来，被认为是《列那狐的故事》最早的作者之一]应朋友们的要求，一直打算把几个关于列那的精彩故事写下来，因为那个坏家伙曾经伤害过很多善良的人。如果大家安静地听一听，一定可以得到很大的益处。

　　那是五月，山楂树开满了花儿，树林和草地一片碧绿，鸟儿们不分昼夜地唱着新曲。【写作借鉴：运用环境描写，渲染出和谐欢快的环境，更能突出后文列那家陷入困窘境地的惨淡景象。】只有列那躲在马贝渡的城堡里闷闷不乐：家里已经没有吃的了，孩子们饿得哇哇乱叫，特别是大病初愈的艾莫莉娜更是饿得动弹不得。他只好外出打猎，出门的时候，他向上帝发誓，不找到丰盛的食物绝不回家。

　　列那走向树林，他不打算走左边的大路，因为大路通常不是为他而设的。转了好几个弯之后，他终于来到一块草地。【名师点睛：暗示列那专做一些见不得人的事情。】"啊！圣母玛利亚[基督教《圣经》新约和

17

列那狐的故事

伊斯兰教《古兰经》里耶稣的生母,是基督教的信仰人物]!"列那惊叹道,"还有什么地方能比这里更加舒适呢?简直就是一个人间天堂!不过,田野再绿,花儿再香,却改变不了这样一句俗话:'饥饿所迫,疲于奔命。'"

列那长叹一口气,继续往前跑。他就像是一头被饥饿逼出树林觅食的狼,拼命地跑着。【写作借鉴:运用比喻的手法,表现了列那因为饥饿想马上得到食物的急切心理。】他跑过无数个小坡,眼睛四处张望,希望碰巧能看到一只鸟儿或者兔子闯进他的视线。他看见一条通往附近农庄的小路,便不顾可能存在的生命危险,毅然走了上去。不一会儿,列那就来到了农庄的围墙前。他一边沿着曲折的树篱行走,一边默默地祷告上帝保佑他平安无事,并赐予他食物,好让妻子和孩子们开心。

在继续讲故事之前,我得告诉大家,这个农庄的主人非常富有,从这里到特洛伊(我指的是小特洛伊,也就是普里阿摩斯国王〈古希腊神话中的特洛伊国王〉从来没有统治过的那个特洛伊),您找不到第二个和他同样富有的人。他的房子紧挨着树林,里面藏着各种各样让人垂涎(xián)欲滴[馋得连口水都要滴下来了。形容非常馋的样子]的农产品:牛、羊、鸡、鸡蛋,还有奶酪和鲜奶。要是列那能有办法进去,那么他肯定就是最富有的狐狸了!

可这恰恰也是最难做到的事情。无论是房子、天井还是花园,四周都围绕着用又长、又尖、又牢固的木桩做成的围墙,围墙边还有一条水沟。【名师点睛:描写围墙的坚固安全,渲染了列那想要偷东西的困难,为后文做铺垫。】我在这里就不说花园里面成荫的果树、漂亮的果实了,因为列那对水果并不感兴趣。

那个农民名叫贝尔东,他不是很聪明,却非常吝(lìn)啬(sè)[小气,当用而舍不得用,过分爱惜自己的钱财],一心只想着赚钱。他宁愿挨饿流口水,也不会吃一只自己养的鸡,所以他那数目庞大的鸡群根本不担心会成为主人的盘中餐,只是每星期他总会拿几只鸡到集市上去卖。如果是列那,他处置鸡的方法就截然不同:要是他能进入农庄,他一定会亲口品尝里面那些让人垂涎欲滴的鸡肉,看看它们究竟是不是很鲜美。

让列那感觉庆幸的是,那天贝尔东一个人在家。他妻子去城里卖纱线了,儿子们都在田里干活儿。列那从麦田间的一条小路穿过,来到树篱前。他一眼看见沐浴在阳光下的阉鸡群,而诺瓦莱则站在中间,懒散地眨着眼睛;离他不远的地方,母鸡和小鸡们争先恐后地用脚扒着一堆干草。这对于饱受饥饿折磨的狐狸来说,是多么大的诱惑!可是,此时此刻,敏捷和创意都没有多大用处。列那绕着树篱走了一圈又一圈,没有看见一处缺口。最后,他在一条排水沟边上,发现了一根老朽的木桩,似乎不那么牢固。他扒了扒木桩,用力纵身一跃,跳过水沟,躲进了树丛之中,然后停了下来。想到渴望已久的肥鸡和美味的鸡肉,列那兴奋得连身体都颤抖起来。他一动不动地伏在一根荆条下面,一边侧耳倾听,一边等待时机。

这时候,快乐自信的诺瓦莱在花园里来回踱步,他叫着母鸡们的名字,一会儿极其温柔,一会儿大声呵斥;他不知不觉地走近列那藏身的地方,在那里扒拉起来。突然,列那钻了出来,猛扑上去;他以为能够得手,可是却扑了个空。诺瓦莱迅速一闪,扇动着翅膀,一边跳一边跑,还发出阵阵求救的叫声。【写作借鉴:运用"钻""扑""闪""扇动""跳""跑""叫"这一系列的动词,生动描写了列那偷袭诺瓦莱的情景。】

贝尔东听见了,他跑出屋子,循着声音望去,很快就发现了正在追捕公鸡的狐狸。"啊!是你,你这个盗贼!看我怎么修理你。"

他转身回到屋里,并非去取什么锋利的兵刃(他知道农民是无权使用兵刃来对付野兽的),而是拿出一张被烟熏得乌黑的网;这网肯定是魔鬼织的,因为每一个网眼都那么牢固!【写作借鉴:夸张的手法,暗示列那会遭遇麻烦。】原来农民是希望用这张网抓住盗贼。列那意识到了危险,便躲到一棵巨大的白菜下面。贝尔东从没打过猎,他只把网歪歪扭扭地罩在菜地上,大声拼命地叫喊:"啊!盗贼!啊!畜生!我一定会逮住你的!"他一边喊,一边用木棍敲打着白菜。列那被逼得走投无

▶ 列那狐的故事

路,不得不跳了出来。可是他能逃到哪儿呢?只能是自投罗网。他的处境越来越危险:网在不断收紧、合拢;他的身体全被缠住了。而且他越挣扎,网就缠得越紧。【名师点睛:描写列那身处绝境,为下文列那绝境逢生做铺垫,更能突出列那的机智、狡诈。】看到狐狸受尽折磨,贝尔东得意万分:"啊!列那,你总算遭报应了,这回你死定了。"说着,贝尔东抬起脚,踩在列那的喉咙上,准备开始处决他。列那抓住机会,对准贝尔东的脚后跟,狠狠地咬了一口。这一口咬得贝尔东痛得摔倒在地,失去了知觉。不过,不一会儿他就清醒了过来,使劲想摆脱狐狸的牙齿。他挥舞拳头,砸在列那的背上、耳朵上和脖子上;列那全力躲闪,却依然紧紧咬住不放。他甚至还以一个漂亮的动作,拦住了贝尔东挥舞的右手,并将它和脚后跟咬在一起。可怜的贝尔东,你何必和列那作对呢!干吗不让他去抓那些鸡呢?【写作借鉴:用第三人称的手法来表现出贝尔东吝啬、爱鸡如命的特点。】"狗被逼急了会咬人",你应该早一点想到这条谚语的。

列那咬住了贝尔东的脚后跟和手,态度开始截然不同,他以胜利者的姿态说:"我以我爱人的名义发誓,今天你死定了。别指望买通我,即使你给我皇帝的宝贝,我也不要;你已经被困住了,就像查理曼大帝被困在朗松[法国地名,位于南方普罗旺斯地区的罗讷河口]一样。"

这时,贝尔东绝望到了极点。他两眼流着泪,心底里叹着气,哀求列那饶恕。"啊!饶了我吧,列那先生,看在上帝的分上,饶了我吧!您可以对我发号施令,告诉我您要我干什么,我一定服从;让我在有生之年成为您的仆从吧?您愿意……"

"不,我什么都不要。刚才你还在痛骂我,发誓不会放过我,现在轮到你自己了。感谢圣人!现在要接受惩罚的是你,混蛋!我抓住了你,我要把你关起来,押到圣人面前,他会惩罚你的,谁让你刚才如此凶恶地对待我。"

"列那先生,"贝尔东哭着继续说道,"您就饶了我吧,不要惩罚我。

我知道我不该那样对您，我真是个该死的贱人。您说我怎样赔偿您吧，我一定照办。您可以把我当作您的仆人，您可以拿走属于我的一切。您和我和解是非常值得的，您可以从我家拿走您想要的任何东西，您可以向我所有的物品征税；有一个可以支配这么多财物的人当仆人，难道不是一件好事吗？"【名师点睛：描写贝尔东为了生命宁愿送出他的所有，对列那俯首称臣的丑恶姿态突出了他愚昧无知、胆小懦弱的性格。】

此时，我们应该说几句列那先生的好话：他看到贝尔东因为被他困住而不断地向他求饶，心底里不禁产生了一丝怜悯。"好了，农夫，"他对他说，"别哭了，住嘴吧。这次我可以饶了你，但以后你永远不得再这样对我；否则，我要是让你逃脱惩罚，我就永远见不到我的妻子和孩子！在松开你的手和脚之前，你必须发誓，不再做任何反对我的事情。我一放开你，你就要履行你的诺言，放弃你所拥有的一切。"

"我发誓，"贝尔东说，"上帝会为我担保，保证我在任何时候都会信守诺言的。"【名师点睛：与前文贝尔东对列那俯首称臣的情景相呼应。】

贝尔东说的是实话；其实，他虽然吝啬，但很正直；他的话就像神父说的话那样可以信赖。

"我相信你，"列那说，"我知道你是出了名的老实人。"

说着，列那松开了贝尔东。贝尔东获释之后的第一件事，就是扑倒在列那的脚下，他的泪水沾湿了列那的皮毛，他伸出那只差点被咬掉的手，指着最近的那座寺院，用习惯的方式，向列那发誓。

"现在，"列那说，"你要做的第一件事，是把这该死的网从我身上拿走。"贝尔东照办了，列那恢复了自由。"既然你说从今往后要听从我的指挥，我现在就要考验考验你。你知道，我已经盯了诺瓦莱一天了，你去给我把他抓来；要是能办到，你就是我的朋友，你刚才发的誓也抵消了。"【名师点睛：表现出列那的贪得无厌。】

"啊！先生，"贝尔东回答，"您为什么不要点更好的东西呢？这只公鸡已经两岁多了，他的肉又老又难啃。我拿三只鲜嫩的小鸡跟您交

列那狐的故事

换他吧，小鸡的肉和骨头肯定更加适合您。"

"不，我的朋友，"列那接着说，"我对小鸡不感兴趣，你还是留着他们吧，快去把诺瓦莱抓来。"

贝尔东不再申辩，他嘴里嘟嘟囔（nāng）囔[囔，不断地、含糊地自言自语。多表示不满]地走开，朝诺瓦莱跑去，追赶了好一阵后，终于把他逮住了，带到列那面前："给，先生，这是您要的诺瓦莱。不过，看在圣人的分上，我宁愿拿我最好的两只鸡跟您交换。我非常喜欢诺瓦莱：他在母鸡面前殷勤、警惕；同样，他也深受母鸡们的爱戴。不过，既然您选中了他，先生，就把他拿去吧。"

"很好，贝尔东，我很满意。作为满意的表示，你刚才发的誓就抵消了。"

"太感谢了，列那先生，上帝和圣母都会保佑您的！"

贝尔东走了。列那叼着诺瓦莱，满心喜悦地走上了归途，心想：一会儿就可以和心爱的艾莫莉娜分享这只可怜的公鸡的肉和骨头了。但是，他没有料到后来发生的事情。【名师点睛：为下文埋下伏笔。】

走过一座小丘，小丘上有一条小路，蜿（wān）蜒（yán）[曲折延伸]着通向另一个村庄。这时，他听见公鸡在低声抱怨。那天列那的心肠变得特别软，便问公鸡为什么哭泣。"您知道，"公鸡说，"我的生辰不好，所以只能替贝尔东这个天下最忘恩负义的农夫还债！"

"在这个问题上，诺瓦莱，"列那说，"你错了。你应该表现得勇敢一些。听我一句话，我的好诺瓦莱。老爷是否有权决定农奴的命运呢？当然有，对吗？这就像我是一名基督徒一样理所应当。主人生来就是发号施令的，而仆人则注定要百依百顺。仆人有义务为主人献出生命。再说，还能有什么死法比这更加光荣的呢？你也知道，要是没有你，贝尔东早就已经归天了。所以你要勇敢一些，我的朋友诺瓦莱。你会伟大而光荣地死去，你会有天使相伴，你将永远生活在上帝的目光下。"

【名师点睛：反映了当时社会农奴地位卑贱的现实，讽刺了当时农奴制下农

民的愚昧无知。】

"我非常愿意，列那先生，"诺瓦莱回答，"我不是因为死而感到害怕和难受。不管怎样，我注定要被钉在十字架上死去。让我感到难受的，是我的那些阉鸡朋友们，特别是我心爱的美丽母鸡们。有一天，她们也会被吃掉，但她们的灵魂却不会像我这样永生。好了，不再想这些了！列那先生，给我一点勇气吧，比如，要是您能为我唱一段虔(qián)诚[恭敬而有诚意]的歌曲，送我去到天堂的门口，那您就是做了一件功德无量事。这样，我就会忘记我将死去，我也将受到上帝子民们更好的款待。"

"就这点小事，诺瓦莱？"列那立刻答道，"嗨！你干吗不早说呢！我以艾莫莉娜的名义告诉你，我不会拒绝你的要求。你听好。"

于是列那唱起了一首新歌，诺瓦莱听到后似乎非常开心。【名师点睛：预示着列那已经上当了，诺瓦莱可以逃脱被杀的命运。】当列那唱出一个长音的时候，诺瓦莱一个挣扎，逃脱出来，拍打着翅膀，飞到旁边一棵高大的榆树上。列那见状想抓住他，可是已经晚了。他把前肢搭在树干上，直起身体，不时地跳着，可就是无法碰到树枝。"啊，诺瓦莱，"他说，"这样可不好，你使用诡计欺骗了我。"

"您意识到了？"诺瓦莱回答，"很好，可您刚才没有意识到。不错，您也许不应该开口唱歌，所以我请您别再唱了。再见，列那先生！回去休息吧，等您睡醒了，或许又会找到新的猎物！"

列那懊恼万分，不知怎么回答，也不知该怎么做。"我的上帝！"他暗想，"俗话说得对：'口蜜腹剑[嘴上说得很甜美，心里却怀着害人的主意。形容两面派的狡猾阴险]'；农谚说得也不错：'勺中食物送进嘴，须经千山与万水。'今天我总算领教了。加图[公元前234—约前149年，古罗马政治家、演说家，历史上第一位重要的拉丁散文家]也曾说过：'说少者才能多吃。'我怎么没有记住呢！"他一边走，一边还在嘟嚷着："今天真晦气、真愚蠢！都说我能干，说我骗人就像黄牛犁地一样拿手；可现

> 列那狐的故事

在我竟然让一只狡猾的公鸡给骗了！但愿此事不会被声张出去。否则我真要名誉扫地了。"【名师点睛：表现了列那爱面子、虚荣的特点。】

Z 知识考点

1. 于是列那唱起了一首_____，诺瓦莱听到后似乎非常_____。当列那唱出一个_____的时候，诺瓦莱一个_____，_____出来，拍打着翅膀，飞到旁边_____上。列那见状想抓住他，可是已经晚了。

2. 判断题。

　　列那见到贝尔东求饶，心有不忍，于是放开了他，并答应了他用两只阉鸡交换诺瓦莱的请求。（　　）

3. 请简述贝尔东是位什么样的人。

_____

_____

Y 阅读与思考

1. 公鸡诺瓦莱是怎么逃脱的？

2. 请简单介绍列那与贝尔东争斗的过程。

3. 你从这个故事中得到了什么启示？

四
列那夺走铁斯兰的奶酪

M 名师导读

悠然自得的列那在外面寻找食物的时候正好碰见了偷到奶酪的乌鸦铁斯兰。列那看见乌鸦嘴里的奶酪两眼放光,决定想办法从铁斯兰那里骗到奶酪,他会用什么方法骗铁斯兰呢?铁斯兰会上列那的当吗?

平原上开满了鲜艳的花,远处矗立着两座高山,一条清澈的小溪缓缓流过。这天,列那看见对岸有一棵榉树,远离所有的道路,孤零零地长在山脚下。于是他越过小溪,来到树下,像平时那样围着树干转了几圈,然后放松地伸开四肢,躺在阴凉的草地上,一边喘气,一边纳凉。【名师点睛:表现出列那谨慎的态度,喜欢在没人注意的地方休息。】这里的一切是如此惬(qiè)意[称心,满意]!哦不,不是"一切",因为列那感到一丝饥饿,而且这感觉似乎没有办法消失。正当他在为该干什么而愁眉苦脸时,乌鸦铁斯兰先生从附近的树林里飞了出来,在草地上空盘旋了一会儿,然后朝一小片灌木丛俯冲下去,似乎那里有什么好东西在等着他。

原来,灌木丛里摊着许多奶酪,晒在太阳底下。看守奶酪的农妇回家去了,暂时就没人看护奶酪了,铁斯兰便抓住机会,叼起看上去最为鲜美的那块奶酪,准备飞走,就在这时,农妇回来了。"啊,漂亮的先生,难道我的这些奶酪是为你晒的吗?"说着,老妇人捡起石块向乌鸦投去。"闭嘴,闭嘴,老太婆!"铁斯兰回答道,"要是有人问起是

▶ 列那狐的故事

谁偷走了奶酪，你就说：'是我，是我！'看守不卖力，可以喂饱一只狼呢。"【写作借鉴：语言描写，铁斯兰偷走奶酪后还嘲笑别人看守不力，与后文被列那骗走奶酪相呼应。】

　　铁斯兰飞到列那先生遮荫纳凉的榉树枝头。铁斯兰品尝着他最爱吃的食物，而列那虽然对那块奶酪以及奶酪的主人虎视眈眈，但也只能眼睁睁地看着它们。奶酪已经晒得半干了，很好下咽。铁斯兰先是咬下最金黄、最鲜嫩的那一块，然后开始吃外面的那层皮。一小块奶酪掉下来，落在了大树底下。【写作借鉴：细节描写，特写奶酪的鲜美，更能突出列那与铁斯兰所处的境遇的天壤之别。】列那抬起头，看见铁斯兰扬扬得意地站在枝头，用爪子抓着奶酪。

　　"铁斯兰先生。我的朋友，愿上帝保佑您，还有您的父亲，他可是一位著名的歌唱家！听说，从前全法国只有他唱歌最好听。要是我没说错，您的歌声肯定比您父亲的还要动听，说真的，既然今天有幸见到您，您肯定不会拒绝为我唱一首歌吧？您动听的歌声肯定像那天堂美妙的音符，能让我忘掉一切忧愁！"

　　狐狸的话对于铁斯兰来说非常起作用，因为他自称是世界上最出色的音乐家。于是，他立刻张开嘴巴，发出一阵长长的"啊——"声。"唱得对吗，列那先生？"

　　"对，"列那答道，"您唱得非常好：不过，如果您愿意的话，还可以把音调唱得稍微再高一点。"

　　"您听着。"乌鸦放开嗓子，更加努力地唱着。

　　"您的嗓子很好，"列那说，"但是，如果您少吃点核桃，肯定会更好。没关系，请继续唱吧。"

　　乌鸦一心要夺取演唱冠军，所以唱得忘乎所以。为了使声音更加洪亮，他不知不觉地松开了抓住奶酪的爪子。奶酪掉了下来，恰巧落在列那跟前。【名师点睛：列那抓住乌鸦爱慕虚荣的弱点成功骗到了奶酪。】这个贪得无厌的家伙高兴得浑身颤抖，却不动声色，打算将奶酪连同虚荣的歌手一网打尽。【名师点睛:"颤抖"一词展现了列那得到奶酪后开心激动的状态,"不动声色"展现了列那贪得无厌的特点,这一静一动的两个词生动形象地描写出列那狡诈的性格特点,这也是为什么列那每次都能成功欺骗到别人的原因。】

"啊!上帝,"列那一边说,一边假装出要使劲站起来的样子,"您让我在这世界上遭受了多少苦难呀!我现在膝盖疼死了,连动都不能动。这块掉下来的奶酪味道真难闻。医生曾经告诉我,这臭味对于受伤的腿来说是最最危险的,他们嘱咐我永远不能吃奶酪。所以,亲爱的铁斯兰,请您到树下来,把这可恶的东西给我拿走。要不是那天我在离这儿很近的地方掉进了该死的陷阱,弄折了腿,我是不会请您帮这个忙的。可我得待在这里,直到有一天找到灵丹妙药,治好伤病。"

这些话,加上各种痛苦的表情,叫人很容易相信它。再说,铁斯兰刚刚听完列那夸奖他的嗓子,心情非常愉快,于是他飞下树来。但是一旦来到地上,靠近了列那,他不由得踌(chóu)躇(chú)[犹豫不决]起来。他尾巴拖在地上,一步一步地前进着,眼睛警觉地盯着狐狸。"上帝,"列那说,"您快点过来呀。我是个残废,没什么可怕的。"

铁斯兰走近了几步。列那按捺不住,扑了上去,但乌鸦见势不对马上飞走了,可还是被列那抓掉了他最心爱的四根羽毛。

"啊,列那,你这个骗子!"铁斯兰说,"我早该知道你在骗我!可惜了我身上最美丽的四根羽毛。不过,你不会再在我这得到更多的东西了,你这个恶毒的盗贼!上帝会诅咒你的!"

列那恼羞成怒[因又恼又羞而大发脾气],还想为自己解释。【名师点睛:列那失败后气急败坏,原形毕露,表明了他的自负,不能忍受败在弱小动物之下的心理。】他说是因为突发的关节疼痛,迫使他迫不得已地跳了起来。铁斯兰摇摇头说:"奶酪留给你吧,我不要了;不过我的命你休想得到。你现在放声大哭、尽情呻吟吧,我再也不会来救你了。"【名师点睛:铁斯兰吸取教训,没有再上列那的当,保住自己的性命。】

27

▶ 列那狐的故事

"那就滚蛋吧,你这个聒噪的丧门星,"列那说着恢复了常态,"只可惜没能让你永远地闭嘴。"接着他又说道:"这真是一块非常美味的奶酪,我从没吃过这么好吃的,我正需要这样的奶酪来治疗腿伤呢。"

吃完奶酪,列那轻盈地踏上了去树林的小路。

Z 知识考点

1.乌鸦一心要夺取演唱冠军,所以唱得_____。为了使声音更加_____,他不知不觉地_____了抓住奶酪的爪子。奶酪掉了下来,恰巧落在列那跟前。这个_____的家伙高兴得_____,却_____,打算将奶酪连同_____一网打尽。

2.判断题。

乌鸦铁斯兰最终从列那手中夺回了奶酪。（ ）

3.列那是用什么方法骗到铁斯兰的奶酪的?

_____

_____

Y 阅读与思考

1.列那为什么不马上吃掉骗到手的奶酪?

2.如果你是铁斯兰,应该怎么做?

五
渴望和平之吻

M 名师导读

　　一天,列那偶遇山雀梅桑热,列那假用国王诺布尔陛下颁布的和平命令,要梅桑热给一个和平之吻的诡计来吃掉她,但被聪明机智的梅桑热戏耍了两次。梅桑热是怎样戏耍一向狡猾的列那的呢?最后猎人来了,列那能成功逃脱猎人的追捕吗?

　　自从尚特克莱尔逃跑后,列那已经连续三次都没有成功骗到食物,这让他懊恼不已,现在的他饥饿难耐。突然,列那看到梅桑热站在一棵老橡树上,原来她把刚孵出的小山雀全都安顿在树干里面了。列那突然意识到机会来了,于是上前跟梅桑热打招呼:"我来得正好,朋友,请您下来吧,请您给我一个和平之吻,我相信您是不会拒绝我的。"

　　"您,列那?"梅桑热道,"算了吧,谁不知道您现在和过去完全不一样,大伙都清楚您的阴谋和诡计!再说,我和您根要就不是朋友;您之所以这样称呼我,只是不想因为说一句实话而破了您自己的习惯。"

【写作借鉴:语言描写,用梅桑热的话更能突出列那的狡猾和无恶不作。】

　　"您可真不厚道!"列那回答,"您的儿子经过洗礼,就是我的教子[在洗礼时以某人为教父,而教父保证将其教养成为基督徒],而我也从来没有冒犯过您。您听着,我们的国王诺布尔陛下刚刚下令全面和平,上帝保佑,但愿这和平会持续下去!所有的贵族都发过誓了,他们保证摒(bìng)弃前嫌[抛开以前的是非与恩怨,着眼于现实和未来的意思)。

> 列那狐的故事

这样,平民百姓可就高兴了:争吵、官司和谋杀的时代一去不复返了;邻里之间将会相互友爱,大家都将高枕无忧。"

"您知道吗,列那先生,"梅桑热说,"您刚才的话说得太漂亮了,我很愿意相信。但是,您还是去找别人吻您吧,我可不想开这个先例。"

"朋友,实际上您过度戒备了。要是我不能得到您和其他人的和平之吻,我会非常难受的。要不这样吧,我先闭上眼睛,您再下来吻我。"

"要是这样,我倒是可以吻您,"梅桑热说,"看看您的眼睛,是否已经闭上?""是的。""那我来了。"说着,梅桑热抓起一小块青苔,轻轻放到列那的胡须上。【写作借鉴:运用动作描写,突出梅桑热的聪明、机智、谨慎。】列那感觉到有东西碰到了胡须,以为机会来了,立刻一跃而起,想抓住梅桑热,可吃到了满嘴的青苔。

"啊!这就是您的和平之吻!如果说和平已经被破坏,那么这可全是您的责任。"

"嗨!"列那回答,"您没看出来我是在开玩笑吗?我就是想试试您的胆量。好了,我们再来一次吧。瞧,现在我已经把眼睛闭上了。"【名师点睛:列那被识破诡计后,仍然在辩解,突出了列那的厚颜无耻。】

梅桑热觉得这游戏很好玩,便飞着、跳着,不过她很小心。列那再一次露出了狰狞的牙齿。

"您瞧,"梅桑热对狐狸说,"您是不会成功的。我宁可跳进火堆,也不会投入您的怀抱。"

"上帝,"列那说,"您怎么能一有风吹草动,就这样浑身哆嗦呢!您总是怀疑暗藏着陷阱,这样做只有在和平宣布之前才是正确的。好了!再来第三次吧,看在圣父、圣子和圣灵的分上,这次可是认真的了。我再说一遍:我曾许诺要给您一个和平之吻,我要完成这个心愿,哪怕只是为了我幼小的教子——我听见他们在旁边的树上唱歌呢。"

列那还在那里喋喋不休地说着,可梅桑热却什么都听不进去,她再也不愿离开橡树枝头了。这时,一群猎人和猎犬吵吵闹闹地走来了,他们都是教士先生的手下。人们先是听见号角声,接着突然传来"狐狸!狐狸!"的叫喊声。听到这可怕的叫喊,列那顾不上梅桑热,慌忙夹起尾巴,夺路而逃,以免成为猎犬口中的美餐。

这时,梅桑热对他说:"列那,您别走呀,不是说缔结和平了吗?"

【写作借鉴:语言描写,梅桑热用之前列那的谎话来反问列那,讽刺列那狡猾的欺骗行为。】

"是的,缔结了。"列那回答,"可是还没有公告。也许这些年轻的猎犬们还不知道他们的父亲已经签了字。"

"您停一下,我下来吻您。"

"不,没有时间了,我还有很多事要办。"

Z 知识考点

1."……我们的国王诺布尔陛下刚刚下令_____,上帝保佑,但愿这_____会持续下去!所有的贵族都发过誓了,他们保证_____。这样,平民百姓可就高兴了:_____、_____和_____的时代一去不复返了;邻里之间将会_____,大家都将_____。"

2.列那哄骗梅桑热时,吃到了什么? （ ）

　　A.小山雀　　　B.羽毛　　　C.青苔

3.列那为什么要寻求山雀的吻?

_____

_____

Y 阅读与思考

1.面对列那的小伎俩,山雀是如何应对的?

2.列那最后说自己有很多事要办,是真的吗?他要做什么?

▶ 列那狐的故事

六

列那逃过猎狗

Ⓜ 名师 导读

列那逃跑后遇见了牵着两条猎狗的杂务修士。这次列那陷入了前有堵截，后有追兵的绝境，列那能否在这种情况下绝地逢生呢？

简直祸不单行[祸：灾难。指不幸的事情接二连三地发生]，列那逃离了梅桑热，正想溜回树林，可是却迎面碰上了一个杂务修士。这种人有着农夫和仆役的双重身份，他们出于爱德或因为欠债，过着僧侣的生活，替僧侣看守土地和寺院。除了"杂务修士"的称呼，别人还称他们为"皈依僧侣"。他们受人蔑(miè)视[轻视、鄙视]，而事实上他们的确也不值得别人尊敬。

眼前的这位杂务修士牵着两条猎狗。一个仆役看见了列那，便向修士高声叫道："放狗！放狗！"

列那意识到了危险。可逃跑是没机会了，于是他毅然迎上前去。杂务修士见到他说："啊！可恶的畜生，果然是你！"

"修士先生，"列那回答，"您是一位公正的人，每个人都有得到公正对待的权利。您看见了吗？我和那些狗在进行一场比赛，谁跑得快谁就能赢。要是您放开这两条猎狗，他们就会妨碍我获胜，您也会因此而遭受指责。"【名师点睛：列那利用修士爱德、单纯的特点让其放弃阻挠他逃跑，体现了列那会抓住人性特点的技能。】

杂务修士是个性格单纯的人，他一边挠额头一边想。"圣母呀，"他说,"列那先生的话可能是对的。"于是他没有放开那两条猎狗,只是祝列那好运。

列那赶紧加快脚步,钻进树林,众人在不停地追赶着。列那穿过平地尽头的一条宽阔的水沟。猎狗们来到沟边,失去了线索,犹豫一番后便打道回府了。列那总算逃脱了猎狗们锋利的牙齿,骗过了对手。尽管休息了几个小时以后,他仍然饿着肚子,但至少他恢复了轻盈的步伐,重新燃起了打猎和寻食的热情。【写作借鉴:细节描写,体现出列那又一次成功骗过别人后扬扬得意的心情。】

Z 知识考点

1.列那赶紧加快脚步,钻进_____,众人在不停地_____着。列那穿过平地尽头的一条宽阔的_____。猎狗们来到沟边,失去了线索,犹豫一番后便_____了。

2.判断题。

杂务修士为了帮列那逃跑,欺骗了追赶列那的人。　　(　　)

3.列那是怎样逃过猎狗的追捕的?

_____

_____

Y 阅读与思考

1.杂务修士是个怎样的人?

2.如果我们在生活中遇到陷入绝境的坏人,我们该怎么做?

列那狐的故事

七

列那偷鱼

M 名师导读

饥饿难耐的列那决定外出寻找食物,在大路上碰见了去城里卖鱼的商贩的鱼车,列那嗅到了鲱鱼的味道。这一次,列那又会想出什么办法骗过鱼贩偷到鱼呢?

大家看到,列那也会遇到不如意的事,也不一定事事都顺利。【名师点睛:这句起到承上启下的作用。】寒来暑往的日子里,他的家里经常会揭不开锅,连放高利贷的人都不愿借钱给他,商人们就更不用说了。【名师点睛:描写列那生活的窘境,为后文做铺垫。】

临近入冬的一天,天气阴冷灰暗,树枝上稀稀疏疏的树叶在风中瑟瑟发抖。列那饿得发慌,便离家去寻找食物,他暗暗下定决心,不弄到吃的就不回来。他先来到小河和树林之间,钻进一片灌木丛中。可是不久,他就厌烦了漫无目的的搜寻。于是他来到大路边上,蜷缩在车辙(zhé)[车轮碾过的痕迹]中间,伸长脖子,东张西望。

大路上空无一人。列那来到斜坡上的一道树篱前,希望能好运降临。终于,他听见了车轮的声音,那是鱼贩们从海边回来。鱼贩们的篮子里装满了新鲜的鲱鱼,他们沿路还收购了很多鳗鱼。

马车走到一步之遥的地方,列那清晰地嗅到了鳗鱼的味道,便立刻计上心来:他神不知鬼不觉地爬到大路中央,伸开四肢,躺在地上,还龇(zī)牙咧嘴地伸出舌头,屏气凝神,一动不动。马车过来了,一个鱼贩四处张望着，突然发现路上躺着一只狐狸。

"是狐狸，"同伴说，"快下车，把他抓住，千万别让他跑了。"

他们停下马车，走到列那跟前，脚踢手拧。看到他一动不动，鱼贩们便认定他已经死了。【写作借鉴：运用一系列动作描写，说明列那成功欺骗了鱼贩，突出了列那的狡猾。】

"我们不用费力气了。他的毛皮值多少钱？"

"四块银币吧。"一个鱼贩回答。

"我看至少值五块，"另一个鱼贩说，"你看他喉咙的毛多白、多密呀！现在正是卖毛皮的季节。把他扔到车上去吧。"

两个鱼贩抓住列那的脚，将他扔到装鱼的篮子中间，然后又赶着马车上路了。他们正为这笔意外横财感到高兴，并且商量好到家之后，就把列那的毛皮平分了。

不过列那并不担心，他知道，说和做之间相隔万里呢。他争分夺秒地把爪子搭在一个鱼篮的边上，慢慢直起身子，掀开篮盖，一口气吃了二十多条最好的鲱鱼。之所以这样做，是因为他太饿了。不过他并不着急，甚至还有时间为没有盐而感到遗憾。【名师点睛：反映出列那对自己骗术的自信。】当然，他不仅仅满足于此。他又吃了五六条旁边的篮子里装着的鳗鱼。

现在的难题是怎么把鱼带回家，因为列那已经把肚子填饱了。怎么办呢？列那看到车上有一捆用来穿鱼的柳条针，他抽出两三根来，穿进鳗鱼的脑袋，然后转动身体，鳗鱼便像三根腰带一样绕在了他的身上，最后他把腰带的两端系好。下车的时候到了，这对列那来说易如反掌：只是他要等马车驶上绿草地，这样下车时他就不会发出声音，也不怕鳗鱼会掉到地上。【名师点睛：体现出列那的细心和对家人的重视与呵护。】

下车后，列那还懊悔自己没把车上的一块锦缎拿下来。"上帝保佑你们，善良的鱼贩们！"他对他们喊道，"我像兄弟一样分享了你们的

▶ 列那狐的故事

快乐：我吃了你们最大的鲱鱼，带走了你们最好的鳗鱼；不过大部分鱼我还是留下了。"

鱼贩们大惊失色地叫道："抓狐狸！抓狐狸！"可是狐狸根本不怕，因为他跑得更快。"倒霉！"鱼贩们说，"我们不仅没能从这该死的狐狸身上捞到任何的好处，反而损失了这么多鱼！你瞧瞧，鱼篮被糟蹋成什么样了。真希望他吃饱了撑死！"

"随你们的便，"列那回答，"不管是你们还是你们的诅咒，我都不怕。"说完，他优哉游哉地踏上了回马贝渡的路。【名师点睛：成功偷到鱼，想到回家后家人高兴崇拜的样子，"优哉"更能展现列那现在扬扬得意的心情。】他那贤惠善良的妻子艾莫莉娜在家门口等着他，而他的两个儿子——马尔布朗什和贝尔斯艾——则满怀崇敬地前来迎接他。看到列那带回来的东西后，大家非常开心。"开饭！"列那大声宣布，"把门关好，别让任何人来打搅我们。"

Z 知识考点

1. 他_____把爪子_____一个鱼篮的边上，_____身子，_____篮盖，_____吃了二十多条最好的鲱鱼。

2. 判断题。列那没有吃到下列哪种鱼？　　　（　　）
   　A.鲱鱼　　　B.鳗鱼　　　C.带鱼

3. 列那是用什么计谋偷到鲱鱼的？
   _____
   _____

Y 阅读与思考

1. 你认为鱼贩值得同情吗？

2. 如果你是鱼贩之一，你遇到这种情况会怎么做？

八
叶森格仑剃发受戒

[M 名师导读]

打猎无果的叶森格仑来到列那的家门前,发现列那一家在家中吃烤鱼,饥饿难耐的叶森格仑希望进入列那的家中饱餐一顿,叶森格仑能如愿吗?列那又会耍什么阴谋诡计?

列那在家里尽情吃喝,贤惠的艾莫莉娜为他按摩解乏,孩子们则忙着剥鳗鱼的皮,将鱼肉切成小块,放到火炭上烤。正在这时,叶森格仑先生来敲门了。【名师点睛:通过对比列那一家和叶森格仑的境遇,为后文做铺垫。】

在这寒冷的季节里,叶森格仑打了一天的猎,却一无所获。饥寒交迫的他不知不觉地来到了马贝渡城堡前,他看见城堡的屋顶飘荡着阵阵炊烟,烤鱼片的香味在冷风中荡漾。他透过门板的缝隙,似乎看见列那的两个儿子正忙着在烧得旺旺的炭火上翻动着鲜美的鱼块。此时的叶森格仑在门外垂涎欲滴地舔着自己的胡须,尽量不让自己叫出声来。然后,他爬到一扇窗户附近,他所看到的一切证实了他起初的发现。现在,他如何才能进入这快乐之地呢?如何才能让列那打开房门?叶森格仑坐立不安,来回打转,嘴巴张得很大,简直连下巴都要掉下来。他又朝屋里看了看,【写作借鉴:作者运用了心理描写、动作描写。夸张的手法生动刻画了叶森格仑因为饥饿急切想得到食物的心情。】尝试着闭上双眼,可总是情不自禁地把眼睛瞟向那间他不该看的屋子。

37

▶ 列那狐的故事

"好吧,"他暗想,"我试着让他高兴吧。""嗨,我的朋友!我漂亮的侄子列那!我给您带好消息来啦!开门,让我快点告诉您。"

列那一下子就听出了他叔叔的嗓音,但他决定装聋。

"开门呀,尊敬的先生!"叶森格仑说,"难道您不想知道这个好消息?"

终于,列那有了主意,于是回答叶森格仑:

"外面的人是谁呀?"

"是您的伙伴。"

"啊,我还以为您是猎狗呢。"

"您弄错啦!是我,开门吧。"

"您至少该等教士们吃完饭吧。"

"教士?您家里来了僧侣?"

"是呀,而且都是真正的司铎(duó)[天主教神父的正式品位职称],是蒂龙修道院圣贝诺瓦院长的学生。承蒙他们的抬举,我被吸纳为他们的一员啦。"

"上帝呀!这么说,您今天会接待我,是吗?"

"我非常乐意。不过,请您先告诉我,您是来要饭吃的吗?"

"不,我是来向您问好的。开门吧。"【名师点睛:通过一系列的对话,形象刻画了两人的性格特点。】

"这我可做不到。"

"为什么?"

"您的身份不对。"

"可我现在饿极了。您不是在烤肉吗?"

"啊!我的好叔叔!您这可是在侮辱我。您知道吗,信教的人都许过愿,不吃任何肉的。"

"那么那些僧侣在吃什么?难道是软乎乎的奶酪?"

"不,是鱼。圣贝诺瓦神父还千叮万嘱,让我买最好的鱼给僧侣们吃呢。"

"这可是天大的新闻。不过，无论如何，您总不会因为这个原因，就不打开房门、不接待我吧？"

"我当然想接待您，但不幸的是，您要进来的话，必须先成为僧侣或修士，可您还不是。您还是回家去吧！"

"啊！这些可恶的僧侣！一点都没有怜悯（mǐn）[对肉体或精神上遭受痛苦的人或者对不幸的人表示同情]之心。不管你同不同意，我都要进来！列那，我的好伙计，我没吃过您刚才提到的鱼，好吃吗？能不能给我一小块，让我尝尝滋味？"【名师点睛：体现了叶森格仑没得到食物后气急败坏又无能为力的心情。】

"当然，要是您想吃的话，愿上帝保佑我多捕鳗鱼。"

说着，列那从火炭上拿起两段烤熟的鱼，自己吃了一段，把另一段递给叶森格仑。"来吧，叔叔，拿去吧，这是教士们给您的，他们希望您不久也能成为我们的一员。"

"我会考虑的。可是，上帝！您先把鱼给我。"

"给。味道如何？"

"这可是天下最好吃的东西了。又香又鲜！我觉得我就要皈依宗教了。您能再给我一块鱼吗？"

"要是您成为僧侣，很快就会做我的上司。我相信，教士们肯定会在圣灵降临节[基督教节日，复活节后的第七个星期日]前推选您担任修道院院长的。"

"可能吗？您在开玩笑。"

"不，是真的，我的上司！到时候您一定会得到我最好的报答。当您将黑斗篷披在灰色的毛皮外面时……"

"好，我决定了，您马上把我的头发削成圆形吧。"叶森格仑说到。

"岂止是削成圆形，得全部剃光。"列那说。

"剃光？我怎么不知道还必须把头发剃光？那就剃吧！"叶森格仑虽犹豫但还是答应了。

▶ 列那狐的故事

"等一等,让我把水烧得更热一些,这样剃出的圆顶会更漂亮[天主教僧侣发式,头顶剃光,仅留一圈头发]。好了!水烧得差不多了,水温刚刚好。您俯下身子,把头伸进窗子,我已经把窗户打开了。"【名师点睛:表明了列那故意惩罚叶森格仑,同时写出了叶森格仑为了得到食物已经不计后果了。突出了列那的狠毒和叶森格仑的愚蠢。】

叶森格仑照着列那的话做了,他挺直了脊梁,把头伸过去。列那把一罐开水浇在他的头上。

"啊!"可怜的叶森格仑大叫道,"烫死我了!我要死啦!该死的圆顶!您剃得太多了!"

列那暗自高兴:"不,伙计,圆顶就是规定的大小。"

"这不可能。"

"我向您保证。我还要告诉您,根据修道院的规定,您皈依后的第一个夜晚必须在屋外虔诚地守夜。"

"要是我早知道这一切,"叶森格仑说,"特别是知道僧侣是如何剃度的,我肯定不会愿意做僧侣!可现在反悔已经不及了。至少我还有鳗鱼吃吧?"【写作借鉴:语言描写,叶森格仑为了食物愿意付出一切,展现出他的愚蠢和无知。】

"一天时间很快就会过去,"列那说,"再说,我会到您身边来,让您觉得时间过得更快。"

说完,列那从一扇只有他一个人知道的秘门里出来,走到叶森格仑身边。他一边讲述着僧侣们美好而幸福的生活,一边将这位新近皈依的僧侣带到一个鱼塘边上。在那里,将要发生接下来我们要讲的故事。

Z 知识考点

1.在这_____的季节里,叶森格仑打了一天的猎,却_____。_____的他不知不觉地来到了_____城堡前,他看见城堡的屋顶飘荡着_____，_____的香味在冷风中荡漾。

  2.本文运用了哪些修辞手法？

_____

_____

  3.简述叶森格仑的性格特点？

_____

_____

阅读与思考

  1.列那是怎样戏弄叶森格仑的？

  2.在朋友陷入困境时，我们应该怎样做？

▶ 列那狐的故事

九
列那和朋友钓鳗鱼

🅜 **名师导读**

叶森格仑对列那的鳗鱼念念不忘，于是跟随列那来到一个结了冰的池塘边。他们是怎么样钓鱼的？他们能钓到鱼吗？

快要到圣诞节了，人们开始了腌制咸肉的准备工作。冬夜，寒冷刺骨。列那带着叶森格仑来到鱼塘边，却发现鱼塘早已结了厚厚的冰。【写作借鉴：运用环境描写，突出天气的寒冷，为后文做铺垫。】冰面上有一个窟窿，那是农民为了给牲口饮水而特意凿开的。

列那指着冰窟窿和边上的大木桶说："叔叔，鱼塘里有很多鳗鱼，这里可是个捉鳗鱼的好地方。"

列那的话让叶森格仑仿佛看到香喷喷的烤鳗鱼已经摆面前一样。贪吃的欲望让他迅速地忘记刚才被烫伤的痛苦了。

"如何才能捉到鳗鱼呢？"他问。

"就用这玩意儿。"狐狸指一指木桶。

"我知道，"叶森格仑说，"我的好侄子，要捉到更多的鱼，就必须把木桶系在尾巴上。然后让桶沉到水里。还要耐心地等待，千万不能急。每当您想多捉点鱼的时候，似乎也是这么做的。"

"一点不错，"列那回答，"您既然这么想，真是太好了。我这就照您说的去做。"

42

他把木桶牢牢地系在叶森格仑的尾巴上："现在，您只要一动不动地待上一两个小时，一直等到感觉鱼儿大量地来到木桶里。"

"我明白，而且我有足够的耐心。"

这时，列那可不想在冰上挨冻，他躲到远处的一丛灌木中，两眼紧紧地盯着叶森格仑的一举一动。【写作借鉴：动作描写，"紧紧地盯着"突出了列那的狡猾和狠毒。】叶森格仑站在洞边，尾巴系着木桶，半浸在水里。由于天气寒冷，水很快就冻住了，在尾巴周围结成了冰。

叶森格仑感觉到自己的尾巴越来越重，他以为桶里已经装满了鱼呢，非常高兴，已经憧憬着这次垂钓能够大获丰收。【写作借鉴：通过心理描写，叶森格仑已经身陷绝境却还在无知地做梦，更能反映出他的愚蠢。】最后，冰已经结得非常牢固，原先的那个洞也被封死了，他的尾巴被冻在冰里，无法拔出。叶森格仑焦急地向列那求救："列那！鱼太多，我拖不动。快来帮忙啊，我累坏了，而且天快亮了，再过会儿我们就会有危险了。"

列那假装在睡觉，听到叫声后抬起头："怎么，叔叔，您还在那儿？快点呀，带上您的鱼，赶紧离开这里，天就要亮了。"

"可是，"叶森格仑说，"鱼太多了，我拖不动啊。"

"啊！"列那一边说一边笑，"我知道是怎么回事了。这能怨谁呢？您太贪心了，贪心不足蛇吞象啊。"

天亮了，积雪将地面变成了白色。村子里一个习惯了在早晨打猎的地主和他快乐的仆人都起床了，他的家就在鱼塘边上。他拿起号角，召集猎狗，备好马鞍。野地里顿时热闹了。

列那敏捷地踏上回家的路，把可怜的叶森格仑独自丢在冰面上；而后者仍然在拼命扯着尾巴，却怎么也摆脱不掉。

▶ 列那狐的故事

　　一个男孩牵着两条猎狗走了过来。他看见狼的尾巴被卡在冰层里，屁股上满是鲜血。"嗨！嗨！一头狼！"

　　随从们听到叫声，带着其他猎狗赶来了，叶森格仑听见地主命令把猎狗放开。随从们执行了命令，猎狗朝叶森格仑扑过来。叶森格仑毛发竖起，准备决一死战。他撕咬着猎狗，将他们逼得远远的。这时，地主翻身下马，向叶森格仑走来，他手中握着长剑，打算将他劈成两半。可冰面太滑，他的剑劈歪了，没能刺中叶森格仑的身体，却斩断了他的尾巴。

　　叶森格仑忍着剧痛，用尽全身力气，冲入猎狗群中。猎狗们纷纷躲避，为他闪出一条路，但立刻就又在后面追赶起来。尽管身后有一大群追兵，叶森格仑还是来到一块高地，俯视着他们，准备决战。猎狗们因为害怕停止追赶，叶森格仑便逃进树林。为了能保住一条小命，他不得不舍弃了自己又长又靓的尾巴，为此他痛苦不堪，难以忍受，并发誓要向列那报仇，因为他怀疑是列那精心策划了所有这些恶作剧。【名师点睛：叶森格仑为自己的愚蠢和贪婪付出了惨痛的代价，通过他的心理描写为后文埋下了伏笔。】

Z 知识考点

1.叶森格仑忍着_____，用尽_____，冲入猎狗群中。猎狗们纷纷躲避，为他闪出一条路，但立刻就又在后面_____起来。尽管身后有一大群追兵，叶森格仑还是来到一块_____，俯视着他们，准备_____。猎狗们因为害怕停止追赶，叶森格仑便逃进_____。

2.判断题。

　　叶森格仑的尾巴是被鱼咬断的。　　　　　　　　（　　）

3.叶森格仑看到只有空桶,却没有绳子,他最后是怎么做的?

阅读与思考

1.作者运用了哪些描写手法?

2.分析下面的句子好在哪里。

这时,列那可不想在冰上挨冻,他走到远处的一丛灌木中,两眼紧紧地盯着叶森格仑的一举一动。

▶ 列那狐的故事

十

普利莫打钟

📖 名师 导读

　　列那捡到一盒祭饼后,遇到了打猎回来却一无所获的普利莫,并把剩下的两块祭饼给了他。两人随后又跑到寺院偷吃了所有祭祀用的食物。列那把普利莫骗醉,并引诱普利莫敲钟,然后偷偷溜走。被钟声吸引来的人们以为是恶魔在敲钟,人们拿着武器追打普利莫,普利莫能否从愤怒的人们中逃脱?

　　一天,平原上来了一位教士,他胸前挂着一只装满了轻薄的祭饼的盒子,祭饼将会被切成小块,作为圣饼分发。平原尽头有一道树篱,教士在穿过树篱时不慎将祭饼盒掉到了地上,却没有发觉。【名师点睛:描写祭饼的由来,引出下文,为下文埋下伏笔。】

　　列那经过时,发现了盒子,便带着它穿过田野,来到一个僻静的地方。"我来瞧瞧,"他说,"里面到底是什么东西。"他打开盒子,看到里面有一百多张祭饼,就把它们全吃了,只留了两张,被他折叠成两层,用牙齿衔着。

　　他没走多远,就看见狼普利莫疾步向他走来,好像认出了他似的。"列那,"他说,"你好!"

　　"您好,普利莫先生,上帝保佑您,祝您健康!请问您跑得这么快,是从哪儿来?"

　　"我从树林那边过来。我在那里打猎,等了很长的时间,可是一无所获。你嘴里衔着的是什么？"

列那答："是祭饼，就是在教堂里吃的那种。"

普利莫问："祭饼！你从哪里弄到的？"

列那答："从它们待着的地方。我想它们是在那里等我。"【名师点睛：列那并没有说出祭饼从哪儿得到的实情，突出了列那狡猾谨慎的性格特点。】

普利莫问："啊！亲爱的朋友，分一点给我吧，求你了。"

列那答："好吧，尽管这两张饼值五百块银币，但还是给您吃吧。"

普利莫满怀欣喜地吃完了祭饼，说："列那，你知道吗，这祭饼味道真不错。你还有吗？"

"现在没有了。"

"啊呀，太可惜了！我向圣人日耳曼和圣父的灵魂发誓，我饿极了。我今天什么东西都没吃，尽管刚才吃了你的祭饼，但我还是觉得饿。"

列那说："您看到那边的寺院了吗？我们去那里，想吃多少祭饼就会有多少祭饼。"

"啊！列那，如果真是这样，我将一辈子感激你。"

"那您就看我的吧。您走在前面，我跟着您。"【名师点睛：描写了列那的谨慎，也反映出普利莫有勇无谋。】

他们一路小跑，来到了寺院门前，刚才掉祭饼的教士就是进了这家寺院。门关着，于是他们就在大门台阶下的泥土里掘出一个洞钻到了寺院里。

他们发现祭台上放着很多祭饼，上面盖着一层白色的餐巾。普利莫迅速地扯掉餐巾，将祭饼一扫而光。"说真的，列那兄弟，这饼太好吃了，我越吃越想吃。那只大木箱里装的什么？里面会不会有什么好东西？去看看吧，把它打开。"【名师点睛：描写普利莫吃光祭饼还惦记着其他好东西，突出了他贪婪的性格。】

"我也这么想呢。"

他们来到箱子前。普利莫身强力壮、贪婪成性，砸开了箱子的锁：

▶ 列那狐的故事

里面有面包、葡萄酒和上好的肉。"谢谢上帝！"普利莫说，"这比祭饼好多了，这些东西可以够我们美美地吃上一顿呢。列那，你去把祭台的桌布拿来，铺在这里，别忘了把盐也带来。这位教士真是个好人，竟然在箱子里装了这么多好东西！好了，准备就绪，让我们享用上帝的恩赐吧。"

说着，普利莫把食物从箱子里取出来放在桌布上，两位朋友坐下来，争先恐后地吃了起来。

然而，列那是不会错过捉弄普利莫的机会的。"亲爱的朋友，"他说，"看到您吃得这么香，我真高兴。倒酒，喝！我们谁都不怕。"

"对，喝，"普利莫回答，"这些酒足够三个人喝呢。"

不过，举杯豪饮了几次之后，普利莫的头有点晕了。列那喝得很有节制，却不断地劝说普利莫喝。"哎呀，"他说，"我们好像什么都没喝似的，您竟然在呷（xiā）酒[小口地喝酒]，这可不是您的风格。"

"什么？我可是在不停地给自己灌酒呢。"普利莫吞吞吐吐地回答道，"亲爱的列那，我的好朋友，我喝得可比你多得多。"

"这不可能。您记错了，是我比您喝得多呢！"

"啊！列那，你在说谎。瞧，倒酒，干了！你喝得比我多？我一次可以把两杯酒喝下去，你的那杯和我的那杯。"

列那假装喝着酒，但实际上他把酒全都倒进了自己的胡子里。可是普利莫却已经看不到这些了，他只是一味地喝酒，仿佛眼睛长到了脑袋后面，脸颊也就像燃烧的煤炭一样红。他的脑袋里做着各种各样的梦：一会儿他觉得自己是尊贵的国王，住在王宫里，身边簇拥着满朝文武；一会儿他又为曾经干过的坏事而哭泣，说自己是天下最大的罪人。

"列那，"他说，"既然上帝把我们带到这里，那么一定希望我们做些什么。我提议我们去祭台唱弥撒怎么样？祈祷书翻开着，教士的长袍也在一边。我小时候学唱过弥撒，你看我是否忘记了。"

"可是，"列那回答，"您首先必须保证不能亵（xiè）渎[轻慢，不恭敬]

神灵。只有神父才能在祭台上唱弥撒，至少也得是受过剃度的教士。而您却不是。"

"是呀，你说得对，列那。但我们会成为神父的，一定……会……会的。我没有受过剃度，你可以为我剃度一下啊！再说，大不了我们不做弥撒嘛，我可没必要为了读祭文和晚祷而接受剃度。"

"当然。不过，您最好还是马上接受剃度：这件事情完全可以由我来做，我过去研究过如何成为教士，至少我还是一个六品修士呢。要是我有一把剃刀，就可以为您削发了。用不着我们的圣父教皇，我就可以把圣带围在您的脖子上，宣布您是神父。"

"在这之前，"普利莫说，"我们照样能读晚祷呀。"

于是两人走向祭台，普利莫倚着墙才能走路。列那一边陪他走，一边左右巡视：在朝圣者的祭台后面有一口柜子。他幸运地在柜子里找到一把细长的剃刀，一个锃亮的黄铜盆子，以及一把剪刀。"万事俱备，"他说，"只要有一点点水就行了。"

普利莫的舌头已经僵硬了，不能应答。这时，列那发现了在钟楼下面的圣洗石，于是去那里汲来了水。回到普利莫身边时，他说："瞧，普利莫，上帝刚刚为您显灵了，您看这水。"

"那是上帝在感谢我们，"普利莫说，"好了，快为我剃度吧。我还是决定要唱弥撒。"

<u>他躺在石板上，列那一只手托着他的头，另一只手把盆子里的水浇在他头上。普利莫一动不动，任凭列那在他头上剃度。列那利用他的诚心，故意把圆顶剃得很大，一直剃到了耳根。</u>【名师点睛：通过之前一系列的对话，描写列那一步步将普利莫引入自己的陷阱，成功帮他剃度。突出了列那的狡猾和普利莫的愚蠢。】

"剃度好了吗？"

"好了，您自己感觉一下。"

"那么说，我是真正的神父了！好，马上唱弥撒！现在就开始。"

49

▶ 列那狐的故事

"且慢，唱弥撒之前应该先敲钟。"

"让我去敲。"

他走到大钟边，抓起绳索，叮叮当当地敲了起来。列那简直要笑出声来。他尽可能地掩饰住自己的笑容，向普利莫叫道："好哇，好！大点声，再大点声！"【名师点睛：描写出列那欺骗普利莫敲钟后幸灾乐祸的样子。】

"我想没有一个修士或执事能比我敲得更好。"

"您得把两根绳子拿在一起敲，因为铃铛还没有起作用。"

"现在好些了吗？"

"是的，现在去祭台！我帮您穿白袍和披肩，系腰带、帽带和圣带。"接着，他轻声说："噢！瞧他过一会儿将用哪一种不同的声调唱！人们又会以哪一种方式抚摸他的肋骨！"

普利莫身披祭袍，走上祭台，打开祈祷书，将书页翻了又翻，然后发出阵阵长嗥（háo）[吼叫]：他认为这嗥叫就是美妙的旋律。这时，列那觉得是时候开溜了，他悄悄从刚才在寺院门下挖的那个洞逃了出去，一边逃，还一边往洞里填土，堵住了洞口。【名师点睛：列那一个人逃跑，并把洞口堵上，体现了列那的心狠手辣，同时也为下文做铺垫。】普利莫却留在寺院里，尽情地高声嗥叫着。

钟声传到了本堂神父那里。神父惊讶地跳下床，点亮蜡烛，叫醒自己的妻子[当时，也就是在1170年左右，如教士在剃度之前已经结婚，那么教会允许其和妻子生活在一起。——原注]，操起木棒，拿好寺院的钥匙，打开大门，焦急地走来。他妻子拿着捣（dǎo）槌（chuí）[敲打用的棒子]跟在后面，教堂管事拿着鞭子，教士则手执狼牙棒随后冲过来和神父会合。

神父发现声音是从祭坛传来的，祭台前站着一个身披祭袍、留着圆顶的人，但看不清是谁。他后退了几步，又返回来好多次。最后，他认定自己看见了魔鬼，被吓得晕了过去。神父的妻子尖叫起来，教士则逃出寺院，大声地在城里高喊："警报！警报！魔鬼进了寺院！它们杀死了本堂神父。"农夫们被惊醒了，他们纷纷起床，穿上衣服，向寺院跑去。

您真没看见他们的样子：有人穿上了皮盔甲，有人戴上了薰铁帽，有人从厩(jiù)肥[农村用家畜的粪尿和干土、杂草等混在一起所沤成的肥料]中拔出了湿漉漉的铁叉，有人带上了自己的狗，还有人挥舞着生锈的剑，高举着大棒、梿枷，摇晃着斧头、狼牙棒。所有人都准备同来自地狱的魔鬼搏斗。【写作借鉴：通过一系列的动作描写表现了人们对恶魔的愤怒和神灵的信仰。】

神父终于苏醒。"是的，孩子们，"他对众人说，"魔鬼在教堂里，快朝它冲过去。"

人群的嘈杂声打断了普利莫的弥撒。他转过身来，惊恐万分，此时他的酒完全醒了。他撒腿跑向地洞，可洞口已经被堵上了。他只好又回到祭台，不知如何是好。神父见着他，便用木棒打他。普利莫被激怒了，扑向神父，要不是农夫们及时赶到，神父早就被撕成了碎片。所有人都叫喊着追逐他、揍他，想打断他的腰，砸碎他的脊梁。可怜的普利莫只得全力以赴：他用眼睛估算了一下一扇开着的窗户的高度，一跃而起，跳到窗台上，终于逃离了教堂。

普利莫遍体鳞伤，只有身上的祭袍才给他一点安慰，他就穿着这件衣服逃进了树林，并感谢上帝使他捡回了一条命。"这该死的神父！总有一天我会让他为我所遭到的拳脚付出惨重代价！我以我妻子艾尔蒙嘉的名义发誓，我要让这里鸡犬不留。要是他明天唱弥撒，就让他去找他的老婆借长裙，用女人的头巾做祭袍。可是，列那呢？是他把我带进寺院，把我灌醉，然后扔下我的。啊！如果我再碰见他，我一定要替自己报仇雪恨，不让他今后再有机会去害人。话虽如此，我本该保持警惕，应该从我兄弟叶森格仑的例子中吸取教训。"【写作借鉴：语言描写写出普利莫并没有因为自己做错了事情而忏悔，而是要报复打他

▶ 列那狐的故事

的人，体现了他睚眦必报的性格特征。】

　　突然，他发现列那就站在一棵橡树下面，满脸懊悔，眼泪汪汪，好像在等他。"啊！您终于来了，普利莫先生，"他说，"欢迎欢迎！"

　　"我可不想问你好。"普利莫回答。

　　"为什么？我做错什么事了？"列那假装一脸无辜地说。

　　"你把我一个人扔在那里，而且不打招呼，就把寺院的洞口堵住了。我遭到毒打，完全是你的错。我不得不独自抵抗上百个凶恶的敌人。你真是一个恶毒、卑鄙的狐狸！虽然我不是第一个被你出卖的，但我要做最后一个。"

　　"普利莫先生，"列那用乞求的语气回答说，"恳请您宽恕我。我知道您对我产生了偏见。可是，我对我亲爱的妻子和我的两个儿子发誓，我不记得曾经冒犯过您。把洞口堵上的不是我，而是可恶的神父。我求他不要这样做，可是他不但不听，还威胁我。我见他要对我下毒手，只好从一条我认识的隐秘小道逃走。我对您的情况十分担心，所以在这棵橡树下等您，我很伤心，因为我料到他们会攻击您。这都是实话，您来的时候，我还在哭呢。"【名师点睛：承接上文列那堵洞，更能反映出列那的狡诈和普利莫的愚蠢。】

　　这席话平息了普利莫心中的怒火："好了，列那，我相信你，我现在只恨神父一个人。不过，你看，我至少把他的长袍、祭袍、披肩、帽带和圣带全都带回来了。等轮到他唱弥撒的时候，他就得找其他的替代。"

　　"对了，"列那说，"您知道我们该怎么做吗？"

　　"不知道。"

　　"明天我们把这衣服拿到集市上去卖了吧，哪怕是卖给神父本人——要是他也去集市的话。"【名师点睛：列那又出新的鬼点子，为下文埋下伏笔。】

　　"这是个好主意，"普利莫说，"不过我们先休息一会儿，我真的是精疲力竭了。等我们把睡眠补足了，再来谈卖衣服的事情。我们把衣服拿去卖，我想一定可以卖出好价钱。"

"我也这样想，"列那回答，"谁知道我们会不会想出办法来报复那些虐待您的家伙呢？您只是虔诚地想为上帝服务，他们却要为此惩罚您。"

Z 知识考点

1. 有人穿上了_____，有人戴上了_____，有人从厩肥中拔出了湿漉漉的_____，有人带上了自己的____，还有人挥舞着生锈的____，高举着_____、_____，摇晃着_____、_____。所有人都准备同来自_____搏斗。

2. 普利莫砸开箱子的锁，里面都有什么？　　　　　　（　　）
   A. 面包　　　　　　B. 葡萄酒　　　　　　C. 肉

3. 列那为什么逃跑后还要在树下等普利莫？
_____
_____

Y 阅读与思考

1. 从文中你能学到什么？

2. 分析下面句子的表现手法。

可是普利莫却已经看不到这些了，他只是喝酒，一味地喝，仿佛眼睛长到了脑袋后面，脸颊也红得如同燃烧的煤炭。

列那狐的故事

十一
集市做买卖

M 名师导读

列那和普利莫扮成商人的模样来到集市上准备卖掉上次从寺院偷回来的衣服,在去集市的路上碰到了抱着一只鹅的神父,他们想用衣服换神父手里的鹅。他们能换到鹅吗?列那为什么会垂头丧气地离开?

普利莫在休息了几天后,又重新容光焕发,上次被揍的情形已经被他抛到九霄云外了。他高兴地叫上列那去集市用神父的衣服换取一份大餐。他们学着商人的样子,把神父的衣服折叠好。普利莫走在前面;列那则走在他身后,仿佛是他的随从。就这样,两个人兴高采烈地上路了。

没走多远,他们就遇见一个神父。这个神父正好要去集市买法衣、圣带和披肩。不过,他打算先去一位同事家里吃饭,所以带着一只又嫩又肥的鹅,准备当作登门拜访的礼物。

列那首先发现了神父。"好事来了,伙计,"他对普利莫说,"我看见前面有一个神父,我猜测,他会帮我们大忙。也许他会买我们的衣服,如果这样我们就赚了。因为到了集市上,别人会怀疑这衣服是偷来的,所以不一定能卖出好价钱。再说,这神父带着一只这么漂亮的鹅,我们也可以尝一尝。您看怎么样?"【名师点睛:体现了列那的机灵和足智多谋。】

"就照你说的办。"

神父从他们身前走过时，出于礼貌，掀起长袍的下摆说："上帝保佑你们，先生们。"

"您也一样，神父先生，还有您的家人！"列那一边说，一边盯着鹅看。

"你们从哪儿来，"神父接着问，"准备到哪里去？"

列那道："我们是来自英国的商人，准备去集市上卖衣服，我们有一整套神父服装，包括白色长衣、上等的锦缎祭披、圣带、领巾、帽带、腰带。附近教堂司铎的衣服就是我们提供的。不过，神父先生，要是您需要的话，我们可以优先卖给您，所有衣服只要成本价。"

神父问："这些衣服你们都随身带着？"

列那道："是的，先生。"

神父说："请让我看看，我正巧要去集市买衣服呢。要是你们的价格公道，我就买你们的了。"

普利莫说："噢！这您放心，包您满意。"说着普利莫把行李放到地上，把衣服拿起来给神父看。神父仔细看完之后，他确认这正是那件被偷的衣服，神父的眼珠子转了转，说："我听说前几天附近的一间寺庙里失窃了一套神父衣服，我看这件衣服是偷的吧！你们两个恶魔，上帝派我来惩罚你们的，但我祈求上帝原谅你们，没收衣服就是对你们的惩戒！"普利莫脑海里立刻浮现出上次挨打的情景，吓的准备转身逃跑。列那一把抓住普利莫的胳膊，对他使了个眼神，这才让普利莫稍微镇定下来。列那泪眼朦胧，对着天空说道："尊敬的神父，上帝是如此的仁慈，您的使者为什么要冤枉一位漂泊在异国他乡的商人？我们做着一点小本生意，花大价钱收购的衣服，我们只卖成本价，只为传播您的福德，遵记您的教诲，让我们能获得回家的车票，不会客死他乡。"列那一边说着一边擦拭着眼角的泪水。神父被列那的一番话感动了，对自己的猜疑羞愧不已，作为补偿，决定用自己的鹅来换取他们的衣服："上帝保佑你们，愿你们早日回家，我用这只鹅交换你们的

▶ 列那狐的故事

衣服怎么样？"两人听了非常开心，马上就答应了。

交易当即成交。普利莫满心欢喜地拿走了又肥又大的鹅。他把鹅挂在脖子上，飞快地跑掉了，甚至都没想到跟列那打一声招呼。【名师点睛：普利莫以为占了便宜，拿着鹅跑掉，害怕神父反悔，体现了其爱占小便宜的特点。】列那一边跑一边追赶，希望普利莫能分给他一份。就这样，两人一个跑，一个追，来到了树林边，也顾不上随时可能碰到农夫的危险。他们一边跑，一边还在心里嘲笑那个愚蠢的神父，怎么会为了几件衣服，就把这么肥美的鹅送给他们了。

他们来到一棵大橡树底下，普利莫把鹅放到地上，抢在列那开口之前说："说真的，列那，我们要是问神父再要一只鹅就好了，他肯定也会答应。要是这样，我们就可以每人分得一只鹅。"【名师点睛：语言描写，突出普利莫的贪心和自私。】

列那问："什么！普利莫先生，难道您不打算把鹅分我一份吗？"

普利莫道："想要和我分？别痴心妄想[一心想着不可能实现的事。也指愚蠢荒唐的想法]了，嘿！我的主保圣人吕厄会怎么说？"

列那说："可是，您要是独吞的话，难道就不感到羞耻吗？"

普利莫说："别废话了，难道我还需要你来提醒？如果你饿了，就像以前一样去树林里打猎，没人会阻止你。"

列那没有回答，他知道此时指责是没有用的。要威胁和对抗普利莫，就必须和他一样强，在这一点上列那有自知之明。于是他知趣地走开了，但他尤其痛恨自己竟然交了一个背叛他的朋友。"普利莫先生刚才拿我的人格开了一次玩笑。"他说，"原先我以为他很愚笨。他对待我的行径就和当年泰索的手下一样[大约1110年左右，诺曼底公爵罗贝尔被迫离开卡昂。卡昂城主城门的守卫名叫泰索，他挡住公爵的一名亲信，对他实施了抢劫。泰索手下的士兵纷纷仿效，公爵所有的行李都被洗劫一空]。我本应该跟这个厚颜无耻的家伙干一仗。可是，既然都说我骗人的本领很强，我就让我那些阿拉斯[法国西北部城市名]的有钱朋友们做证：噢，亲爱的艾莫莉娜，以后不会再有人吹嘘能让你的丈夫为自己的好心而后悔了。"【名师点睛：列那被耍后并没有计较，而是选择隐忍，体现了列那审时度势、报复心强、骄傲的性格。】

Z 知识考点

1.列那没有回答,他知道此时_____是没有用的。要_____和普利莫,就必须和他一样____,在这一点上列那有_____。于是他知趣地_____了,但他尤其_____自己竟然交了一个背叛他的朋友。

2.判断对错。

神父知道衣服是失窃的那套,但还是用鹅交换了这套衣服。(　　)

3.列那为什么没有去集市上卖衣服,而是和路过的神父交易?

_____
_____

Y 阅读与思考

1.普利莫为什么拿到鹅后飞快地跑掉了?

2.从普利莫的行为中,你得到了什么启发?

▶ 列那狐的故事

十二
普利莫丢鹅

M 名师导读

当普利莫抱着鹅冥思苦想先吃哪一部位的时候,老鹰莫夫拉尔出现在了普利莫的上空……

现在回头再说一说普利莫。在开吃之前,他沾沾自喜[形容自以为不错而得意的样子]地仔细看着那只鹅。这顿美味的午餐该从哪里开始呢?先吃鹅腿?不,要是先吃腿,肚子里就装不下其他更美味的鹅肉了。

正当他凝神思考的时候,老鹰莫夫拉尔和平时一样在天上盘旋。他发现普利莫正面对他的鹅苦思冥想,正巧自己一个上午还没吃过东西,就抓住机会,一个俯冲,伸出爪子,夺走了沉甸甸的肥鹅。【名师点睛:展示了一个道理:人往往在得到好处扬扬得意时最容易犯错误。】

其实普利莫可以阻止老鹰的,但他想着把老鹰和肥鹅一网打尽:结果一样都没落着。【名师点睛:体现了普利莫的贪心,结果得不偿失。】他是多么沮丧啊!他见莫夫拉尔停在一棵橡树枝头上,便两眼盯着莫夫拉尔,装出一副正直的样子说:"莫夫拉尔先生,把属于别人的东西夺走,这可不好。我以我的灵魂发誓,我不会以同样的方式对待您。好了,亲爱的朋友,您下来,您把鹅分两半,留下您喜欢的那一半。这样行吗,莫夫拉尔先生?"

"不行,普利莫,"莫夫拉尔回答,"您休想,我得到的东西就不会再还给别人。这只鹅归我了,您要是再抓到其他的鹅就归您。不过,我的朋友，我得承认，这只鹅真是极品，我从来没吃过这么嫩、这么肥的鹅呢。"

"您至少让我尝一口呀。求求您，给我一只鹅腿吧！"

"想都别想，普利莫先生。什么！您要一只鹅腿，我可不是疯子，不会把手里的东西放到背后去。不过您耐心等着吧，我吃完鹅肉，会把骨头扔给您的。"

普利莫只好听从，等着天上掉下一些莫夫拉尔的残羹(gēng)剩饭[羹:吃剩的饭菜，比喻别人取用后剩下的一点东西]。这时，他开始为自己对列那耍手段感到后悔，因为他并没有从中获得什么好处。【名师点睛:后悔自己戏耍列那的手段应验到了自己身上，真是自食其果。】

Z 知识考点

1.正当他_____的时候,老鹰莫夫拉尔和平时一样在天上_____。他发现普利莫正面对他的鹅_____,正巧自己一个上午还没吃过东西,就_____机会,一个_____,_____爪子,_____了沉甸甸的肥鹅。

2.判断题。

老鹰答应把吃不完的鹅腿分一只给普利莫。　　　　（　　）

3.读了这一个小故事后,你有什么感想?

_____

_____

Y 阅读与思考

1.你怎样看待老鹰莫夫拉尔?

2.为什么人们总是在得到教训之后才开始反思自己也曾对别人犯下过同样的错?

▶ 列那狐的故事

十三
普利莫挨揍

Ⓜ **名师导读**

列那失去肥鹅后,利用装死成功骗得了鱼贩子的鲱鱼,然后故意带着一条鱼来到离开普利莫的地方,引诱他用同样的方法去骗取鲱鱼。普利莫能成功骗到鲱鱼吗?鱼贩子会再次上同样的当吗?

  让我们来看看列那失去了肥鹅后发生了什么!原来列那在失去肥鹅后,饿得两眼昏花,正在树林里努力寻找食物呢。然而,在一阵东奔西跑之后,他发现树林里并没有捕获猎物的希望,他不得不冒险重操旧业——装死骗鱼吃。他来到路旁,决定在那里等待时机。

  不久,他听见沉重的马车声(在此读者将重温故事七的开始部分,不过后面的故事是关于普利莫的。——原注)越来越近。列那知道他的机会来了。看到他们走近,列那不慌不忙,在潮湿的地面上躺下,伸开四肢横在大路中央,伸直尾巴,毛皮上沾满了白色的泥浆。他腿脚朝天,紧咬牙关,抿起嘴唇,伸出舌头,闭上双眼。

  鱼贩们经过他身边时发现了他。"噢!快看呀,"一个鱼贩说,"这是一只狐狸。真幸运,我们可以用他的毛皮付晚上的客栈费了!他的毛真漂亮,可以用来做上衣的装饰。他可以卖四块银币。"

  "至少四块,"另一个鱼贩说,"你只要看看他的胸脯就知道了:这毛多白呀!行了,把他放到车上,等到达目的地之后,我们就剥了他的皮。这狐狸穿着它,肯定热死了。"

说着，鱼贩们抬起列那，把他扔到车里的一只大箩筐上，盖上油布，就接着继续赶路了。箩筐里至少有一千条新鲜的鲱鱼。列那见鱼贩们不再注意他，便一口气吃了十多条，总算填饱了肚子，不再饿了。

现在，该想想怎么逃脱了。即使列那吃鱼的时候，他也没忘记背叛他的普利莫，于是用牙齿衔起一条最漂亮的鲱鱼，并拢双脚，一跃而出，跳到草地上。【名师点睛：列那计上心来，准备去戏弄普利莫，体现了列那报复心很强的特点。】不过，在走开之前，列那还不忘记嘲讽一番鱼贩子："一路走好啊，农夫们！你们不要指望用我的毛皮去换钱。你们的鲱鱼非常好吃，我已经吃饱了。剩下的就全留给你们吧，不过这一条我还是带着，下次感到饿的时候吃。上帝保佑你们，农夫们！"

说完，列那撒腿就跑。鱼贩们面面相觑，一脸茫然，目瞪口呆。等他们反应过来怎么回事时，已经根本追不上列那了。列那一路疾跑，穿过山丘、灌木、平原和山谷，一直跑到他离开普利莫的地方。【写作借鉴：描写列那的动作，没有停息地跑到普利莫的地方，表明了列那急切地想报复他的心情。】

普利莫还在那里。看到列那的那一刻，他后悔地流下了眼泪。他站起身来，迎上前去，等走近列那的时候，便面带愧色地向他问好。列那装作没有看见。

"好伙计，"普利莫说，"我承认，我错了，请原谅我，不要对我怀恨在心。我可以将功补过：你要我怎么做？"

"普利莫，"列那回答，"至少希望您不要嘲笑我。如果您一个人独吞了我们共同赚来的鹅肉，那么您只需做出一副贪婪的样子就够了，用不着再对我人身攻击。改邪归正的机会多的是，只要您愿意。"

"啊！列那，说实话，我欺骗了你，为此我追悔莫及[后悔也来不及了]。其实我什么好处都没得到。我正要吃那只鹅，莫夫拉尔却冲

▶ 列那狐的故事

下来把它给抢走了，我压根就没有时间抓住他。农夫们说得对：'食物从勺到嘴，相隔千山万水。'我准备说服老鹰，可是白费劲，他用我回答你的方式回答了我，好伙计！他让我少废话，还让我吃他的残羹剩饭。我一心想着独吞鹅肉，难道我没有理由后悔吗？不过，列那，并不是所有人都像你这样聪明、诚实。只要是能像我一样，感到后悔并且决心改邪归正，那么他还是幸福的。我们还是做朋友吧，相信我，过去的事情就不要再提了。"

"好吧！"列那说，"既然您这样想，那我就既往不咎(jiù)[原指已经做完或做过的事，就不必再责怪了。现指对以往的过错不再责备]了。不过，我希望您说话算话。您承诺襟怀坦荡地对待我，我也会以同样的方式对待您的。"

于是两人伸出手来，握手言和。不过，只有普利莫才真正决心信守诺言。【写作借鉴：起到承上启下的作用。也暗示普利莫将要被列那欺骗，侧面反映出普利莫的愚蠢。】

这时，普利莫仍然饿着肚子。他看见列那带来的鲱鱼，就问："伙计，你手里拿的是什么呀？"

"鲱鱼。我刚才吃了个饱，就在一辆去集市的马车上。"

"啊，好伙计，"普利莫又问，"你能把这条鱼给我吃吗？从昨天上午到现在，我什么东西都没吃过。"

"当然可以，"列那说，"拿去吧。"

一眨眼，普利莫就把鱼吃了。

"啊！多美味的鲱鱼！为什么没有更好的作料呢！可惜，我这么饿，一条鱼根本不够。我说，列那，求求你告诉我，你是怎么弄到这么多鱼吃的？"

列那回答，"当我看见马车过来，就横躺在大路上装死。鱼贩们以为捡到了一只死狐狸，就把我扔进他们装鱼的笾筐。就这样，我饱餐一顿后，在下车的时候还不忘为您带上一条鲱鱼。您看，普利莫，尽

62

管您对我不好,可我还是照样爱您。说到这儿我想起来了:其实您也可以有同样的运气,只要在马车抵达集市之前追上它。您知道我是怎么做的,只需依葫芦画瓢就可以了。"【名师点睛:列那在知道鱼贩子不会再上当的前提下,依然用自己以前的老伎俩让普利莫去行骗,体现了列那的聪明和普利莫的无知。】

"我的圣吕厄呀!"普利莫说,"你真是一个好参谋。我这就去追鱼贩,你在这儿等我,我吃完美餐就回来。"

普利莫立刻撒腿就跑,终于在马车接近集市前,在城墙边追上了它。他跑到马车前方,抓紧时间躺在大路中央,照列那说的那样装死。鱼贩们看见了他。"啊!"他们叫道,"是一头狼!他好像是死了。难道他想学可恶的狐狸,骗我们吗?去看看再说吧。"

车上所有的人都来到普利莫身边,将他的身体翻来翻去,普利莫则忍住不动。

"他的确死了。"一个鱼贩说。

"不。"

"是死了,傻瓜!"

"他是装死!"

"好吧,这根棍子会让我们意见一致的。"

鱼贩们挥舞起大棒,对普利莫一顿痛打。一个马车夫更是操起一根巨大的撬(qiào)棍[用以掀起重物的棍棒],朝他的腰砸去。可怜的狼儿不敢呻吟,忍着剧痛,仍然一动不动。可是,鱼贩还是发现他轻轻呼出了一口气,便立刻抽出一把大菜刀,准备向他砍去。普利莫反应及时,不等菜刀砍下,就一跃而起,撞倒了一名鱼贩,落荒而逃,鱼贩们在他身后大呼小叫地追赶。

普利莫遭受毒打,身心俱疲。他艰难地回到列那等他的地方:"啊,列那!你欺骗了我。"

"怎么,普利莫先生,难道您没吃到鲱鱼?"

▶ 列那狐的故事

"吃什么鲱鱼！被鱼贩们识破了，我差一点没被他们打死。我的肋骨都被大棒给打断了，他们还拿出菜刀，要砍我脖子。看到这情景，我别提有多害怕了！于是我不再装死，用尽全身力气，逃出了那些该死的鱼贩的魔爪。"

"啊！这些鱼贩！"列那强忍住笑，随声附和[自己没有主见，别人怎么说，就跟着怎么说]道，"他们简直就是恶魔，我都懒得提到他们，鱼贩没有朋友，对任何人都不怜悯。不过，伙计，您没受伤吧？不管怎样，活着回来就好。您先好好休息，然后我们去别的地方找找吃的东西。您一定很饿，对吗？"

"是呀，"普利莫回答，他连看也没看列那一眼，只是把舌头伸得长长的，朝他撇了撇嘴。"我都不知道是什么让我更加难受了：是饥饿呢，还是刚刚遭到的毒打。"

于是，两位朋友躺在新鲜的草地上。普利莫低声咒骂着鱼贩，列那则把头埋在两腿之间，尽情地快乐着。就这样，他心安理得地进入了梦乡，因为他所有的愿望都得到了满足，不再会有遗憾打扰他的美梦。【写作借鉴：对比手法，描写了两人天壤之别的心情，表现了列那报仇后心满意足的神情。】

Z 知识考点

1.看到他们走近，列那_____，在潮湿的地面上躺下，伸开_____横在大路中央，伸直_____，_____上沾满了白色的泥浆。他_____朝天，紧咬_____，抿起_____，伸出_____，闭上_____。

2.解释"面面相觑"的意思。
_____
_____

3.列那偷吃完鱼后为什么还要给背叛他的普利莫带上一条？
_____

阅读与思考

1.普利莫为什么会被鱼贩毒打?

2.普利莫挨打的事情给你什么启发?

> 列那狐的故事

十四

肉库遇险

M 名师导读

> 普利莫偷鱼失败后，饥饿难耐地度过一夜，天没亮就叫醒列那带他去弄吃的。于是列那把他带到一位农夫的房子那儿，偷熏肉吃。他们是怎样进到院子里面的？他们能偷吃到熏肉吗？他们被农夫发现了吗？

普利莫饥饿难耐，天没亮就叫醒了列那："伙计，我好饿，告诉我去哪里可以弄到吃的。"

列那揉揉眼睛，想了一会儿，然后说："要是您真的想大吃一顿，我知道附近的一幢房子里可以满足您的需求。这房子是一个农夫的，他有四块很大的火腿熏肉。我知道从哪儿进去。如果您愿意，我可以带您去。"

"我当然愿意！"普利莫口水直流地说道，"现在就出发，我求你了。我恨不得立刻出现在火腿熏肉的面前，难道你没看出来？"

"好吧，出发！"

他们来到农夫的房子前，列那开始仔细观察门和窗户：门窗都关着，农夫的狗还在睡觉。【名师点睛：体现了列那的谨慎。】列那想到一个他屡试不爽[多次试验都没有差错。爽：差错的意思]的办法。在正对着门的围墙上有一个狭窄的缺口，他把普利莫带到那里，自己先从缺口钻了进去，接着让普利莫跟着钻进去。

然而普利莫在缺口处犹豫了起来，因为想钻过这个狭窄的缺口对于高大的普利莫来说实在是有点困难，但是食物的诱惑力太大了，他决定拼一把。

普利莫费了九牛二虎之力才钻进缺口，不过，饥饿使他的肚子变得瘦长，而且给了他无比强大的力量。【名师点睛：细节描写，饥饿瘦长的普利莫才能艰难地钻进缺口，突出了缺口的狭小，为下文埋下伏笔。】他们进了屋子，找到了火腿熏肉。"现在，您就尽情享用吧，我的先生。"列那说，"这可是您填饱肚的一个千载难逢[一千年也难碰到一次。形容机会极其难得]的机会。"

普利莫已经顾不上列那说的话，一门心思地朝火腿熏肉扑去，狼吞虎咽起来。要不是列那早就有所准备，普利莫甚至都不会想着给他留几块肉。不过，列那没有忘记他们随时都可能会被发现，提醒普利莫："您已经吃很多了，我们快走吧，要不然会被发现的。"

"我马上就走，"普利莫尴尬地回答，"可是我吃得太多了，走不动。"

的确，现在他的肚子圆滚滚的，宽度简直超过了身体的长度。他俩跌跌撞撞地回到缺口处，列那很轻松地钻了出去，可普利莫那圆滚滚的肚子出乎意料地卡在缺口中。【名师点睛：承接上文。普利莫因为自己的贪心吃太多而钻不出去，而列那恰好能钻出去。两者对比，突出了普利莫愚蠢至极，做事不考虑后果，反衬出列那的机智，做事周全。】

"怎么办？"他说，"怎么出去呢？"

"您有什么问题吗，老兄？"列那轻声问。

"问题？我钻不出去。"

"钻不出去？您在开玩笑吧？"

"听着，我在跟你说：我钻不出去。"

"这样，您伸出头来，用力。"

普利莫按照列那的话做了。列那抓住普利莫的耳朵，使出浑身力气往外拉，差点没把他的毛皮扯下来。可是，无论他往上、往下，还是往边上拉，都无济于事，肚子仍然卡在那里。

▶ 列那狐的故事

"换个办法试试，"列那说，"天快亮了，农夫随时都可能发现我们，您在这儿等我，伙计，我马上回来，我一定想办法把您救出来的。"

列那跑进树林，砍下一根树枝，做成套索，然后回到普利莫身边："现在，必须用全力把您拉出来，我说什么也不能把您扔在这里，让您冒这么大的危险。"说着，他把套索套在普利莫的脖子上，双脚抵在墙上，用力拉着，普利莫的半个身体和头都被拉出来了。列那一边拉，一边一本正经地不断重复着："上帝，帮帮我们！绝对不能把我的朋友留在这里！"【名师点睛：体现了列那并不是真的想要把普利莫拉出来，只是装装样子，故意戏弄普利莫，突出了列那的狡猾。】

普利莫脖子到头顶的毛皮，简直就要被列那扯下来了。可怜的他忍不住疼痛，尖叫起来，惊醒了农夫。农夫下了床，循着叫声疾速向这里跑来。

"放开我，放开我，列那。我还是回到围墙里去，和农夫干一仗。"

列那不等他说第二遍，就转身离开了，他几乎肯定自己亲爱的朋友是无法脱身的。【名师点睛：验证了上文列那全力救普利莫都是装出来的，他巴不得普利莫被农夫杀死来报复他。凸显列那的虚伪、狡诈。】

然而，就在农夫一手拿着蜡烛、一手持着标枪赶来时，普利莫终于从缺口中拔出了卡住的身体。正当农夫的标枪朝他射来时，蜡烛熄灭了。普利莫的眼睛比农夫好，他抓住机会，回到农夫身边，趁农夫忙着点亮蜡烛的时候，一口咬住了他。农夫的腰部被狠狠地咬住了，他发出一声哀号："来人哪！快来救我！"

农夫的妻子听见求救声，于是连忙起身，操起纺锤，第一个赶到现场，朝普利莫的身上乱打。可是没用，普利莫丝毫不松口。农夫夫妻俩一边叫嚷："抓凶手呀！抓小偷呀！有人要掐死我！有人要杀我！魔鬼找我来啦！"一边不住地诅咒。

农夫的妻子终于决定打开围墙的大门，希望能有外面的人前来救援。普利莫借此机会，咬紧牙关，从农夫的腿上咬下一大块肥肉，撒开双腿逃进了田野，危险使他重新变得有力和敏捷。

　　他在树林里找到了列那。后者见到他回来非常失落，却装出是因为普利莫刚刚经受过磨难的缘故。【名师点睛：列那的难受并不是因为普利莫受难，而是对普利莫没有被农夫杀死感到失望而难受。】

　　"好了，"普利莫说，"灾难并没有预期的那么大，我总算逃出来了，而且我给你带来了农夫的大腿肉。这肉真是无可比拟，可以作为你的那份肉。比起猪肉来，更好吃哦。"

　　"我可不这么想。"列那说，"我可以发誓，不管农夫的肉是白是黑，它终归是农夫的。我无论如何也不会去碰它，我不想弄脏自己的嘴。"

Z 知识考点

　　1.农夫的妻子终于决定打开＿＿＿＿，希望能有外面的人前来＿＿＿＿。普利莫借此机会，咬紧＿＿＿＿，从农夫的腿上咬下一大块肥肉，撒开双腿逃进了＿＿＿＿，危险使他重新变得＿＿＿＿和＿＿＿＿。

　　2.列那和普利莫到农夫家偷熏肉，为什么普利莫被抓了？（　　）

　　　A.普利莫受伤了。

　　　B.洞口太小，普利莫吃得肚子太大，钻不出去。

　　　C.洞口被封住了。

　　3.普利莫屡次被列那戏弄，为什么却还会相信列那并和他一起找吃的？

　　＿＿＿＿＿＿＿＿＿＿＿＿＿＿＿＿＿＿＿＿＿＿＿＿＿＿＿＿＿＿＿＿

　　＿＿＿＿＿＿＿＿＿＿＿＿＿＿＿＿＿＿＿＿＿＿＿＿＿＿＿＿＿＿＿＿

Y 阅读与思考

　　1.列那在普利莫被卡在洞口时是怎么做的？

　　2.从普利莫肉库遇险中你得到了什么启示？

> 列那狐的故事

十五
普利莫上了大当

M 名师导读

　　列那看见普利莫成功从农夫那儿逃了出来，于是又骗普利莫到附近树篱后抓鹅，结果普利莫被看守的两只猎狗咬伤。普利莫幡然醒悟，意识到他跟列那一起所经历的一切都是列那故意欺骗他，他决定回去杀了列那。最后列那是怎么样从普利莫手中逃脱的？又是怎么样再次让普利莫上了当甚至差点儿丢了性命的？

　　"不过，"列那继续说，"我知道一样东西，比农夫的肉好吃多了。在附近的树篱后面，有一大群肥鹅，只要我们愿意，它们就是属于我们的。"

　　"肥鹅在哪里？我们这就去。会不会有危险呢？"

　　"不会，看鹅的只有一个农夫。"

　　"这还差不多，"普利莫说，"我们一起过去，这次抓到的鹅我们俩平分。"列那不希望再次被普利莫独吞食物，借口道："刚刚在农夫家吃完东西后肚子痛，我不能和您一起去了，您还是一个人去吧，不用管我。"普利莫瘪了瘪嘴："愿上帝保佑你快点好起来，那我一个人去了，也保佑我多抓几只肥鹅。"

　　"那您走好，我的伙计。"

　　列那留在原地，一心希望普利莫再遭不幸。【名师点睛：列那没有跟去，说明十分危险，表明列那要置普利莫于死地。】

普利莫很快就来到了鹅群中间。开始的时候一切顺利。他看中了最肥的一只鹅，猛扑过去，立刻抓住了它。就在此刻，农夫从树林里回来了，他看见普利莫，立刻放出了身边的两条猎狗。普利莫遭到了猎狗的攻击，他被迫放弃了猎物，可身上还是留下了猎狗轻微的齿痕。他以比刚才出发时更快的速度回到列那那里，但这次他的心情却极其糟糕。【名师点睛：凸显了普利莫对列那欺骗他的愤怒心情。】

"见鬼！列那！"他一到就说，"你一直都在欺骗我，你一心想着我死，现在你可以为自己如此处心积虑[处心：存心；积虑：图谋了很长时间。指存心很久；费尽心机。也指千方百计地谋算]而后悔了。啊！我现在总算看出来了：你让我敲钟，是为了引来神父；你让我去找鱼贩子，是为了让我挨揍；你让我去肉库，是为了让农夫把我的皮扒下来；刚才你又告诉我鹅群在哪里，其实你是希望我被猎狗撕碎。你这个骗子，真是太坏了，我要让你把所有这些欠账一次全部还清。"

说着，他愤怒地用爪子去抓列那的鼻尖。列那在躲闪中被抓住了。"普利莫先生，"他说，"您在滥用武力：强者是不能这样毫无罪恶感地欺凌弱者的。我要到国王、王后，以及所有同伴面前去告您。可是，您至少应该听我说说，您就会明白自己是不该对我发火的。"

"不，不！我是不会原谅你的，今天你只能死在我的手里。"

"您可要想好，普利莫先生，您要是杀了我，找您麻烦的人可就多了。您知道，我有两个儿子，有很多亲戚，还有很多有势力的朋友，他们都会来找您算账的。他们一旦知道是您谋杀了我，那您就会被处死，或者驱逐出境。"

列那的这席话只能火上浇油。普利莫抓住列那的后颈，把他摔倒在地，按在脚下，在他身上乱踩，把他咬得遍体鳞伤。列那想到自己就快死了，害怕得魂不附体。于是，他竭尽全力高喊道："饶了我吧，普利莫先生。我发誓这是我最后的忏悔，我从来不曾想伤害您。"

这些话一下子浇灭了普利莫的怒火，他开始迟疑起来："难道列那

▶ 列那狐的故事

真的没什么可指责的吗？"【名师点睛：说明普利莫是个服软不服硬的人，希望别人臣服在自己脚下。体现了他的高傲自大。】

列那看到自己最后几句话起了效果，便提高嗓门继续说："是的，我可以让圣物做证，我的确不知道鹅群有猎狗看守，我没有关教堂的门，也没有预料到鱼贩对您比对我更加凶残。我要讨回公道，我会让我的妻子和孩子到国王那里去为我报仇的。"【写作借鉴：语言描写，这段话充分体现了列那的机智，抓住普利莫的恻隐之心，用巧妙的语言让自己逃生。普利莫的愚蠢做法也预示着他将再次被列那欺骗。】

普利莫听完不再打了，他开始考虑事情的后果。"好吧！列那，我饶你一命，过去的一切我都不再和你计较了。你起来吧。"

"我真的可以相信您吗？"

"当然，我原谅你了。"

"谁能保证呢？"

"要是你愿意，我可以发誓。"

"是的，我愿意。"

"那好吧。告诉我去哪家教堂，我会在圣人的遗骨前发誓。"

"附近就有一家教堂，如果您想去，我可以带路。"

"好，去教堂吧！"

可是列那早就想好了一条新的毒计。他知道，在围墙的入口处有一个捕兽的套子，套子是用弯曲的橡树枝做成的，由一个机关控制着，只要稍稍用力，机关就会松开。他准备把普利莫带到那里去。【名师点睛：体现了列那的恩将仇报。也告诉人们一个道理：对待恶人不能仁慈，要用正义的手段制裁他们。】

不一会儿，他们就到了。"就在那里，"列那顺着手指着的方向说，"安息着一位圣人，他是一位忏悔师、一名殉道者，他曾在这世界上隐修了很长时间，现在终于上了天堂。我对他的墓万分敬仰，要是您能在他面前发誓，说您不再打我，是我忠实的朋友，那我就满意了。"

"看在圣人阿涅斯的份上，我答应你。"说着，普利莫跪在地上，将一只手放在了套子上，然后说："我发誓，如果我还怨恨列那，以后和他或他的家人过不去，那么就活不到明天天亮。"【名师点睛：暗示着后文普利莫会被列那诱骗致死。】

"这样的话，上帝一定会帮助您的。"列那回答。

普利莫准备站起身来，于是就把脚放在了弯曲的树枝上：机关松开了，脚被卡在了套子里。

"救命！快来救我，列那先生！我被卡住了！"

"啊，你被卡住了，背信弃义[背：违背；信：信用；弃：丢弃；义：道义。不讲信用，不讲道义，也作"弃信忘义"]的家伙！那是因为你心口不一，因为你发的是假誓，所以圣人要惩罚你。我可不会做违背上帝旨意的事情。既然上帝抓住了你，那你就恳求他放了你吧。啊！我现在总算明白你的小伎俩了，你会不知道不做一头好狼要付出什么代价吗？"

说完，列那离开了普利莫，踏上了去马贝渡的路。路上他遇见一只鹅，便把它抓住，兴高采烈地回到艾莫莉娜身边。艾莫莉娜和孩子们高兴地欢迎他回家。列那眉飞色舞地将他在这次远足中所设的诡计一一告诉给大家，还讲了老是上当的普利莫最终是如何落入陷阱的。艾莫莉娜开怀地笑着，她可对叶森格仑的兄弟不感兴趣，只要再见到她的丈夫，能分享他的猎物，艾莫莉娜就觉得满足了。【名师点睛：表现出艾莫莉娜不分是非、愚昧无知的特点。】

至于普利莫，没有人知道他现在怎么样了。他究竟是将那只脚留在了套子里而得以脱身呢，还是死在了发现他的猎狗的牙齿之下，故事里没有详细交代。不过，在这最后一次令人不快的冒险之后，本书就再也没有提及他，所以我们可以认为他已经一命归西了，这样的结局只能怪他自己一时糊涂。

73

▶ 列那狐的故事

Z 知识考点

1.普利莫抓住列那的_____,把他_____在地,按在_____,在他身上_____,把他咬得_____。列那想到自己就快死了,害怕得_____。

2.判断题。

列那引导普利莫在圣人墓前发誓,是为了把他引到陷阱。(　　)

3.普利莫最后的结局如何?

Y 阅读与思考

1.普利莫的故事告一段落,请总结普利莫是个什么样的人。

2.你从普利莫的这些故事中学到了什么?

十六

列那招惹花猫

M 名师导读

列那打算再打一次乌鸦、山雀、公鸡的主意时，偶遇了傲慢的花猫蒂贝尔，他决定戏弄一下蒂贝尔。面对同样狡猾的蒂贝尔，这次他能成功戏耍到蒂贝尔吗？

列那穿过一条熟悉的水沟，将猎狗们甩在了水沟的另一边，摆脱了猎狗和杂务修士的追逐。然而，筋疲力尽的他饥饿感更加强烈了。终于，列那来到一条破旧的小路拐角，决定再打一次乌鸦、山雀，特别是尚特克莱尔的主意。【名师点睛：说明列那是个报复心极强的人，被别人欺骗后一定要报复回来。】正在这时，他看见花猫蒂贝尔独自一人，正在那里孤芳自赏[把自己看作是仅有的香花而自我欣赏。比喻自命清高；也指脱离群众，自以为了不起]。

多么幸福的蒂贝尔呀！单是他的尾巴就足以显现出他的灵巧和自由自在了。他用眼角瞟着这尾巴，追逐它，让它来回摇摆，趁它不注意时一把抓住它，把它放在脚爪间把玩，还不时地抚摸它，仿佛害怕自己怠慢了它似的。【写作借鉴：细节描写，刻画了一副养尊处优的神态，表现了蒂贝尔十分爱惜自己的尾巴。】现在，蒂贝尔摆出一个非常放松的姿势，一会儿伸出爪子，一会儿又将它们收进丝一般的茸毛里。他闭着眼睛，又不时地半睁开来，神情惬意，口中还念念有词，似乎是在告诉人们，身体、精神和心灵的彻底休息能使人达到

75

> 列那狐的故事

最美妙、最令人向往的境界。

突然，蒂贝尔从这骄奢的安逸中惊醒了过来。因为有一位不速之客来了，列那在离他几步远的地方停下。蒂贝尔看到列那棕红色的毛皮，一眼认出了他，于是立刻站起身，既是出于警惕，也是为了表示礼貌与尊敬。【名师点睛：表现出蒂贝尔的谨慎和虚伪。】

"先生，"他说，"欢迎您！"

"我嘛，"列那粗暴地回答，"我可不会向你问好。我甚至要告诫你，最好不要让我们碰见，因为每次见面，我都希望这是我们的最后一次见面。"

蒂贝尔并不要求列那对自己的话做解释，只是轻声细语地回答："尊敬的先生，我让您这么讨厌，真抱歉。"

不过，列那现在没有心思找碴儿打架，他已经饿得筋疲力尽了。蒂贝尔却酒足饭饱、以逸待劳[用安闲之己待疲劳之敌。指自己养精蓄锐，等敌人疲劳后，待机痛击疲劳之敌]；在他又长又亮的胡须下面，藏着锋利的牙齿；他的爪子又大、又壮、又快。再说，列那先生不喜欢和势均力敌的对手较量。【写作借鉴：对比描写出两人的差距，在巨大的差距面前，作者用"势均力敌"这个词语，充分体现了列那的争强好胜和嫉妒心，也为下文列那改变主意想要戏弄蒂贝尔一番埋下伏笔。】蒂贝尔坚定的表情使他改变了说话的语气。"听我说，"列那说，"我要告诉你，我正和叶森格仑在进行一场极其残酷的战争。我已经招募了好几个勇士。如果你也想加入的话，肯定也不会吃亏的，我已经警告过叶森格仑，在接受任何停战要求之前，我会让他吃尽苦头。谁要是不抓住机会，和我们一起大赚一笔，那他一定会后悔的。"

蒂贝尔并没有被列那的话给蒙蔽，不过为了弄清楚列那接下来想干什么，蒂贝尔将计就计，附和道："列那先生，我也有一笔账要和叶森格仑算，我就是希望他倒霉。"

双方很快就达成了一致，并且相互发了誓，蒂贝尔答应成为列

76

那的战士，去参加一场从没发生过的、甚至连起因都不清楚的战争。现在，他俩各自骑一匹马（我们的诗人一心一意要让主人公像高贵的战士一样旅行）上路了。从表面上看，他们是世界上最好的朋友，可实际上，只要一有机会，两人随时都可以背叛对方。

在骑马行进的过程中，列那发现沿着树林的道路中央有一个橡树墩微微开着口子，里面藏着一个捕兽的套索。列那小心翼翼地绕了过去，不过，他看到了让蒂贝尔吃苦头的机会。于是他走近这位新招募的战士，对他喊道："亲爱的蒂贝尔，我很想见识一下您的坐骑有多么有力和敏捷：它肯定可以入选仪仗队。但我希望能一睹它的风采。您看见树林边的这条细线了吗？您放开缰绳，沿着它笔直往前冲。这是一个决定性的考验。"

"没问题。"蒂贝尔回答，他突然加速，策马飞奔过去。当他到达套索跟前的时候，及时发现了陷阱，便后退了两步，快速从边上绕了过去。

列那目不转睛地盯着他："啊！蒂贝尔，您的马没能沿着直线跑。快停下来，再跑一次！"

蒂贝尔在发现树墩里的陷阱后，明白了列那想戏弄他。不过，蒂贝尔不会上当，他回到原地，用两根马刺驱使坐骑重新驰回套索前，又再次轻盈地跃过套索。

列那意识到他的诡计被识破了，但他一点都不沮丧："说实话，蒂贝尔，我高估您的马了。它比我想象的要差。它不是跨越，就是绕道，肯定不会被我的元帅看中，您也肯定得不到大奖。"

蒂贝尔装作非常懊恼地为自己辩解，想把戏演下去，可正当他准备试第三次的时候，两条大猎狗向着他们飞奔而来。他们看见列那，大叫起来。列那惊慌失措，一心想逃进树林，却慌不择路跑向套索。蒂贝尔则很镇定，他抓住机会，装作非常害怕的样子，朝列那扑去。列那为了站稳，不由自主地将左脚伸到了套索上。触动了

▶ 列那狐的故事

撑开套索的机关，巨大的槽口瞬间合拢，列那先生的左脚不幸被套索圈住了。【名师点睛：蒂贝尔将计就计，附和列那，反而让列那中了套索，突出了蒂贝尔比列那更狡猾。】

蒂贝尔的心愿实现了，他认为列那是不可能脱身了。"您就安静地待在这儿吧，"他对列那说，"列那先生，不要为我担心，我会躲到安全的地方去的。但是，请您再次牢记：魔高一尺，道高一丈。蒂贝尔是绝对不会上列那的当的。"

说着，蒂贝尔抽身离去，因为猎狗已经向列那猛扑过来了。设下套索的农夫听到狗叫，也朝这里跑来。他举起巨斧，可以想象列那此时是多么惊恐！他从来没有与死神如此接近。庆幸的是，斧子没有劈准，反而打开了套索的机关。列那被原本想要他命的人解救出来，落荒而逃，头也不回地躲进树林。

要追上列那是不可能的，因为他对树林里的地形太熟悉了，知道哪里最安全。当他确定致命的危险警报解除之后，便一动不动地躺在一条荒僻的小路背后。他遍体鳞伤，伤口的疼痛让他逐渐恢复了清醒。他惊讶自己竟然能跑这么长时间。他舔着伤口，止住涌出的鲜血，脑海里却不停地在回放农夫的斧子，还有蒂贝尔的诡计和讪笑，列那既恐惧又懊恼。

Z 知识考点

1.多么幸福的蒂贝尔呀！单是他的_____就足以显现出他的_____和_____了。他用眼角瞟着这尾巴，_____它，让它来回_____，趁它不注意时一把_____它，把它放在脚爪间_____，还不时地_____它，仿佛害怕自己怠慢了它似的。

2.解释"将计就计"的意思。

3.列那用什么方法戏弄蒂贝尔？蒂贝尔又是如何应对的呢？

阅读与思考

1.本文给你什么启发？

2.简要分析文中的写作手法。

> 列那狐的故事

十七
列那与蒂贝尔争香肠

M 名师导读

  列那从套索中逃脱后再次遇见了蒂贝尔,他们表面上达成和解,然后他们俩在路上捡到一根大香肠,他们都想独吞这根香肠,最后谁会技高一筹享受到这根香肠呢?

  大家看到列那是如何费尽周折才从可怕的套索中脱身的。他在惊恐不安中小睡了一会儿,然后就继续上路了。他满脸愁容,一瘸一拐,肚子饿得咕咕叫。蒂贝尔以为列那死定了,可现在却看到他拖着尾巴,温柔款款地向自己走来。列那感到全身上下热血沸腾,这可不是因为见到了狠狠捉弄了自己一番的蒂贝尔的缘故。他知道要报仇,就必须克制。【名师点睛:描写列那一反常态地表现出善良的一面,其实是为了掩饰内心对蒂贝尔的仇恨,更能突出列那的狡诈、虚伪。】

  "嗨!蒂贝尔,您怎么来了呀?"列那看到蒂贝尔想跑就对他说,"哎呀!别跑得这么快。听我说几句话:难道您忘记我们曾经发过的誓吗?要是您认为我对您有哪怕一点点埋怨,那您就大错特错了。感谢上帝!我之所以重新踏上这条路,只是为了找到您,我勇敢的骑士。"

  听见列那这番柔情似水的话语,蒂贝尔放慢了脚步。他甚至停了下来,但出于小心,还是伸出了爪子,随时准备应战。列那又累又饿,早已筋疲力尽,没心情打架了。

  "说实话,亲爱的蒂贝尔,"他说,"这个世界真是丑恶:人与人之间已经没有了同情心，大家只想着欺骗别人，好像做了坏事不会遭到报应似的。我说的是叶森格仑，他最近接受剃度成为教士了。我听说前不久他想暗算别人，却反而被别人暗算了，他的教训让我警醒。我可不想像他那样被人对待。坏人从来就得不到好报，更何况我很清楚没有真心朋友意味着什么。【名师点睛：列那表面上是在说大道理，实际上是针对蒂贝尔暗算他的事，借以讽刺蒂贝尔，然而他自己就是这样的人，真是五十步笑百步。突出了列那的虚伪。】就说您蒂贝尔吧，我一直对您有着不一样的感情，您以为我必死无疑，所以就逃走了。对于我的不幸您并没有落井下石。如果我像别人那样为此怪罪您，那我就不对了，因为我们是发过誓的朋友。可是，亲爱的蒂贝尔，请您说实话：当您看到我被套索困住、被猎狗们围着撕咬、农夫举起斧子向我砸来时，您是不是很伤心？那农夫以为可以一下子把我打死，可没料到反而解救了我。感谢上帝，我总算保住了我的这张皮。"

"大难不死必有后福，我真心为您高兴。"蒂贝尔说。

"真的？我早就知道，尽管您轻轻推了我一把，让我中了这可恶的圈套，但我真心实意地原谅您。只是我觉得您其实可以表现得更加善良一点。好了，我们不谈这些了！"

蒂贝尔听着列那的甜言蜜语，无力地回答着，辩解说自己是出于好心。列那装出一副相信的样子，于是蒂贝尔又发了一次誓，而列那也保证自己会不惜一切代价地保护对方。就这样，两人重归于好，并且一致同意要像过去那样捍卫他们之间的和平。【名师点睛：讽刺他俩的和平是虚假的，不牢靠的，同时为后文做铺垫。】

他们沿着小路前行，一路上话很少，因为他们都忍受着饥饿的煎熬。当走到一块耕地前的时候，他们在路旁发现一根粗大的香肠。列那第一个冲上前抓住香肠。

"我也有份！"蒂贝尔立刻叫道。

"当然，"列那回答，"我们是一起发过誓的。"

▶ 列那狐的故事

"那好，现在就把香肠分着吃了。"

"不行，我的朋友，这地方太热闹，我们吃得不会安心。得把香肠带到偏僻的地方去。"

"既然您这么认为，我同意。"

列那把香肠的中间衔在口中，两端往下垂着。蒂贝尔跟在他身后，越想心里越着急。啊！如此美味的香肠在他嘴里衔着，他就能保证自己至少能吃到属于他的那一份。【名师点睛：列那和蒂贝尔为了利益都不相信彼此，呼应上文他们的和平是如此的脆弱，更能突出两人的自私。】

"唉，"蒂贝尔嫌弃地说，"伙计，您是怎么拿香肠的！香肠的两头被您拖在地上，中段又浸在您的口水里，真让人恶心。要是您再这样，我还不如把我的那份也让给您呢。噢！换了我，肯定不会这样拿香肠的！"

"那您怎么拿？"

"让我拿给您看吧。其实我很不好意思拿，因为是您先看到它的。"

列那感觉自己很受尊重，就把香肠交给蒂贝尔了。【名师点睛：虚荣心让列那上当受骗。】他心想，蒂贝尔拿着香肠行动不方便，自己更容易控制他。蒂贝尔拿起香肠，用牙齿衔住一端，然后把香肠晃了几晃，扔到背上。"看见了吧，伙计，"他说，"这才叫'拿香肠'。这样它既不会沾上尘土，而且我衔过的部分也只是不能吃的那一段。我们就沿这条路走吧，它一直通到山上那个钉着十字架的地方。那是可以让我们安安心心地吃香肠，同时我们可以眼观六路，耳听八方，不怕遭到袭击的地方。"

列那不是很愿意去，但花猫却不等他答应，就撒开腿跑了起来，现在反而是列那跟在后面了。

"等等我，伙计！"

"您呀，"蒂贝尔回答，"要是想按时到达，就快点吧。"

蒂贝尔从小就学会了爬上爬下的本领，他一到山顶，就直起身子，借助爪子，轻松地爬上了十字架的横杆，然后站在那里，喘着粗气这时列那也赶到了。

"嗨！蒂贝尔，您打算干什么？"

"干应该干的事，伙计。上来吧，我们一起吃香肠。"

"这对我似乎有点困难，还是您下来吧。您也知道这香肠是谁捡到的。再说，这可是件神圣的东西，一定要分了之后才能吃。要不您留下您的那一半，把属于我的另一半扔下来吧，这样我们的联盟就坚不可摧了。"

"啊！列那，您在说什么呀！难道您喝醉了？您就是给我一百个银币，我也不会这么做。没错，香肠是信仰的象征，正因如此，我们只能在神圣的十字架上或是教堂里吃它，而且吃的时候要心怀敬意。"

"可是，"列那回答，"阴险的骑士，您知道这十字架上容不下我们两个人。您刚才还对我发誓，现在就已经想欺骗我了吗？如果两个在一起的朋友发现了一笔财富，他们必须一起分享。所以，请您在十字架上把香肠分一下，然后把属于我的那一份扔下来，由此引起的所有罪过都由我一个人承担。"

"原来，"蒂贝尔说，"您还不如异教徒。您居然要我把一件原本应该毕恭毕敬拿在手里的东西扔下去！我坚决不做这种违背信仰的事情，我再说一遍，不管怎样，这是一根香肠，是一件必须拿在手里的东西。听着，要是您相信我，这次就别吃了。我许诺，下次再捡到香肠，就全部归您。"

蒂贝尔不等列那回答，开始吃起香肠来。

<u>看到这情景，列那伤心欲绝，急得哭了起来。</u>【写作借鉴：细节描写，描写列那再次被蒂贝尔欺骗后的痛苦和愤怒心情。】

蒂贝尔装作天真地问：<u>"您在为您过去犯下的罪孽(niè)[指应当受到报应的恶行]哭泣吗？上帝是您懊悔的见证，他会原谅您的。"</u>【名师点睛：蒂贝尔故意讽刺列那，突出了他对列那的轻蔑和幸灾乐祸。】

"蒂贝尔，你不要这么嘲笑我。"列那恼羞成怒地喊道，"你想一想，

83

▶ 列那狐的故事

当你口渴的时候,你总还是要下来的。"

蒂贝尔不以为然地说:"为了喝水而下来?列那,世上可没有那样的事。您看,上帝在十字架上挖了一个小洞,里面盛满了雨水,足够供我解渴了。"

"但你早晚要下来的,我等着你。"

"等多久啊?亲爱的列那狐。"

"等若干年。我发誓要等你可以等七年。"

"您让我很痛苦,列那。因为您现在还饿着肚子,在这里待七年而没有任何吃的东西,这对您来说太残酷了。不过,既然您已经发过誓了……"蒂贝尔笑着说。

"住嘴!"列那大骂道。

"噢,我很乐意,这样我就能把这顿美味的饭吃完了。"【名师点睛:表现出列那的气急败坏和蒂贝尔的幸灾乐祸。】

突然,列那先生竖起耳朵,显得有些紧张。

"这是什么声音?"列那惊恐地问。

"您等着吧,千万别动,"蒂贝尔说,"这是一曲美妙的旋律,可能是一列游行队伍在唱歌。真好听!"

但是,列那心里很明白:远处传来的是猎狗的叫声,而不是人们在唱歌。他站起身,正准备开溜。蒂贝尔对他说,"您要干什么?列那,难道您忘记自己发过的誓了吗?别忘了您是要接受最后的审判的。您干吗害怕?我和那些猎狗就相处得很好,如果需要,我可以在他们面前为您担保。"【名师点睛:表明列那并不相信上帝会惩罚他,他以前所说的承诺全部都是谎言。】

列那不听他的,猎狗们赶到时,他早已走远了。不过,他一边拼命地跑,一边诅咒着蒂贝尔,发誓一定要置他于死地。

84

Z 知识考点

1.蒂贝尔听着列那的_____,无力地回答着,辩解说自己是出于_____。列那装出一副_____的样子,于是蒂贝尔又发了一次誓,而列那也保证自己会不惜一切代价地_____对方。就这样,两人重归于好,并且一致同意要像过去那样捍卫他们之间的_____。

2.判断题。

列那捡到的香肠却被蒂贝尔骗走了,而后蒂贝尔分了半根给列那。

(　　)

3.列那为什么会被蒂贝尔骗走香肠?

_____
_____

Y 阅读与思考

1.蒂贝尔是一只怎样的猫?

2.阅读全文,你能从中领会到什么道理?

列那狐的故事

十八
蒂贝尔闯进神父的家

M 名师导读

蒂贝尔独吞了香肠后扬扬得意地躺在十字架上舒舒服服地睡大觉。这时两个神父经过十字架，对蒂贝尔漂亮的皮毛非常感兴趣。狡猾的蒂贝尔让两位神父得手了吗？

我们回过头来说蒂贝尔。他为自己独吞了香肠而扬扬得意，根本没有在意列那的复仇计划，饱餐一顿后就舒舒服服地闭上眼睛睡觉了。这时，两个去开教务会议的神父经过帮了他大忙的十字架前。一个神父骑着一匹母马，另一个则骑着一匹步履蹒跚的公马。那个骑母马的神父先开口说："你看，伙计，前面是什么动物？"

"住嘴，你可真蠢，"另一个神父回答，"这分明是一只漂亮的花猫。要是能逮住他，那我会喜出望外。我可以用他的毛皮裁一顶风帽。上帝一定知道我正缺这样的帽子，所以把这猫送上门来了。想必你也是这样想的，对吗，图尔吉？为了物尽其用，我会把猫尾巴留下来。这样风帽的样子多好看啊，而且尾巴搭在脖子后面，会很舒服。你看这尾巴有多大、毛有多浓密呀！"

"很好！"骑母马的神父说，"可你忘记了还有我应得的那一份吗？"

"你的那份？哎呀！图尔吉神父，难道你不知道我需要的是整张毛皮吗？所以你的那份也给我吧。"【名师点睛：两个神父的对话显示出他们自私虚伪的性格。】

"给你？凭什么？难道我们是一家人？或者我曾经受到过你的恩惠？"

"你这家伙真不知好歹！"儒弗朗基耶神父说，"对你这种吝啬鬼根本不能有什么指望。那好吧，我们就对半分。可是怎么分呢？"

"这好办，你不是要拿整张毛皮做一顶风帽吗？我们去估估价，你付毛皮一半的价格给我就行了。"

"我有一个更好的办法，"儒弗朗基耶回答，"因为我想要这花猫身上所有的东西。既然我俩结伴去开教务会议，那么一路上食宿费用我替你付，但你必须放弃你应得的一切。"

"别争了，"图尔吉道，"我同意。"

"现在只差把那只猫逮住了。谁去抓他呢？"

"啊！"图尔吉说，"反正我不会去，想要就自己去抓！"

"那就我去抓吧。"

说着，儒弗朗基耶趁图尔吉往前走的时候，接近十字架，举起双手。可是，他的马不够高，所以够不着猎物。于是他决定站在马鞍上，认为这样一来，花猫就是囊中之物了。【名师点睛：儒弗朗基耶神父的一系列动作，说明了他自作聪明，同时也让他显得很笨拙，由此可以看出他是抓不到蒂贝尔的。】不料蒂贝尔竖起毛发，伸出爪子抓他的脸，还猛地朝他跃来，用牙齿咬他。儒弗朗基耶急忙转身躲避，结果，仰面跌倒在马蹄前。因为摔跤的疼痛和花猫的撕咬，他暂时失去了知觉。蒂贝尔趁机从十字架下到了马背上。受惊的马撒开四腿落荒而逃，穿过田野，冲进了神父的院子。这时候，神父的妻子正弯着腰在地上捡小木块，没有看见一路狂奔回家的马儿迎面朝她冲来。

"救命！抓小偷！抓魔鬼！"神父的妻子叫道。蒂贝尔蜷缩在马鞍上，看上去真的无异于小偷和魔鬼。不过，他对这房子很熟悉，就在马儿向马厩冲去的时候，他轻轻一跃，便气定神闲地去房屋的楼顶侦查了。【名师点睛："轻轻一跃""气定神闲"两词写出了蒂贝尔动作敏捷，由此可以看出蒂贝尔对神父的房屋非常熟悉。】

87

▶ 列那狐的故事

这时，儒弗朗基耶醒了。他叫来图尔吉，要他把马带过来。图尔吉来到他身边，问："啊！先生，你受伤了吗？"

"受伤倒没有，可差点丧命。我们碰见的不是一只花猫，而是一个魔鬼。我们被他愚弄了，这真是个倒霉的地方。我的马呢？我的马！"于是他开始反复念叨，一会儿念经，一会儿祈求上帝怜悯，而图尔吉则在一旁唱着颂歌。他俩等了很长时间，还不见马回来，便在胸前画了一个十字，决定不去开教务会议，而是回家去了。

"唉，你们怎么了？"儒弗朗基耶的妻子悲伤地问。

"怎么了？"神父回答，"我和隆布伊松的图尔吉神父上了魔鬼的当了。他使我们中了他的魔法，要是我们没有祈祷、没有画十字的话，早就被他抓走了。"【名师点睛：神父的回答更突出他虚伪的一面，他抓蒂贝尔未成，反被蒂贝尔弄伤便放弃开会回家，他对教会及上帝一点也不忠诚。】

Z 知识考点

1.蒂贝尔竖起＿＿＿＿，伸出＿＿＿＿抓他的脸，还猛地朝他＿＿＿＿，用牙齿咬他。儒弗朗基耶急忙转身＿＿＿＿，结果仰面＿＿＿＿在马蹄前。因为摔跤的疼痛和花猫的撕咬，他暂时失去了＿＿＿＿。蒂贝尔趁机从十字架下到了＿＿＿＿上。

2.判断题。

两位路过的神父为了抓一只猫而放弃了去教堂开会。

(　　)

3.用一个成语形容儒弗朗基耶神父的行为。

＿＿＿＿＿＿＿＿＿＿＿＿＿＿＿＿＿＿＿＿＿＿＿＿＿

Y 阅读与思考

1.文中两个神父分别是什么性格？

2.文章写两个神父的这一段故事有何深意？

十九

在田野上玩游戏

名师导读

列那和蒂贝尔又一次相遇了,这一次他们相遇在广阔的荒地上,蒂贝尔拿着香喷喷的香肠,香肠的香味让列那直流口水。列那又会用什么方法去骗取蒂贝尔手中的香肠呢?这次列那能够得逞吗?

一天,列那穿过广袤的荒地,来到一块田里。这块田刚被收割过,列那觉得这里是个很适合睡觉的好地方,于是就惬意地躺在了草垛里。他醒来的时候,天也渐渐亮了。他看见在不远处的小路旁的杉树荫下有一个十字架,那是为了纪念很久以前的一桩谋杀案而竖的。为了向死者致意,被害人的父母虔诚地挖了这个墓穴,并且在墓穴上放置了一块巨大的方石,方石前竖着十字架,方石后种着杉树。附近放羊的人时常在这里聚集歇脚,他们甚至会用随身携带的小刀,在石头上刻下造房子游戏的方格盘。【名师点睛:墓穴上巨大的方石在广阔的荒地上格外显眼,这也让列那和蒂贝尔在此相遇成为可能。】

从列那所在的方位,他可以轻易地看到方格盘边上站着的四位要人:蚂蚁福勒蒙、白鼬博朗什、花猫蒂贝尔和松鼠鲁塞尔。列那很纳闷他们四人在方格盘旁边干什么,于是悄悄地跑到不远处偷看。原来他们四人正在通过造房子游戏来决定香肠的拥有者。

博朗什和福勒蒙站在一边,鲁塞尔和蒂贝尔站在另一边。双方挨

▶ 列那狐的故事

得很近，以便相互监督，防止对方作弊。正当他们专心于游戏、玩得难分难解时，驴子博杜安驮着货物朝他们转过头来，高声叫道："老实人们，列那在这里，赶紧逃吧！"

游戏者们听到叫声，立刻四散奔逃。【名师点睛：通过对游戏者们听到列那在这里的反应描写，形象地突出了列那狡诈、惹人厌的形象。】蒂贝尔比其他人都机灵，他并没有慌乱，抓起香肠后，才爬到十字架上。事发突然，但现在任何人来这儿，蒂贝尔都不怕了。

列那果然来了。他一眼就发现了蒂贝尔：蒂贝尔一副无忧无虑的样子，转过身去，竖起尾巴，懒洋洋地背对着他。【写作借鉴："无忧无虑"和"懒洋洋"两个词语写出了蒂贝尔此刻的自负与轻敌，这为后面列那骗走香肠埋下伏笔。】

"喂！我没看错吧，是你吗，亲爱的蒂贝尔？"

蒂贝尔毫不介意地回答道："是我。你从哪儿来，我的小兄弟？"

"我从附近的树林里来，我的表哥。我能知道你为什么爬得这么高吗？"

"为了让自己更安全。"

"难道有什么人让你害怕吗？"

"当然。"

"谁？"

"比如你。"

"为什么是我？"列那装作很惊讶地问道。

"因为我手里的香肠，我可不希望失去它。"

"啊！你真幸运，能找到这样的好肉吃。"

"这关你什么事？不会有你的份的。把你排除在外，我们已经有四个人要分了。"

"我很乐意成为第五个。"

"可惜你来得晚了些，我的小列那。"

列那没作声，他又急又恼。列那舔着胡须、挠着爪子，在十字架下直起身子，不时发出沮丧和觊(jì)觎(yú)[非分的希望或企图]的叫声。蒂贝尔已经在他面前啃食那诱人的香肠，列那看在眼里，口水直流。最后，他终于想出一条妙计。他跳到墓穴的另一头，把鼻子伸进草丛，做出一副四处寻找、左顾右盼的样子，目光炯炯，身体猛烈地抖动着。

【名师点睛：列那为了诱骗蒂贝尔而假装的动作形象逼真。反映出列那的狡猾。】

"你看见了吗，蒂贝尔？"他高声叫道。

"什么？"蒂贝尔背对着他问。

"上帝呀，是一只老鼠！"

"老鼠！"

一听到这个名字，蒂贝尔似乎突然忘记了所有，包括手里的香肠。他立刻转身，转身的时候微微伸出了爪子，不慎让香肠掉落了。列那一跃而起，抓住香肠。看到列那得意扬扬地将香肠放到自己的脚下，站在十字架上的蒂贝尔悲苦万分。

"列那，你骗我！真是谁跟你说话，谁就倒霉。"

"那你为什么还要和我说话？"

"当我请求你分一小块香肠给我吃的时候，你朝我看过一眼吗？现在香肠落到了我的手里，我可以把扎香肠的细绳送给你。再见，亲爱的蒂贝尔，再见！"

蒂贝尔看着列那远去的背影，气愤地把尾巴立了起来，像一根棍子，想马上追上去敲死列那。但理智告诉他君子报仇，十年不晚。然而，蒂贝尔真的能如愿以偿吗？

▶ 列那狐的故事

Z 知识考点

1._____、_____、_____和_____四位要人商定以_____来赌他们在半路上看见的一根用细绳捆扎得很好的香肠。

2.判断题。

　　列那想用老鼠和蒂贝尔换香肠。　　　　　　　　　(　　)

3.狐狸列那用什么方法从花猫蒂贝尔手中骗取了香肠？

_____

_____

Y 阅读与思考

1.蒂贝尔在听说列那来了后，是怎么做的？

2.从这个故事中你得到什么启示？

二十
蒂贝尔的尾巴被截

M 名师导读

升天节前后的一天，列那又和蒂贝尔相遇了。蒂贝尔看中了农夫家的牛奶，想让列那一起行动，偷牛奶和鸡，相互配合各取所需。他们能合作成功吗？

升天节快到了，气候格外晴朗，饥饿了快一个冬天的列那走出了马贝渡的城堡，决定去找点吃的回来给自己的家人。然而刚出门不一会儿，看到迎面走来的蒂贝尔，便主动跟他打招呼。

"我的好朋友，是什么风把你吹到这里来啦？"

"是呀，我正要去附近的一个农夫家呢，听说，他的妻子在大木箱里藏了一大罐牛奶，我想去尝尝这牛奶的味道。当然，这个行动风险很大，但是，我还是想试一试。列那先生，我们一起去吧，我会告诉你如何溜进那房子。不过，我有一个条件，你要发誓光明磊落[胸怀坦荡，正大光明]地陪伴我，而且不抢到我的前面去。农舍里养着很多鸡，但我不想吃它们。"

"好！"列那回答，"我保证都听你的。"

两人很快达成共识，似乎之前两人的香肠之争从没有发生过一样。他们加快脚步，来到农舍的树篱前。他们找到一根折断的木桩，蒂贝尔已经熟门熟路了。不一会儿，他们就顺利地进入了农舍。列那一股劲儿要往鸡舍跑，但蒂贝尔拦住了他："我们只有小

▶ 列那狐的故事

心谨慎才能成功。现在农夫睡着了,你去抢劫鸡舍会把他吵醒,这样的话我们就不得不撤退。稳当起见,还是先去找牛奶罐吧,最后我们再去偷鸡。"

列那最终还是被蒂贝尔说服,跟着先去找牛奶罐。他俩小心翼翼地走近房子,当他们确定安全后,才由蒂贝尔带路,进了房子。蒂贝尔指着大木箱对他的同伴说:"列那,我的朋友,你托起箱盖,让我先进去,然后再轮到你。"列那按他的话做了。蒂贝尔进入到箱子里。他开始用舌头舔起牛奶来,而且舔得津津有味。列那托着箱盖,可一看到牛奶,他就馋得浑身战栗、不住呻吟。他目睹蒂贝尔津津有味地舔食,感觉自己的舌头仿佛着了火一般。【写作借鉴:用动作描写和比喻的手法生动地刻画出列那看见食物而吃不到的焦急神情。】

"行了,行了,蒂贝尔,快上来吧,我快没力气了,这箱盖真是太沉了,我就要坚持不住了。快上来,亲爱的蒂贝尔,好心的蒂贝尔!……"

蒂贝尔正专心地喝着牛奶,连回答都不想回答他。列那不住地好言相求:"好朋友,看在上帝的面上,你就快点吧!我真的坚持不住了,我要把箱盖放下了。"

列那的所有好言哀求等于白说,蒂贝尔舔得如此起劲,以至于连胡须都全部浸湿了;更有甚者,不知是出于故意还是无心,他把牛奶罐打翻了,没喝完的牛奶流了一地。【名师点睛:展现出蒂贝尔的贪婪。】

"啊!"列那心疼地惊叫起来,"这就是你的不对了,蒂贝尔。这一下叫我吃什么呢?好了,你到底出不出来?"

"上帝呀!再等一会儿,伙计。"蒂贝尔头也不抬地回答道。

"我一秒钟也不等了。"列那作势要放下箱盖。

蒂贝尔只好纵身朝箱盖跃来。但是,列那看到蒂贝尔的头和身体已经伸出了箱子,便撒手放开了箱盖,可怜蒂贝尔的尾巴被狠狠

94

地夹住了，不得不把半根尾巴留在了箱子里。【名师点睛：列那报复了蒂贝尔并让他失去了尾巴，突出了列那心狠手辣的性格。】他疼痛难忍，发出一声长嗥，疼得跌倒在地上。

"你感觉如何，亲爱的蒂贝尔？"列那用最为轻柔的嗓音问道。

"啊！你这坏东西，你又用你惯常的伎俩来对付我了。你让我丢下了我漂亮的尾巴"

"这不能怪我呀！是你跳得太猛，我没法托住箱盖，箱子才关上的。再说，你有什么可抱怨的？尾巴短了几寸，你应该高兴才对。这样你行动起来将更加轻盈，而且也显得更年轻、更活泼了。说真的，我还真希望这样的好事落到我身上呢。"

"列那，"可怜的蒂贝尔说，"你别戏弄我了。从今往后，我们各奔东西。再说，没有了尾巴，我什么大事都干不成。我好像听到附近有声音，似乎是看门狗被吵醒了。让你的母鸡见鬼去吧，我们从此天涯路远，各走一方。"

"好吧！"列那回答，"我同意，再见吧！我们后会有期。"

"对，"蒂贝尔一边说，一边离开，"后会有期，不过是在国王的宫廷里再见。"

知识考点

1.列那的所有_____等于白说，蒂贝尔_____如此起劲，以至于连_____都全部浸湿了；更有甚者，不知是出于_____还是_____，他把牛奶罐_____了，没喝完的牛奶_____。

2.判断题。

　　两人本打算先偷完牛奶再去偷鸡的。　　　　　　　（　　）

3.本来合作的两人，为什么最后不欢而散？

_____

_____

▶ 列那狐的故事

阅读与思考

1.总结蒂贝尔的性格特点。

2.蒂贝尔的尾巴是怎么断的？为什么？

二十一
有心无力的骑士

名师导读

一位骑士在一次打猎中发现了狐狸列那。狡猾的列那成功逃脱了骑士的追捕,逃到了骑士的城堡中不见了。所有人找了一天都没找到列那,第二天打猎又遇见列那,列那却用同样的方式消失不见了。列那是怎样躲过所有人的搜查的呢?

过去有一位骑士,他在世界上最美丽的地方建造了一座城堡。城堡建造在一块尖尖的巨石上。城墙下流淌着一条河,河水又深又急,河面宽阔,河上架着一座吊桥。小河从山冈下流过,为骑士的住所提供了所有需要购买物品的航运;接着,它流向大海。从城堡望出去,一块狭长的草地郁郁葱葱,对面的山坡上延伸着一望无际的葡萄园,那里出产法国最好的葡萄酒。城堡周围的树林构成了一片巨大的猎场,里面住着不计其数的猎物和水禽。

一天,骑士骑着他的骏马,说要去树林打野味。他的侍从和士兵立刻为他套好猎犬,猎犬队长骑着一匹灰色的高头大马,在前面开路。不一会儿,他们就发现了一只狐狸,猎犬队长大声吆喝猎犬们:"往这儿!往那儿!"猎犬根据指令奔跑,猎手们跟在后面。可是列那跑得更快,他跑出树林,跳上吊桥,穿过了城堡的大门,钻进城堡。骑士看见他逃进城堡,便说:"他已经自投罗网,跑不了了。"说着他策马飞奔,第一个来到城堡前,管家牵住马笼头,帮他翻身下马。不久,所有人

> 列那狐的故事

都回到了城堡，在院子里下马，跟着骑士。

他们搜遍了马厩、卧室和厨房，把城堡翻了个底朝天，却毫无收获。他们回到大厅，检查桌子底下、楼上的房间和地下储藏室，找遍了所有角落，连凳子下面和过去制作蜂蜜的破旧蜂箱都检查过了，依旧不见狐狸的踪影。"上帝！"他们说，"他去哪儿了？怎么一个人都没看见他？难道他掘地三尺了吗？"【名师点睛：从侧面反映出列那的机智和狡猾。】

"我只看见，"骑士说，"他从城堡大门进来，在吊桥被扯起之前肯定没有出去。不过，既然找不到他，就不找了，等我不再关注他的时候，他肯定就自己现身了。"

"至于我们，"其他人回答，"我们会在天黑之前一直找，如果他逃走了，那就是我们的耻辱。"

"愿上帝保佑你们，"骑士说，"我就不跟你们一起找了。"

说完他就走了，其他人继续到处寻找，并表示将一直找到天黑。他们正在翻箱倒柜的时候，熄灯的钟声响了，告诉他们必须停止寻找了。大家回到骑士那里："啊，先生！列那比我们更狡猾、更细心。"

"怎么？你们还没有找到他？真是见了鬼了。这是上帝给我们的预兆和警告。【名师点睛：面对列那的狡猾，反映出骑士的无奈。】不管怎样，想要识穿列那的诡计是一件不容易的事情，我的母鸡和养鸡人都明白这一点。不过，我想我们一定能找到他，只有上帝或魔鬼才能把他从我们的手中夺走。下次再捕捉他吧，一定要把他消灭。我向我为之献身的法兰西圣人德尼发誓：我要把列那的毛皮缝在我的毛皮大衣上，让它今年冬天更加暖和。好了，点起蜡烛，坐下来吃饭吧。为了寻找这只狐狸，我们已经饿了很长时间了。拿水来，让我们洗洗！"

他们坐下来吃饭。首先坐下的是骑士，在他身边坐着的是他漂亮、优雅而爱笑的妻子，她有一个优美的名字：芙萝莉。猎手们在其他位子上落座。一道道佳肴被端上桌来了，有鹿肉和野猪肉，还有产自安茹、普瓦图、拉罗谢尔[地名，位于法国西部，著名的葡萄酒产区]的上等葡萄酒。大家一边吃一边开玩笑，特别是把他们如此捉弄一番的列那的玩笑。

其实列那就在附近：他循着肉香走来，溜到餐桌底下，人们谈论他的话他都听见了。在离他不远的餐具架上，挂着两只肥美的山鹑。列那等了一会儿，猛扑过去，夺走了最肥的那只。

猎手们认出了他，惊叫道："啊！是他！我们找到他了！这次他跑不掉了。"大家立刻站起来，有的人去追，有的人去关门，可是这些都没有用。列那早就逃走了。他撒开腿跑到院子里，因为在院子里有一个他熟悉的墙洞，是可以通向外面的。当人们举着火把、蜡烛，在大厅、阁楼、地窖、厨房和马厩里到处搜寻时，列那却已经从那个洞里逃到远处的一幢房子里，他安详地坐在那里，一边大口撕咬着山鹑，一边舒服地捻着自己的胡须。

"啊！可恶的列那，"这时候骑士说道，"你肯定是在魔鬼学校学到的这一切。如果不能捉住你，我就永远不坐下来吃饭。把餐桌撤掉，我再也没有兴致回来吃饭了。"

餐桌撤掉之后，芙萝莉夫人亲吻了一下她的丈夫。"相信我，"她说，"去休息吧，时间不早了，马上就要到后半夜了，您一整天都在树林和城堡里追捕狐狸，一定累了。"

"狐狸？我才不把他放在心上呢。既然您这样想，那我们去睡觉吧。"【名师点睛：骑士不承认被比自己弱小的角色戏弄，展现出他死要面子活受罪的特点，为后文列那再次戏弄他做铺垫。】他们走进卧室，床已经铺好。卧室里所有的东西都是金黄色的，画家用优美的线条画出世界上所有的鸟儿，同样也没有忘记《神圣列那》。这幅画的所有细节真是太美妙了。仆人帮助骑士脱去鞋子，他躺到床上，他妻子也很快来到他身边，她在桌子上点起了两支蜡烛，以驱散夜晚的黑暗。

▶ 列那狐的故事

天亮后，士兵和侍从们都起床了。猎犬队长首先来到骑士的卧室，骑士已经起床了，他穿好鞋子，准备去大厅接受大家的致敬。他一出现在大厅，众人立刻起立，并对他说："大人，祝您一天快乐！"

"快！立即备马，我要去抓狐狸。"

侍从接到骑士的命令之后，立刻跑去备马。他将马牵到阶梯前，猎犬队长则在安排猎犬。所有人都翻身上马，走出城门，穿过吊桥。他们还没出院子，就看见列那平静地躺在一棵苹果树下。大家放开了猎犬，对着狐狸吹起号角。狐狸因为被吵醒而非常恼怒，赶紧以最快的速度逃进树林。猎犬们追着他在树林里绕来绕去。列那折返回来，跑出树林，再次穿过吊桥和城门。猎犬们失去了线索，停了下来，打猎就这样结束了。【写作借鉴：动作描写，列那又一次成功逃脱猎犬的追捕，反映出列那的聪明、敏捷。】

"说实话，看在上帝的分上，"骑士说，"列那就这样被逃脱，他肯定要嘲笑我们了。再回城堡找他吧。"

大家回到城堡到处寻找，他们搬开所有的木箱，打开所有的柜子，检查所有的桌底、床单、卧床。桑利斯城[地名，位于巴黎北部约四十公里]还从来没有如此喧闹过，哪怕是在集市热闹的时候吊死盗贼，也没有这么骚乱过。可这一切仍然是徒劳。"必须下定决心，"骑士说，"看在圣人雅克的份上，我今天不打算像昨天那样吃饭。好了，铺上桌布，坐下来用餐！"

知识考点

1. 从城堡望出去，一块狭长的草地＿＿＿＿＿＿＿＿，对面的山坡上延伸着一望无际的＿＿＿＿＿＿＿，那里出产法国最好的＿＿＿＿＿＿＿。城堡周围的树林构成了一片巨大的＿＿＿＿＿＿，里面住着不计其数的＿＿＿＿＿＿和＿＿＿＿＿。

2. 列那从餐具架上夺走了什么？（　　）

　　A.山鹑　　　　B.火腿　　　　C.猪肉

3.骑士是什么样的人？

_____

_____

阅读与思考

1.列那是怎样一而再、再而三地从城堡中消失不见的？

2.请仔细品味下面这句话的意思。

狐狸？我才不把他放在心上呢。既然您这么想，那我们去睡觉吧。

列那狐的故事

二十二
骑士狩猎

M 名师导读

骑士得知他的父亲和两位兄弟要来，吃过早饭后就去打猎来招待客人。骑士在森林中发现了一只巨大的野猪，骑士能否将野猪抓获呢？

骑士和大家坐下来吃早饭。他们刚开始用餐，便透过窗户看见城堡里来了两个全副武装的侍从，他们每人扛着一大块鹿肉或野猪肉。两人在台阶前下马，上楼来到大厅，向骑士致敬："大人，愿上帝祝福您和您的家人！"

"上帝保佑你们！"骑士礼貌地回答，"欢迎你们的到来！先去洗一下脸，然后和我们一起用餐吧。"

"在用餐之前，大人，我们要告诉您我们的来意。您尊贵的父亲以及您的两位兄弟明天将来您这里。"【名师点睛：为后文发现列那埋下伏笔。】

"那我要再次向你们表示欢迎。"骑士说着，从椅子上站起来亲吻他们。这时，大厅里来了两个年轻英俊的仆人，他们把毛巾和盛满清水的纯银盘子，呈献给两位侍从。侍从洗完脸后，低声对仆人说："兄弟，请把我们留在台阶下面的食物收起来，别忘了照顾一下我们的马。"两个仆人走开了，一个把鹿肉和野猪肉收到食品柜里，另一个把侍从的马牵到马厩，给它们吃干草和燕麦，还为它们铺上了一层厚厚的草垫,然后他回到大厅。两位侍从已经在芙萝莉夫人身边坐下了。

吃完饭,大家准备再到树林去打一些野味,用来招待明天来访的家人。人们牵来了马,套好了猎犬,一起进了树林。

没过多久,一头长着四只杈角的鹿出现在他们眼前,可是那头鹿却不想束手就擒。人们放开了猎犬,它们向那头鹿猛扑过去。眼看那头鹿就要让猎犬们空手而归,这时远处射出一支箭,正中鹿的肋部。鹿鲜血淋漓地倒在地上,再也没有了力气。猎犬们一拥而上,疯狂撕咬着,鹿只能听凭猎犬队长的摆布。人们重新将猎犬套好,将这头漂亮的猎物交给两个侍从,侍从将猎物挂在马背上,将它带回了城堡。

这仅仅是狩猎的开始。骑士用一根顶端弯曲的长棍拍打着灌木和荆棘;猎犬队长吹响了号角,号声一直传到树林边缘。一头巨大的野猪被号声吵醒,蹿出树丛,飞奔而去。一条身强力壮的猎犬冲上前去,很快就赶上了它。猎犬试图咬住野猪的耳朵,以便制服它。恼怒的野猪扬起嘴边的两颗獠牙,撕破了猎犬的肚子,将它拖到一棵橡树脚下,猛地甩了过去,摔得猎犬脑浆迸裂。其他猎犬狂怒万分,将野猪团团围住;野猪突出重围,茂密的灌木、纠缠的细杈、交错的树枝,使它在很长一段时间里逃脱了猎犬的报复。最后,它被逼得无路可走,只好逃出树林,朝着小河跑去。它一直跑到悬崖边,面朝下掉进水里。它原以为这样就可以安全了,没料到一条猎犬跟着跳了下去,一口咬住它的脖子。与此同时,其他的猎犬也赶来支援同伴。但是,它们还是来晚了一步,猎犬被野猪翻转过来,压在身底,淹死在水中。其他猎犬没有因为同伴的死去而止步,它们游到野猪身边,向它的臀部和侧翼发起猛烈进攻,一直等到猎手们到来。但是,野猪拼尽了浑身力气,游到对岸,穿过田野准备逃走。猎犬和猎手们赶上并超过了它,野猪不得不停下脚步。它们又开始

▶ 列那狐的故事

撕咬起来。一条样子更加凶悍的猎狗被野猪可怕的牙齿咬住，甩上天空，掉到地上时已经断了气。野猪虽然身受重伤，但仍然逼得猎犬们不敢近身。可是，它已无路可逃，只得回到水里。众猎犬再次追上它，但还是与它保持着一段距离。在这群愤怒的猎犬的围攻下，野猪重新逃进树林。第四条猎犬壮起胆子，咬住野猪的喉咙，但同样被野猪咬住，并甩到一棵榉树上，把脑袋和肚子都摔碎了。这时，骑士率先赶到，他坚定地站在马镫上，手持长矛，等着野猪到来。受伤的野猪因狂怒而失去理智，奋不顾身地扑向骑士。骑士举起长矛，奋力地将长矛刺向野猪，咔嚓一声，长矛的木柄断了，但矛头刺进了野猪的身体，犹如一把剃刀，从肩膀下方一直穿到肠子。野猪立刻摇晃了几下，倒在地上一命呜呼。骑士翻身下马，其他猎手围拢过来，向胜利之神表示感谢。【写作借鉴：作者运用比喻、夸张的手法，多处巧妙运用动词生动形象地描绘出一场狩猎野猪的场景，真是引人入胜，扣人心弦。】

现在轮到猎犬队长干活了。他拿起一把银柄长刀，把野猪的肚子破开，清洗干净，把内脏扔给猎犬吃，每一条猎犬都有份，因为它们非常尽心尽责。猎犬吃完后，骑士和众人翻身上马。大家把野猪捆在一根结实的木棒上，簇拥着它回到了城堡。他们一进城堡，吊桥就被扯起，大门便关上了。

骑士来到大厅休息。这时，猎犬队长将野猪摊在窗前。有人堆起一大堆干草，并把干草点燃，将野猪放在上面烤。很快野猪黑色的皮肤被烤成了金红色，大家便将它送到芙萝莉夫人的面前。您别问人们看到巨大的猪头和长长的獠牙时，是否发出惊叹。总之，餐桌被支了起来，侍从给夫人、骑士以及所有其他人呈上了盛满水的盘子，大家入座吃饭。

Z 知识考点

1.恼怒的野猪扬起嘴边的两颗_____,撕破了猎犬的_____,将它拖到一棵橡树脚下,猛地甩了过去,摔得猎犬_____。其他猎犬_____,将野猪团团围住;野猪突出重围,茂密的_____、纠缠的_____、交错的_____,使它在很长一段时间里逃脱了猎犬的_____。

2.骑士狩猎有什么收获? ( )

　A.一只兔子　　　B.一头鹿　　　C.一头野猪

3.简要分析作者描写抓获野猪的过程。

_____
_____

Y 阅读与思考

1.打到野猪后,他们是怎么做的?

2.他们打猎的目的是什么?

▶ 列那狐的故事

二十三
第十张狐皮

M 名师导读

　　早晨，骑士出门接他的父亲和兄弟返回城堡时发现了列那，于是放出猎狗追逐列那，可是列那又一次在城堡中消失了。列那用的什么方法让所有人都没找到他？最后他又是怎样被发现的呢？

　　饭后，仆人撤去餐桌，离开大厅，顺着楼梯来到城堡的主塔欣赏美景。<u>骑士手执长矛，靠在雉(zhì)堞[dié][古代城墙上掩护守城人用的矮墙，也泛指城墙]上</u>；其他人都坐着，尽情欣赏着葡萄园、草地、麦田、小河，以及一望无际的大海。【名师点睛：环境描写，表现了人们酒足饭饱后惬意的样子。】突然，他们发现，几个骑马的仆人带领许多猎犬，正朝城堡跑来。一个仆人轻轻地吹着挂在脖子上的号角，他身后是两辆沉重的大车，大车前面有一个侏儒，两边是两个侍从，后面则跟随着十四个武士，全都骑在披满甲胄的骏马上。

　　骑士问早晨到达的那两个侍从："兄弟，那是不是我父亲大人的车马随从？"

　　"是的，大人。"他们答道。

　　说话间，吊桥被放了下来，城堡的大门打开了。大家忙着把大车上的货物卸下来，因为天快要黑了。骑士回到大厅，在一把扶手椅上坐下，身后是一顶富丽的华盖。看到武士们走来，他便站起身，武士躬身行礼。"大人，"他们说，"上帝赐您晚安！"骑士礼貌地回礼，然后

106

带领新来的客人入座用餐。

晚饭结束后，骑士站起来，做了一个离开的手势。客人们被带到各自的房间休息。第二天，雉堞上的哨兵吹响了拂晓的号角，客人们被唤醒。骑士也起床了，他穿上鞋子和衣服，同芙萝莉夫人一起去修道院听圣母弥撒。弥撒一结束，他便吩咐备马，去迎接他的父亲。出发之前，他命令所有人做好准备，热烈欢迎即将到来的贵宾。

他们在车道上还没有走出半里地，便听到了马车欢快的声音。先是四个步行的仆人，各自手中牵着一条猎犬。骑士径直走到他尊贵的父亲身旁，温柔地和他拥抱。他热烈欢迎了父亲和两个兄弟，然后踏上回城堡的路。一路上，他们相互交流感兴趣的问题。当走近一条壕沟时，他们看见一只狐狸朝附近的树林跑去，他肯定是被猎犬的到来吓到了。

"啊！没错，"骑士笑着说，"就是那只让我不得安宁的狐狸，我认出他来了。"

"不得安宁？"其他人问，"怎么回事？"【名师点睛：用疑问的语气引起读者的兴趣，引出下文。】

"我来告诉你们：我追捕了他两次，每次我们的猎犬把它逼急的时候，它就逃到城堡里去。我们看着他逃进城堡，然后升起吊桥，关上大门，四处寻找，但都没有找到。根本不知道他是从哪里逃走的。"

"孩子，"父亲说，"要战胜狐狸，必须相当细心。不过，你要是放开你的猎犬，就能追上他，令他没有办法逃脱。"

说着，仆人们立刻把猎犬放了出来。但是，列那马上听到了猎犬的叫声，于是它便重新朝城堡逃去。所有人都惊叫起来，可无论猎犬队长和猎犬们如何尖叫都无济于事。列那来到吊桥边，穿过了大门，进入了城堡。仆人和侍从们跑进城堡，翻箱倒柜地拼命搜寻，但还是徒劳。大家只能一笑了之[笑一笑就算了事，指不予重视]，骑士第一个笑，而且笑得比所有人都厉害。【写作借鉴：一语双关。描写出骑士幸灾

107

列那狐的故事

乐祸的心情,嘲笑别人不信他所说的列那很难抓住。】"看见了吧,各位大人,很久以来,狐狸就是这样捉弄我们的。别再去想他了,好好休息吧。"

父亲和三个儿子手挽着手走上台阶,来到大厅。他们一眼便看见陪同他们前来的侏儒。说实话,与其说他是侏儒,还不如说是一个魔鬼:他鸡胸驼背,双脚扭曲,胯骨坍塌,手臂如同两根短松枝,哪怕是四分之一尺的布料就足以将它们遮住;嘴巴歪扭,嘴唇外翻,简直可以放上一只小牛蹄;蛋黄色的牙齿,半英寸长的鼻子,一双狗眼,一头墨汁般乌黑的头发,还有一对山羊耳朵。【写作借鉴:用夸张、比喻的手法形象地描写出侏儒的丑陋。】他正忙着用茴香枝编一顶帽子,看见他们进来,便停下手中的活儿,斜着眼睛看着他们。"侏儒,上帝保佑你!"骑士说。侏儒没有回答,只是摇晃着脑袋,发出一阵咕噜声。

与这个可憎的侏儒形成鲜明对比的是芙萝莉夫人,她给予客人们最为优雅的接待。大家笑着,相互表达着爱意,直到晚饭时分。接着,仆人铺好了桌布,端上了面包和食盐。每个人都洗了手,然后来到餐桌前就座。这里我不过多地描写美酒佳肴(yáo)[精美的饭菜]:有胡椒野猪肉、鲜美的鹿肉、可口的鸡肉糊,还有奥尔良[城市名,位于法国中部的卢瓦河谷]和欧塞尔[城市名,位于巴黎东南的勃艮第地区]的上等葡萄酒。正当大家尽情吃喝的时候,猎犬们竖起了脑袋,露出焦急的眼神,口中喘着粗气,仿佛感觉到有什么活物要准备行动。【名师点睛:暗示着列那将要被发现。】

于是骑士问他的猎犬队长。"朋友,"他说,"请你告诉我,我们有几张狐狸皮?"

"有九张。"

"九张?见鬼!我怎么看到有十张?而且我不明白为什么这些猎犬对着狐狸皮尖叫。"

猎犬队长走到狐狸皮前面,发现其中的一张似乎在呼吸。他的确在呼吸,因为他就是活生生的列那。挂钩上挂着许多他同类的毛皮,他把自己也挂在最不起眼的那根挂钩上面,用牙齿和前肢紧紧地攀着它。猎犬队长发现了他:"啊!我的圣人列奥纳呀!狐狸真的混在这些毛皮当中,难怪猎犬们要高声尖叫呢。请等一等,我去把他抓来。"

他把手伸向挂钩,试图抓住列那。可是列那掉转头来,用后肢代替前肢攀住挂钩。等猎犬队长第二次准备抓他时,他一口咬住队长的手,差一点将他的指甲从手指上咬下来。【名师点睛:突出了列那的敏捷和猎犬队长的愚蠢。】可怜的猎犬队长发出一声尖叫,列那趁此机会跳向门口,逃出城堡。他想着人们会去树林抓他,便踏上通往草地的小路。他被小河挡住了去路,迫使他不得已停了下来,可是他已经不怕骑士仆人们的追赶了,因为他们以为他去了树林,将到那里去寻找他,而不会想到去平原。【名师点睛:体现出列那的狡猾和自信。】

Z 知识考点

1.他鸡胸驼背,双脚_____,胯骨_____,手臂如同两根_____,哪怕是四分之一尺的布料就足以将它们遮住;嘴巴_____,嘴唇_____,简直可以放上一只小牛蹄;蛋黄色的_____,半英寸长的_____,一双_____,一头墨汁般乌黑的_____,还有一对山羊_____。

2.骑士家有几张狐狸皮?　　　　　　　　　　(　　)
　A.八张　　　　B.九张　　　　C.十张

3.列那是怎样躲过了所有人的搜查的?
_____
_____

Y 阅读与思考

1.骑士对于捉住列那的态度前后有什么变化?

2.从这个故事中你能学到什么?

列那狐的故事

二十四
列那吞食白鹭品萨尔

M 名师导读

列那悠闲地度过了几天后再次出来准备填饱自己的肚子。这时,他发现了在河边钓鱼的白鹭品萨尔。这次列那又会用什么花招吃掉白鹭品萨尔呢?警觉的品萨尔为什么会被列那抓住?

列那这几天过得非常惬意,不过他为自己感到遗憾,因为他只能看着别人吃大餐。他感到有点饿了。这时,他从隐蔽着的灌木下面,看到白鹭品萨尔站在河边,正用长嘴钓鱼。品萨尔倒是一个理想的猎物,可是有什么办法接近他呢?

"也许他自己会走过来,可那要等到什么时候?说不定我早就饿死了。再说,难保不会有哪个农夫,或者哪条猎狗会突然出现。不过,品萨尔真的是一顿美味的佳肴。行了!还是自己出马吧。不劳动者不得食是永恒的法则嘛。"

于是列那向河边爬去。河岸边长着浓密的水草,他扯了几把下来,将它们拢在一起,揉成筏子的形状,放到品萨尔上游的水里,让它漂流而下。正在钓鱼的鸟儿看见这筏子,往后跳了一步。当他发现这只是一簇水草时,便放下心来,继续悠然地钓他的鱼。列那先生又试了一次,他扯下一簇更为浓密的水草,扔进水里。白鹭更加小心地看着,走近这漂浮物,用长嘴和脚在水草里翻寻了一会儿,最后确定里面没有任何值得他担心的东西,便继续开始钓鱼。

他决定再也不会为了同样漂来的东西而放下手中的活儿了。【写作借鉴：心理描写，白鹭从非常警惕到一步步松懈而导致致命的后果，这种循序渐进的描述，牵动读者心弦，引人入胜。也反映出列那的聪明机智。】

列那利用白鹭的松懈，给了他致命一击。他做了第三只筏子，在筏子里铺了一层垫子，自己可以轻易地躲在里面，因为水草的颜色和他毛皮的颜色一模一样。不过，在进去之前，他还是犹豫了一下，筏子也许还不够坚固。但最后他下定决心，开始和弱不禁风的筏子一起顺流而下，来到了长嘴渔夫的身边。品萨尔这次连瞧都不瞧一眼。

"让别人去担心吧，"他说，"我才不会为几根水草害怕呢！"不一会儿，列那趁白鹭的长嘴和脑袋浸没在水里的时候，张牙舞爪地向他扑去，一口咬住他的脖子，扯起他的脑袋，跳到岸上，将他拖到最近的灌木丛中。品萨尔拼命尖叫，可列那不会被这种哀鸣打动并放掉他的。列那把猎物放在脚下，给了他最后一击。可以说，白鹭刚被掐死，就成了列那的腹中餐。

知识考点

1.列那趁白鹭的_____和_____浸没在水里的时候，_____地向他扑去，一口咬住他的_____，扯起他的_____，跳到岸上，将他拖到最近的_____中。

2.解释"弱不禁风"的意思。
_____

3.列那是用的什么方法捕捉到白鹭品萨尔的？
_____
_____

▶ 列那狐的故事

阅读与思考

1. 你还有什么更好的方法可以接近品萨尔吗？
2. 面对品萨尔的遭遇，你有什么想法？

二十五
想捉列那的农夫

M 名师导读

> 吃到美食后的列那心满意足地躺在草垛里睡大觉,半夜醒来后发现发大水,草垛漂浮在水中。这时一个农夫划着小船发现了列那,农夫想要把列那抓住。但列那会被农夫抓住吗?

那是收割草料的季节。夜色渐深。列那刚刚美餐了一顿,感到心满意足,决定在一个草垛上睡觉,等待明天太阳升起。因为他知道医生们说吃完饭马上赶路是很危险的。

拂晓时分,列那做了一个噩梦。他梦见自己在家里,在亲爱的艾莫莉娜身边。马贝渡城堡着火了,火焰从四面八方冒出来,可他却被一种不可战胜的力量拖住,无法逃脱一死。正当他竭尽全力试图把艾莫莉娜拉出火海时,却浑身冷汗地惊醒了。"圣灵啊!"他还没睁开眼睛,就在胸前画着十字,不住地说,"请保佑我的身体远离灾难的袭扰!"【名师点睛:预示着将有灾难降临到列那身上。】说完,他向四周看了看,却惊恐地发现他睡觉的草垛漂浮在水中,已经被冲到离原来很远的地方了。原来半夜里河水涨了,淹没了草地。"啊!怎么办?"他惊叫道,"我将会变成什么!我为什么不趁着路好走的时候赶回马贝渡呢?现在我的周围是一望无际的河水,要是我跳下去,必死无疑;要是留在这儿,一定会引起农夫们的注意,他们迟早会来。我该怎么保护我的皮毛不被他们剥走呢?"

▶ 列那狐的故事

他正发愁，一个农夫撑着一条小船驶近了草垛。他一眼就认出了列那。"我真走运！"他说，"这狐狸多漂亮啊。多好的脊背，多好的领圈呀！让我试着抓住他，这肯定值得。我把脊背上的毛皮卖掉，脖子上的毛皮自己留着做大衣领子。剥下毛皮之后，我就把狐狸的这堆烂肉扔进水里，让河水把它带走。"

谚语说："想起来容易做起来难。"事情的结果并不如农夫想象得那样容易。农夫来到草垛边，先是伸出手臂抓列那，列那躲开了。农夫又举起船桨打列那，可列那转过身去，船桨落空了。农夫转来转去，就是抓不到列那。于是他脱下沉重的皮鞋，决定离开小船，亲自到草垛上来。可是，他刚踏上草垛，列那就跳进了小船，操起被农夫抛下的船桨，划船远去了。农夫惊呆了，一脸绝望：这就是想抓狐狸的人的下场。【写作借鉴：用一系列的动作描写形象地描绘出列那的敏捷和农夫的愚蠢。】

列那划着小船向岸边驶去，接着他愉快地停下船来，对着农夫喊道："上帝诅咒你，农夫！啊！要是你抓住我的话，这小船会是我多么漂亮的监牢呀！不过俗话说得好：'最恶不过农夫！'要是农夫错过作恶的机会，他就会恼羞成怒，因为他的快乐就是伤害善良的教士、贵族和骑士。欲望、欺诈、狂怒，这些都是农夫的本性。有谁听说过做好事的农夫？好吧，农夫，我的毛皮你就别妄想了，但愿上帝不要救你，让你不得善终！"说完，列那把船划到岸边，轻盈地跳上岸，不紧不慢地回马贝渡城堡去了。

Z 知识考点

1.农夫来到草垛边，先是_____抓列那，列那躲开了。农夫又_____打列那，可列那转过身去，船桨落空了。农夫转来转去，就是抓不到列那。于是他脱下_____，决定离开小船，亲自到草垛上来。可是，他刚踏上草垛，列那就_____，操起被农夫抛下的船桨,划船远去了。

2.判断题。

列那差点被火烧死。　　　　　　　　　（　　）

3.列那做了什么梦？预示着什么？

_____

_____

阅读与思考

1.如果你是农夫,你会怎么做？

2.从这个故事中,你学到了什么？

列那狐的故事

二十六
悲惨的德鲁依诺

M 名师导读

列那外出溜达时遇见了正在吃樱桃的麻雀德鲁依诺。他好心地请列那吃樱桃，请教列那医治他自己孩子痛风病的事情。狡猾的列那真的会治痛风病吗？他又有了什么计谋？

几天后，列那走出他的城堡，精神抖擞，不一会儿就来到一棵结满漂亮果实的樱桃树下。树上，一只麻雀在枝头跳来跳去。"祝你好胃口，我的朋友德鲁安[德鲁依诺的爱称]！"列那说，"看来你在这些漂亮的果实中间很开心呀。"

"它们非常好吃，"麻雀回答说，"不过我已经吃饱了，要是您不介意，剩下的这些就给您吃吧，列那先生。"【名师点睛：突出了德鲁依诺的热情善良，也为下文他的遭遇做铺垫。】

"可是我得够得着它们呀，目前我不知道怎样才能做到这一点。所以，请你摘几颗樱桃扔到树下来吧，至少得让我先尝尝味道。"

"什么，列那先生也吃樱桃？"德鲁依诺说，"真不敢相信。我这就给您摘，您要多少就摘多少。"

"谢谢了，兄弟，"列那回答，"不过我也得吃得下。"

德鲁依诺给他扔了一串三颗樱桃，列那吃得津津有味。"再来一些，亲爱的德鲁依诺！它们真的非常好吃。"

于是麻雀为他摘了满满一捧。"您还要吗，列那先生？"

"不了，感谢上帝，我吃饱了。"

"不过，列那先生，"德鲁依诺又说，"既然您感谢我为您摘了樱桃，那么您肯定会听我说几句话，对吗？"

"当然，我的朋友。"

"您到过很多地方，见多识广，了解很多秘方，我不知道您是否愿意和我们这样的小人物分享您的博学。说实话，我现在真的非常需要您的帮助。"【名师点睛：突出了德鲁依诺的天真无知，因此给了列那欺骗他的机会。】

列那回答："我的小德鲁依诺，既然你对我这么好，我怎么能不帮助你呢？除了对我不利的请求，这你也知道。好吧，什么事？"

"请听我说，列那先生，我有九个孩子，都不同程度地得了痛风病，为此我真的很难受。"

"别泄气，"列那说，"我要根治好他们易如反掌。你知道，我曾经到山外，到罗马、蒲叶[地名，位于意大利南部]、托斯卡纳[地名，位于意大利中西部]、亚美尼亚[地名，位于外高加索南部]去求学过两年；我还四次渡海，一直到达君士坦丁堡，为国王诺布尔寻找治病的良药；我甚至还去过英国，参观了依鲁瓦[古地名，位于英国]和埃斯科[古地名，位于英国]。我千辛万苦，终于治好了国王，为了报答我的辛劳，他让我做这块地方的领主。"【写作借鉴：语言描写。列那夸耀自己，显示自己的能力大，让德鲁依诺完全相信了他，也为他成功欺骗德鲁依诺埋下伏笔，突出了列那的狡猾和无耻。】

"那好，告诉我怎样做才能把我孩子的病治好。"

"亲爱的德鲁依诺，得为他们做洗礼。一旦成了基督的小信徒，他们就不会痛风了。"

"这我相信，"德鲁依诺回答，"可上哪儿去找神父呢？我一个都不认识。"

"神父？"列那说，"难道我不是神父吗？"

117

▶ 列那狐的故事

"对不起，领主大人，我不知道，您愿意为他们洗礼吗？"

"当然愿意。我先命名你的大儿子为李耶纳尔，然后再给其他孩子取名。"

"好，好！"德鲁依诺说，"先为大儿子洗礼，他病得最厉害。"

说着他回到鸟巢，把最大的孩子带来，交到列那的怀里，列那马上就把他吞进了肚子。德鲁安再次回到鸟巢，将其他孩子也都带来，交给那个恶毒的"神父"，后者用同样的方法为他们做了洗礼。"别忘了，"轻信列那的德鲁依诺说，"您一定要认真地为他们洗礼。"

"放心吧，我保证他们不会再有痛风，而且不可能再患病。"

这时，德鲁依诺左顾右盼，徒劳地从一根树枝跳到另一根树枝，却永远也见不到他的孩子们了。【写作借鉴：动作描写，突出德鲁依诺发现孩子不见后焦急不安的样子。】他开始着急起来："列那，列那，我的孩子们呢？他们不见了，您把他们藏到哪里了？是不是把他们抓走了？"

"我说过，他们在安全的地方。"

"啊，列那，求求您，让我看看他们。列那，我的孩子们呢？"

"他们都在这里呢！"

"啊！混蛋，您把他们吃了。您吃了我的孩子们！"

"啊呀，不可能的事。"

"您把他们吃了，忘恩负义的家伙！您就是这样报答我的？"

"你疯了吗，德鲁依诺？你的儿子们都飞走了。"

"可惜，他们的羽翼还没有丰满呢。列那，看在诚实的上帝的分上，您发誓他们还活着。"

"噢！我发誓，当然可以。"

"不过，发誓对你来说算得了什么呢！你早已习惯发伪誓。噢！我真想揍你一顿，把你的眼珠子挖出来！"

"是吗？那你下来试试看。"

"不,我不能,也不愿意。列那,请您说实话,您把我的孩子们怎么了?"

"你真的想知道?"

"是的,看在上帝的分上。"

"好吧,看在我的分上,我把他们吃了。"

"哎呀!"【名师点睛:这一系列的对话描写生动形象地刻画了列那的残忍和无耻,同时也展现出德鲁依诺的愚昧无知。】

"实际上,我答应过你治好他们,现在我做到了,他们的痛风已经被治愈了。我甚至还可以对你说:我多么希望像你这样慈祥的父亲可以尽快和你的孩子们团聚呀。"【名师点睛:突出了列那的贪婪和心狠手辣。】

说完这些残酷的话语,列那便走了,留下德鲁安一个人独自在那里悲伤:"啊!可怜的孩子们呀,是我害了你们。要不是我,你们现在还活着呢。啊!没有你们,我也不活了。"说着他便跳下树来,就像一个绝望的人跳楼一样。他掉在草地上,昏了过去,失去了知觉。醒来后,他仍然悲痛万分,不住地用喙啄着自己的身体,还一根一根地将身上的羽毛拔下来。突然,他看到一线希望,恢复了勇气。要是能找到一个为他报仇的人就好了!想到这里,他决定不再寻死。他整理好凌乱的羽翼,决心周游天下,直到找到一个能为此事主持公道的保护神为止。【名师点睛:为下文埋下伏笔。】

Z 知识考点

1.醒来后,他仍然_____,不住地用喙啄着_____,还一根一根地将身上的_____拔下来。突然,他看到_____,恢复了_____。要是能找到一个为他报仇的人就好了!想到这里,他决定不再_____。

2.判断题。

列那把德鲁依诺的孩子们都藏起来了。 (   )

▶ 列那狐的故事

3.简述德鲁依诺的性格。
_____
_____

Y 阅读与思考

1.洗礼可以治好痛风病吗?

2.从德鲁依诺的事情中,我们学到了什么?

二十七

猎狗莫胡

M 名师导读

　　伤心欲绝的德鲁依诺踏上了寻找高人帮助他报仇的路。可是一路上寻找到的人没有一个愿意帮助他。最后他遇见了骨瘦如柴的猎狗莫胡。莫胡愿意帮助德鲁依诺报仇吗？

　　德鲁依诺虔诚地请求上帝给他指引，然后就上路了。他每遇见一只猎狗或野狗，就恳求他们帮助自己向列那报仇。可是，在仔细聆听了他的叙述之后，所有猎狗或野狗都借口这件事情太难办，有的不愿意帮忙，有的说这么大的事情自己帮不了忙。【名师点睛：从侧面反映出他们对列那狠毒、狡猾的害怕。】列那肯定是不对，但他毕竟是一位贵族，理应受人尊敬。但凡现实一点的人，都不愿意因为别人所受的难而去找列那问罪。"德鲁依诺，您的指控有根有据，完全成立。列那理应对您好一些，但您又能让我们做什么呢？善良的德鲁依诺呀，听我一句劝告，还是回去吧。"

　　麻雀满心痛苦地离开了。

　　一天，他终于在一堆粪便上看见一只猎狗，猎狗骨瘦如柴，满脸苦恼，奄奄一息。【名师点睛：这些词语描画出莫胡的处境跟德鲁依诺一样糟糕，暗示着莫胡会帮助他报仇。】德鲁依诺走近他说："嗨，莫胡，你好吗？"

▶ 列那狐的故事

"很不好，德鲁依诺，我说不出话，也走不动路。我效力的那家农夫非常吝啬，我已经饿了两天。"

"那是因为那农夫没钱了的原因。不过亲爱的朋友，你听我说，如果你愿意替我办一件事，我保证你得到更好的报酬。"

"要是你能让我吃饱，使我恢复力量和勇气，你将会看到我愿意为你做任何事情。我不是自吹自擂[自己吹喇叭自己打鼓。比喻自我吹嘘]，我身体好的时候，树林里没有一头狼、鹿、麂，或者野猪能逃脱我的手掌心。我保证，我只要吃一顿饱饭，我就能恢复体力，变得和过去一样强壮敏捷。"

"我的好莫胡，"德鲁依诺回答，"你的食物将多得吃不完。"

"你要我办什么事？是不是向什么人报仇？"

"是的，莫胡，恶毒的列那背信弃义，杀害了我的孩子们，他把他们吃了。要是我报了这个仇，这个世界上我就别无他求了。"

"好，我以我父亲的灵魂发誓，保证让你满意。只要你实现了对我许下的诺言，那么列那就要倒霉了。"

"你跟我来，莫胡，现在就走。"

知识考点

1. 麻雀满心痛苦地_____了。一天,他终于在一堆_____上看见一只猎狗,猎狗_____,_____,_____。

2. 解释"背信弃义"的意思。
_____

3. 莫胡为什么会帮助德鲁依诺报仇？
_____
_____

阅读与思考

1. 你觉得莫胡靠得住吗?
2. 莫胡为什么会落到这般境地?

列那狐的故事

二十八
麻雀德鲁依诺的诡计

M 名师导读

麻雀德鲁依诺和猎狗莫胡一起寻找食物。德鲁依诺发现了一辆装满食物的马车,于是让莫胡等他的好消息。那么德鲁依诺能帮助莫胡得到食物吗?

猎狗非常困难地站了起来,但是一想到能吃上饭,他又有了力气。他沿着小路,缓慢地跟着德鲁依诺。德鲁依诺让他躺在一丛灌木里。"我看见有一辆装满面包和熏肉的马车朝这儿驶来,"他说,"你看好了,莫胡,我去引开车夫,你看见他在我身后追我时,就赶紧到马车上去,这时候是拿熏肉和面包的最佳时机。"

"好的。"莫胡回答。

马车驶近了,德鲁依诺开始实施他的计划。他掉在马车前面的地上,假装折断了翅膀。车夫走下车来,以为麻雀唾手可得[动手就能得到,比喻毫不费力就可以得到]。德鲁依诺逃脱了,四处跳着。车夫紧紧地跟着,仍然觉得可以把他抓住。他以为在右边可以抓住麻雀了,可麻雀已经逃到了左边,他刚才还在前面两步远的地方看见麻雀,可一转眼麻雀已经躲到了他的身后。【名师点睛:形象生动地描写出德鲁依诺的聪明和灵敏。】车夫开始不耐烦了,他回到车上,拿起一根大棒,再来到麻雀这边。德鲁依诺保持着警惕,注意不让自己和车夫之间的距离超过五步路。

124

车夫忙着抓鸟的时候，莫胡离开灌木，径直走向马车，用尽最后的力气举起前肢，抓住装满熏肉的篮子。他终于拉出一块熏肉，艰难地将它带回灌木丛中。德鲁依诺看见莫胡回到了事先隐藏的地方，便不再逗弄车夫，也不理睬车夫的诅咒，迅速拍打着翅膀飞走了。车夫浑身臭汗地回到马车上，继续赶路，对自己已经少了一块上好的熏肉却浑然不知。

德鲁依诺回到莫胡的身边："上帝保佑你，莫胡！"

"啊，德鲁依诺，"莫胡回答，"欢迎你回来，请原谅我见了你不站起来，我没有时间。"说着，他狼吞虎咽[形容吃东西又猛又急的样子]地吃起熏肉来。

"不用客气，亲爱的莫胡，慢慢吃吧，不着急。"

"啊！德鲁依诺，你给我的这顿饭真是太美味了。能为你报仇我非常荣幸！"

"现在我们不谈这个。告诉我，莫胡，你还需要其他东西吗？"

"我口渴得厉害，这美味的熏肉……"

"好吧，我来想办法让你满意。正好前面有一车葡萄酒，但愿等一会儿你能告诉我这酒产自哪个地方。"

说着，他愉快地拍打着轻盈的翅膀，飞到马车前面，落在道路当中。等马车经过的时候，他跳到马的头上，用嘴使劲啄他的眼睛。受到惊吓的马儿长嘶一声，直立起来。车夫看到是德鲁依诺在捣乱，便愤怒地拿起一根短棒，向他扔去。可是，短棒没有打中德鲁依诺，却砸在马的身上。马儿受到重击，倒在地上。马车摇晃了几下，侧翻在路旁。车夫自己也被摔到了地上。装葡萄酒的木桶全都掉了下来，连箍（gū）[紧紧套在东西外面的圈]桶的铁圈也折断了。桶板四散开裂，葡萄酒全都倒了出来，在地上形成一片红色的沼泽。车夫看到自己最好的马儿和上等的酒一下子全没了，而这一切都是因为一只麻雀，因而悲伤万分。他不得不抛下可怜的马儿，继续赶路。这时，莫胡过来了，

125

▶ 列那狐的故事

大口地畅饮着葡萄酒。不过要是让他选择的话，他会更喜欢喝清澈的泉水。

"莫胡，"德鲁依诺问，"现在你满意了吧？"

"非常满意，亲爱的德鲁依诺。正如我希望的那样，我已经恢复了体力，现在我只有一个念头：那就是很快在路上碰见列那。"【名师点睛：表现出莫胡信守承诺，暗示着后文列那将受到惩罚。】

Z 知识考点

1.车夫忙着_____的时候，莫胡离开_____，径直走向_____，用尽最后的力气举起_____，抓住装满_____的篮子。他终于拉出一块_____，艰难地将它_____中。

2.德鲁依诺帮莫胡得到了什么？　　　　　　　　　　（　　）
　A.熏肉　　　　B.水　　　　C.葡萄酒

3.德鲁依诺是怎样帮助莫胡得到食物的？
_____
_____

Y 阅读与思考

1.你从农夫的遭遇中学到了什么？

2.从文中可以看出德鲁依诺和莫胡怎样的性格特点？

二十九

德鲁依诺拜访列那

> **名师导读**
>
> 德鲁依诺让莫胡酒足饭饱后躲在灌木丛中,他一个人前往列那的城堡,去挑衅列那。他能让列那上当吗?莫胡又是怎样抓住列那的?列那会得到教训吗?

"说真的,莫胡,"德鲁依诺回答,"你说得很好,只要你信守承诺,我的心愿就肯定能够实现。你在这儿等我,我去找我们的敌人,很快就会回来,对于去城堡的路我再熟悉不过了。这次去很危险,也许我会丧命于列那之手,但是只要我回得来,就肯定会把他带来见你。"【名师点睛:表现出德鲁依诺为了报仇而视死如归的决然之情。】

说完,德鲁依诺告辞了朋友。他来到马贝渡,见到了城堡的主人,不禁打了一个寒战:狐狸正安详地趴在窗边。"列那,"麻雀在他头顶大声叫道,"起来,带我去见我亲爱的孩子们。没有他们,我活着也没什么意思了。要是你的窗户打开着,也许我就会自投罗网,不过也许你不想违反好客之道。不管怎样,我在这里等你,你要是不过来,我就不走。"

列那在半梦半醒之中被这柔和的嗓音吵醒,他愉快地叫了一声,站起身来,来到德鲁依诺对他说话的地方。可是后者还没有做好准备,他飞到稍远的地方,停了下来。"啊!"列那说,"瞧你,胆小鬼!你现在好像在发抖,怕我过来。你一定认为我会伤害你,你错了!其实,

▶ 列那狐的故事

我一直在为我对你做出的行为而遗憾。我之所以靠近你，是想鼓励你活下去，和你讲和。"

"我相信你，列那，我刚才的确想逃走，可现在好了，我不再害怕了。"

列那被麻雀的举止所迷惑，向他跑去；麻雀则冒着生命危险着急跳着后退，一直来到灌木丛边，莫胡已经等得不耐烦了。"好了，"德鲁依诺说，"我不再跑了，我要死在这里，在这棵树旁，它令我想起那棵樱桃树，那里安息着我的孩子们。"

列那越来越恼怒，他朝灌木丛跳过去。迎接他的是莫胡，他立刻抓住列那后脑勺的毛发，列那措手不及，就被一口咬住，用尽全力地推搡。起先他逃脱了出来，撒开腿就跑。可是莫胡又在树林边追上了他，莫胡把列那打翻在地，用牙齿咬他的肚子、身体、耳朵，还在他的毛皮上撕开一道好几指宽的口子。【名师点睛：一系列的动作描写，展现出莫胡的勇猛。】列那从来没有离死神如此之近。最后莫胡之所以放开他，是因为他看见列那一动不动、鲜血淋漓，以为他已经一命呜呼了。莫胡得胜归来，德鲁依诺则还在为列那先前的逃脱而发抖："怎么，莫胡，情况如何？"

"非常好。你可以放心，列那再也不会欺骗任何人了，这次要是他再逃脱，那只能说是魔鬼创造了奇迹。"

"谢谢，亲爱的莫胡，我为你做了一件小事，你以百倍的恩典报答了我。再见！祝上帝永远保佑你！"

德鲁依诺还有一个愿望，那就是到列那身边，看着他咽气。他非常想和列那最后说几句。于是他飞到那里："嘿！你在这儿，列那先生！你感觉如何？唉，你的聪明机智上哪儿去了，怎么会被打成这样？在你毛皮上是不是有一个大口子？没错，这儿还有一个，三个、四个、十个。噢！看来需要很多块毛皮才能把这些口子缝上！要是今年冬天天气寒冷，你可就要冻死了，我真担心。除非万分忠诚的艾尔桑夫人愿意为你取暖。"

列那听见了他的话，但是他没有力气，也不想回答。德鲁依诺唱了一曲凯歌，然后心满意足地离开了，连招呼也没有向他的敌人打一声。至于列那，他在医生那里度过了整整一个季节，才得以完全康复，继续实施他的诡计。

知识考点

1. 莫胡把列那打翻在地，用牙齿咬他的_____、_____、_____，还在他的_____撕开一道好几指宽的口子。列那从来没有离_____如此之近。最后莫胡之所以放开他，是因为他看见列那_____、_____，以为他已经_____了。

2. 判断题。

列那差点死在莫胡手上。　　　　　　　　　　　（　　）

3. 从德鲁依诺寻找人帮忙找列那报仇到最后莫胡狠狠地惩罚了列那这一个故事中，我们从中得到什么道理？

_____

_____

阅读与思考

1. 德鲁依诺是怎样一步步引诱列那的？
2. 你有没有什么话想对列那说？

129

> 列那狐的故事

三十
列那去了艾尔桑家

M 名师导读

　　狡诈的列那又一次来到叔叔叶森格仑家,男主人出去了,主妇艾尔桑正在给狼崽儿们喂奶。列那和艾尔桑发生了什么让叶森格仑暴跳如雷的事?叶森格仑原谅主妇艾尔桑了吗?

　　一天,列那从叶森格仑家经过,看见他家门口堆了一堆树枝,树枝纵横交错[横的竖的交叉在一起,也形容情况复杂],扎成了一道篱笆,篱笆把整个门口都堵住了。列那想探个究竟,于是悄悄地钻过篱笆,来到房门后。

　　叶森格仑出去了,主妇艾尔桑刚刚起床,正在给孩子们喂奶。她还没来得及戴头巾,所以列那钻过篱笆的声响让她察觉到了。艾尔桑抬起头来,想看看是谁来了。

　　列那害怕自己不受欢迎,便一动不动地躲在门后。可是艾尔桑看到他那棕红色的皮毛,立刻认出了他。"啊!"她笑着说,"列那狐,你就是这样偷看别人的吗?"

　　列那一声不吭,一动不动。也许他希望借助黑暗,骗过艾尔桑。艾尔桑又叫了一声列那的名字,甚至用小指向他做了个让他过去的手势。"我真该责怪你,列那狐,其实,没有一个人比你待我更坏的了。"这席话艾尔桑是用非常温柔的语气说出的,列那听后胆子稍大了一点。

　　【名师点睛:艾尔桑的这席话既写出了她善良的性格,又写出了她好坏不

分、糊涂的性格，这也是列那一次又一次成功欺骗她的原因。】

"夫人，"他说，"上帝作证，要说不想在您喂奶的时候来看您，那是假话。可是，您知道，叶森格仑总是处处和我过不去，而且到处监视我的一举一动。他怎么这样恨我呢？我不明白，其实我从来没有冒犯过他。难道他认为我喜欢您，要取代他的位置吗？您的邻居都曾听他说您喜欢我，说有朝一日他要找我报仇。可是，我从来没有对您说过一句不恰当的话，这您最清楚了。向一个高尚的妇人求爱能有什么好处呢？我只会遭到她的嘲笑。"【名师点睛：列那抓住艾尔桑善良、好坏不分的性格，发动语言攻势，故意激艾尔桑。】

艾尔桑听到这席话很生气："邻居们的确都在说我！但我可以理直气壮大地说：到目前为止，我不曾动过邪念。但是，既然叶森格仑对我产生猜忌，那我就成全他。从今天起，列那，你就是我的男朋友。你在我这里会受到款待，我发誓我完完全全属于你。"【名师点睛：艾尔桑被列那的一席话弄得又恼又恨，马上投入列那的怀抱，更加突出她的愚昧和好坏不分。】

列那被如此动听的话语打动了。他等不及艾尔桑再说第二遍，就走上前去，将她揽在怀里。不久，他就借口叶森格仑即将回家，准备要离开。在离开之前，他特意从狼崽们的身上走过，把他们弄脏。只要被他看见的所有食物，全部被带走了。然后，他又折返回来，把狼崽狠狠地揍了一顿。列那这样做，表面上似乎是威胁狼崽们保持沉默，但其实是想鼓动他们向叶森格仑告发。他称狼崽们是捡来的野种，也不怕艾尔桑可能会为此蒙受耻辱。【名师点睛：列那听够了冗长的情话之后，马上抛弃艾尔桑，并在离开之前羞辱小狼崽，陷艾尔桑于不义之局，更加反映了列那狡猾、虚伪、无耻的性格。】

列那一离开，艾尔桑立刻抱起狼崽们，为他们拭去泪水，安抚他们。"孩子们，"她对他们说，"你们一定不要告诉爸爸列那来过，还打过你们。"

▶ 列那狐的故事

"什么！"狼崽们回答，"他做了对不起我们全家的事，还不让我们说？恶人必须得到恶报。"

列那在门口听见了争吵，嘴角露出了狡黠的笑容，他转身又重新上路了。

这时，叶森格仑回来了。今天他的收获不错，进门时带回很多吃的，接着，他走到孩子们跟前，亲吻他们。【名师点睛：写出了叶森格仑慈父的形象，列那也是抓住叶森格仑疼爱孩子的特点，从而欺负和羞辱小狼崽，使叶森格仑暴跳如雷。】狼崽们争先恐后地向他诉说自己面对列那的遭遇。

大家可以想象一下叶森格仑有多么愤怒！他气得嗷嗷直叫，完全失去了理智。"啊！"他说，"竟然敢这样对待我！你这个卑鄙无耻的贱女人，我让你吃饱喝足，就是为了让你在家里招待我的敌人？你今天就给我滚出家门。"艾尔桑知道，现在可不是和叶森格仑争吵的时候。"您在生气，叶森格仑，"她说，"生气会使您丧失理智。我可以接受誓言和审判的考验。要是您觉得我不能在众人面前得到清白，你们怎么惩罚我都行。现在，您就下命令吧，我会做您乐意让我做的一切。"

这席话让叶森格仑稍稍冷静了一些。他看了看孩子们，朝艾尔桑走了一步，搂住了她。【名师点睛：叶森格仑为了孩子和家庭原谅了艾尔桑。】艾尔桑承诺了好几遍，说只要一有机会，就会让列那吃不了兜着走。

Z 知识考点

1.解释"争先恐后"的意思。

_____

2.列那做了哪些令叶森格仑生气的事？　　　　（　　）

　　A.引诱艾尔桑　　　B.欺负狼崽　　　C.带走食物

132

3.列那为什么又折回来,回到狼崽身边,狠狠地揍了他们一顿?

阅读与思考

1.叶森格仑听到孩子们的诉苦是怎么做的?

2.简要说说主妇艾尔桑的性格特点。

> 列那狐的故事

三十一
艾莫莉娜释梦

M 名师导读

列那做了一个奇怪的梦,这个梦让他万分恐惧。艾莫莉娜是如何安慰他,让他又恢复精神了?而他恢复之后又出去做了什么坏事?

一天,列那躺在妻子艾莫莉娜的身旁,在马贝渡城堡里安静地休息。早晨,他做了一个奇怪的梦。他梦见自己独自在树林边,看见一张毛茸茸的红色兽皮,上面有好几个洞,领子附近还有一圈纯白色的毛。他费了好大的劲想把兽皮穿到身上,可总是套不进,那圈白毛卡住了他的脖子,简直就要把他掐死。【名师点睛:"红色兽皮"和"纯白色的毛"这些梦境中出现的东西与列那的外形非常相似。】

列那从梦中惊醒,一下子从床上弹坐起来,万分恐惧,琢磨着这个梦到底是什么意思。艾莫莉娜也睁开了眼睛,听列那讲述了他刚才做过的梦。

"列那,"她忧伤地对丈夫说,"这个梦让我感到焦虑,我很为你感到担心。它肯定预示着将有巨大的麻烦和痛苦降临。那张布满洞眼的红色兽皮是个不好兆头,而那条纯白色的毛则是两道牙痕,这些牙齿将咬断你的脊梁(liáng)[脊背。常喻指人的意志、胆量和节操]。那个你穿不进的狭窄领子也令我不安,我看你不久就有大灾难。【名师点睛:这些话形象地写出了艾莫莉娜善于解梦的特质。】庆幸的是我知道一种魔法，它能帮你摆脱危险、逢凶化吉。只要哪一天使用了它，我们就不会有生命危险。魔法是这样的：当你出门的时候——无论你是从沟壑、窗户，还是大门出去，你只要在沟壑边、窗栏上或者大门口画三个十字，就能保证自己安全回来。"【名师点睛：艾莫莉娜的魔法其实就是向上帝的祈祷，"沟壑""窗户""大门"这些东西照应上文列那梦中"那圈白毛卡住了他的脖子，简直就要把它掐死"这一内容。】

听了艾莫莉娜这番令人欣慰的话，列那顿时又来了精神。他翻身下床，打开房门，按照艾莫莉娜刚才所说，把魔法实施了一遍。接着他爬上高处的树林，从那儿他发现一只乌鸦。乌鸦一头扎进清澈的水中，浮出水面时一张大嘴和浑身零乱的羽毛格外引人注目。列那为了诱捕这只乌鸦，于是就闭起眼睛，一动不动地仰面躺下，还把舌头拖得长长的。他希望乌鸦看见自己，以为他已经死了，就会飞到自己的身上吃那条肥美的舌头。【名师点睛：这段话写出了列那善于揣摩他人心理的特点和狡诈的性格。】

果然，乌鸦在一番东张西望之后，把眼光停在了列那身上，以为他刚刚中了圈套被打死了。那鲜红湿润的舌头令乌鸦垂涎欲滴，他径直飞到所谓的尸体上。可是，正当他想啄下第一口时，列那突然一跃而起，抓住了他的翅膀，这下可好，冒失的乌鸦成了他的盘中美餐。

知识考点

1. 他梦见自己独自在_____，看见一张毛茸茸的_____，上面有_____，领子附近还有一圈_____的毛。他费了好大的劲想把兽皮穿到身上，可总是_____，那圈白毛_____了他的脖子，简直就要把他掐死。

135

▶ 列那狐的故事

2.判断题。

艾莫莉娜释梦是为了安慰列那。　　　　　　（　　）

3.列那如何使乌鸦成了自己的盘中美餐？

_____

_____

阅读与思考

1.你怎么理解列那的梦？

2.你对梦有怎样的研究或了解吗？

三十二

叶森格仑复仇

M 名师导读

被列那几经戏弄的叶森格仑发誓一定要找到列那复仇。这一天列那在山下和叶森格仑碰面,叶森格仑狠狠地揍了列那一顿,但关键时刻,又是什么让叶森格仑突然手下留情放过列那呢?

自从狼崽们向叶森格仑告状之后,他对列那恨之入骨,他发誓只要碰见列那,就一定送他下地狱。叶森格仑四处寻找列那,这不,刚从沼泽洗完澡的列那上岸时被叶森格仑碰个正着。

"啊!总算让我找到你啦!"【名师点睛:这句话表明叶森格仑一直在寻找列那伺机报仇。】叶森格仑顿时火冒三丈,"现在是你把欠我的一切都还清的时候了。你闯进我的房子,侮辱我的家人,又欺凌、糟蹋和毒打我的孩子们。我要把你关进一所监狱,在那里你将不能欺骗世界上的任何人。你自己也将从此太平,不再需要设陷阱、打埋伏,也用不着敲警钟、扔石头。你也不用担心跟你有仇的人来报复你。这所监狱,想必你一定听说过。"

列那已经无路可逃,他感到要想摆脱叶森格仑为他设计的命运,只有在这个可怕的敌人面前卑躬屈膝[形容没有骨气,低声下气地讨好奉承]。于是他双膝跪地,夹着尾巴,懊悔不已地哀求道:"叔叔,做坏事受惩罚天经地义。您认为我做了坏事,那么就告诉我您准备怎样惩罚我。我会虚心接受。"【名师点睛:形象地写出了列那在知道叶森格仑为他

137

▶ 列那狐的故事

设计的命运后的谄媚嘴脸。】

"看在圣父的面上,"叶森格仑回答,"我要给你的惩罚就是把你吃掉,通过这个方法把你的狡猾和我的勇气结合在一起。行了,你也不用求饶了,你看,我这口漂亮的牙齿已经准备好接待你了。你真是太拘泥(nì)[固执而不知变通]礼节了。"

说着,叶森格仑朝列那扑来,将他死死按在脚下,狠狠地揍他、咬他、谩骂他,在撒拉逊的土地上[中世纪欧洲人对阿拉伯、西班牙等穆斯林地区的称呼],还从来没有一个犯人受到如此虐待。列那绝望地尖叫着,祈求叶森格仑的饶恕和怜悯。叶森格仑抓住他的脖子,撕开他的皮肤,最后把他打得奄奄一息。

在对列那进行了一番长时间的折磨之后,叶森格仑说:"我在犹豫,究竟应该让你遭受哪种死法。是把你放到火里烤熟了,然后吃掉吗?不,这样你死得太快了。"他看到列那张大嘴巴,正等着咽下最后一口气,就用脚踩住他的喉咙,简直就要把他掐死了。

但就在这时候,叶森格仑的心里突然产生了一丝怜悯。【名师点睛:叶森格仑的怜悯之心使列那逃过了这次劫难,也正是因为他的善良,才使列那有了一次又一次欺负他的机会。】他想起了他俩过去的友谊,想起了他们曾经共同设过的圈套,还想起了小时候一起游戏、一起快乐、一起玩耍的情景。他的眼睛渐渐地模糊起来,充满了泪水:"啊,上帝!我干了什么了?我竟然打死了我最好的朋友、最好的参谋!"

这席话传到了列那垂死的耳朵里,他微微动了一下。

"怎么?"叶森格仑说,"他好像动了一下。不错,尽管我已经感觉不到他的呼吸,但他的脉搏还在跳动。"

"是的,我还活着。"列那说,"可是您犯了一个大错,您像对待死敌一样对待您可怜的侄子,而他是多么爱您!您是强者,可欺压的却是一个毫无抵抗能力的无辜弱者。"

叶森格仑沉吟良久,没有回答,他沉浸在深深的后悔之中。而在此时，列那却渐渐恢复了体力和勇气。

"好了，"列那首先开口说，"与其毫无道理地虐待我，还不如看看送上门来的机会、看看如何利用它呢。"【名师点睛：结尾留下悬念，引起读者的阅读兴趣，为下文埋下伏笔。】

Z 知识考点

1.叶森格仑的心里突然产生了一丝_____。他想起了他俩过去的_____，想起了他们曾经共同设过的_____，还想起了小时候一起_____、一起_____、一起_____的情景。他的眼睛渐渐地_____起来，充满了_____。

2.判断题。

叶森格仑放过列那只是因为他的肉不好吃。（　　）

3.简要分析下面这句话的描写手法。

"说着，叶森格仑朝列那扑来，将他死死按在脚下，狠狠地揍他、咬他、谩骂他，在撒拉逊的土地上，还从来没有一个犯人受到如此虐待。"

_____
_____

Y 阅读与思考

1.列那遭到痛打说明了什么？

2.到最后关头是什么让列那保住了性命？

> 列那狐的故事

三十三
叶森格仑独吞熏肉

M 名师导读

　　正当叶森格仑沉浸在后悔中时,一位农夫背着一块熏猪肉从旁边经过。于是列那为了讨好叶森格仑,决定骗走农夫的熏猪肉。列那会用什么方法欺骗农夫呢?列那骗到熏猪肉后为什么被叶森格仑独吞了?

　　一个农夫正经过这里,他背着一块熏猪肉,准备带回家。

　　列那说:"叔叔,要是您截下这块熏肉,用它来充饥,多好啊!这肉比起我的肉来,可要美味得多了。"叶森格仑表示同意。

　　"这样吧,叔叔,您给我一次机会,让我帮您把这熏肉弄来。要是我完不成任务,我任凭您处置。您一定能得到它,如果您吃饱之后还有多的,我们就把它卖掉。要知道我是这世界上最会做生意的商人。卖得的钱我们俩二一开。"【名师点睛:列那为讨好叶森格仑,以身涉险去骗取熏肉,不计较叶森格仑刚刚的毒打,体现了列那能屈能伸、圆滑、狡诈的特点。】

　　"看在圣人克莱尔的分上,"叶森格仑说,"我非常不希望和农夫打交道。就在昨天,我经过一座村庄的时候,一个农夫差点把我打扁了。可我连仇都不能报,真丢人!"

　　"您就别操心了,"列那回答,"我会把这件事办妥的。要是等一会儿您见不到熏肉,您就用绳子把我吊死。"

　　"那就祝你好运吧!"叶森格仑说,"我倒要看看你有多大能耐。"

列那艰难地拖着身体前进，他沿着树林，步履蹒跚地走在野草丛生的小路上，终于赶到了农夫的前头。他拿出最擅长的诡计，躺在小路中央，等着农夫的到来。

农夫看到列那倒在小路当中，以为他受了致命伤，可以轻而易举地抓到他。于是他背着熏肉，手里握着木棒，走上前弯下腰，准备把列那从地上捡起来。列那朝路边跳了一小步。农夫并没有放弃，他的木棒砸在列那的脊梁上。列那顿时感到疼痛难忍，他大叫一声，逃离开去。农夫说："无论你怎样逃，我也要用你的皮毛做大衣。"可是，说起来简单，做起来可就没那么容易了。

农夫为了能追上列那，不得不把背上的熏肉放到地上。他寻思着把列那的皮卖掉，就可以赚回刚才买熏肉的钱，而且他还可以把列那脖子上的那圈毛留给自己，做大衣的领子用。【写作借鉴：心理描写，突出了农夫的贪婪。】

叶森格仑本来对熏肉并不抱有很大的希望。可是，当他看到农夫卸下了熏肉，便连忙加快脚步，跑下山来，拾起这珍贵的重负，然后回到原地。农夫原以为肯定能抓住狐狸，可是他看到的却是狼叼着他的熏肉逃进了树林。与此同时，叶森格仑的一举一动也没有逃过列那的眼睛，后者立刻不再蹒跚爬行，而是像离弦的箭一样飞跑而去，把农夫一个人留在那里。【写作借鉴：运用比喻的手法，描写出列那速度之快，为了追上叶森格仑而不顾身上的伤势。】农夫没能得到他想要的狐狸，连自己的熏肉也被抢走了，气恼地抓着头发，不住地诅咒叶森格仑、列那，还有自己的贪欲。正是这贪欲，使他既丢了西瓜，也失去了芝麻。他就这样空手回了家，懊恼不已。

叶森格仑在得到熏肉后饱餐了一顿，并把饱餐后剩下的熏肉用树叶盖起来以保持肉的新鲜。这时，列那追了过来，他发现地上只有一根用来捆绑熏肉的绳子，而熏肉已经不翼而飞了。

"叶森格仑先生，"列那说，"希望您能把我的那份熏肉给我。"

▶ 列那狐的故事

"朋友，你开什么玩笑？"叶森格仑回答，"你应该感到庆幸我不再怨恨你。但想得到其他东西，那是休想。"

列那明白，与强壮的叶森格仑理论，是不可能要到什么的。于是他说："我明白了，和您在一起，就别指望得到什么好处，请允许我告辞。此外，我内心有一种强烈的负罪感，为了得到宽恕，我打算去圣－雅克朝圣。"

"好吧，"叶森格仑说，"我就不留你啦，我会向上帝引荐你的。"

"我会向魔鬼引荐你！"列那小声说着离开了，"至少这是我许下的愿。"【名师点睛：体现了列那痛恨叶森格仑的心情，为后文列那报复叶森格仑埋下伏笔。】

Z 知识考点

1. 农夫没能得到他想要的_____，连自己的_____也被抢走了，气恼地抓着头发，不住地诅咒叶森格仑、列那，还有自己的_____。正是这贪欲，使他既丢了_____，也失去了_____。

2. 判断题。

列那骗到了熏猪肉，却被叶森格仑抢走了。　　　　　（　　）

3. 农夫为什么会被列那骗走熏猪肉？

_____

_____

Y 阅读与思考

1. 身受重伤的列那为什么还要去骗取农夫的熏猪肉？

2. 从农民的经历中，你学到了什么？

三十四

朝圣路上

📖 名师导读

列那在朝圣的路上走进了神父的家,当他四处搜寻食物时发现了正在唱经的蟋蟀弗洛贝尔,于是列那想要吃掉弗洛贝尔。此时,列那被猎人发现。列那将怎样躲过猎人的追捕,又是怎样设计把猎人引到叶森格仑那儿去的?叶森格仑又会怎样面对猎狗的围攻呢?

列那<u>装模作样</u>[指故意做作,故作姿态]地上路朝圣去了,他沿着叶森格仑平时出没的树林,翻山越岭,长途跋涉。【名师点睛:体现了列那为了报复叶森格仑不断在寻找机会。】一天上午,他来到一座村庄,走进神父的家,发现那里有很多鲜肉和咸肉。他暗想:"我真是来对了。但是要小心陷阱。"

列那小心翼翼地四处搜寻,伸长耳朵仔细聆听,突然听见有什么声音,便立刻吓得浑身战栗(lì)[因恐惧、寒冷或激动而颤抖],以为自己被发现了。其实那是蟋蟀弗洛贝尔在烤炉门前愉快地唱经。他看见列那,便停了下来。

列那认出了他,对他说:"弗洛贝尔先生,只有教士才能像您这样唱经。您继续唱吧,我也只想借借光。"

"上帝!"弗洛贝尔回答,"您看上去就不像是个忏悔的朝圣者,我倒是很想知道您究竟犯了什么错。"

说着,他快步向列那跑来。列那立刻把斗篷的袖子罩在他身上。

143

▶ 列那狐的故事

他以为抓住了弗洛贝尔，马上就可以将他送入口中。可是他扑了个空，弗洛贝尔幸运地在斗篷里找到了一个出口。

"啊！列那，我早就知道你，"他说，"你尽管换上了朝圣的衣服，却本性难改。那些在路上觊觎别人的人都是魔鬼的朝圣者，所幸的是上帝救了我。"

"弗洛贝尔先生，"列那回答，"您是喝醉了吗？我觊觎您？您难道不知道我只是想看看您的经书吗？要是我刚才拿到了它，就一定能学会里面很多好听的圣歌。我非常需要唱这些圣歌，因为我现在状况很糟糕。朝圣的路使我筋疲力尽，每当我想起曾经犯下的罪孽，内心总是充满恐惧与内疚。我要找一位忏悔师听我忏悔！弗洛贝尔先生，您乐意做我的忏悔师吗？"

说话间，传来了猎狗们的吠声，和它们在一起的还有驯狗员、弓箭手和猎人。列那立刻拔腿就跑，可他还是被发现了。驯狗员放开了猎狗，急忙叫喊："狐狸！狐狸！""快上！塔波斯、里高斯、卡拉狼波斯！还有你们，特利布雷、普莱桑斯！"

列那为了避免被包围，又折返回来，蜷缩着躲在烤炉顶上，一直等到喧闹的人群走远。那些人还以为他们离列那越来越近了呢。【名师点睛：体现了列那的机智、狡猾。最危险的地方就是最安全的地方，列那也成功将猎人引到了叶森格伦的地方。】

不过，喧闹声也吵醒了叶森格伦，猎狗发现了他的踪迹，于是追着他疯狂地撕咬。叶森格伦勇猛地自卫反击，他撕开了好几条猎狗的胸膛，迫使他们无力再战。

列那躲在烤炉顶上观战。"啊！我的好叔叔，"他叫道，"这就是您不与我分享熏肉的好处。要是您不那么贪吃，精力就会更加充沛，就不会如此笨重。"

这些话更加激发了叶森格仑的斗志。他一口咬死了最近的那条猎狗，其他猎狗也带着不同程度的伤逃走了。

叶森格仑疲惫地回到家中,但让他最为难受的,是没能抓住机会把列那掐死,和他彻底了断。不过叶森格仑还没有到忍无可忍的地步,所以在耶稣升天节的时候,他又将成为他那位好侄子的诡计的牺牲品。

【名师点睛:揭示下文,埋下伏笔。】

Z 知识考点

1.列那小心翼翼地四处_____,伸长耳朵_____,突然听见有什么声音,便立刻吓得_____,以为自己被_____了。其实那是_____在烤炉门前愉快地_____。他看见列那,便_____。

2.判断题。

最危险的地方就是最安全的地方,列那又折回神父家,直到人群走远。（　　）

3.猎人本来发现了列那,最后为什么会对叶森格仑发起了围攻?

_____

_____

Y 阅读与思考

1.列那是怎么引诱弗洛贝尔的?

2.从叶森格仑的遭遇里,你学到了什么?

列那狐的故事

三十五

两位冤家的和平之吻

> **M 名师导读**
>
> 一天,列那在树林打猎时遇见国王和叶森格仑一同散步聊天,列那决定捞点好处。列那捞到好处了吗?列那又是怎样让国王消除对他的成见的?国王为什么让列那与叶森格仑和好?他们真的和好了吗?

叶森格仑本可以找列那寻仇,可最终还是饶了他一命。虽然这样,他坚信自己的妻子艾尔桑对列那恨之入骨。至于列那,出于本性,他从不放过任何一个羞辱和欺骗叶森格仑的机会。【名师点睛:陈述事实,引出下文,为下文做铺垫。】

有一天,列那在树林里打埋伏,希望能捕获一些猎物带回家里,给他亲爱的艾莫莉娜。不一会儿,他就看见国王诺布尔陛下在总管叶森格仑的陪同下朝这里走来。他俩边走边聊。列那没有回避,反而迎上前去,盘算着从这次相遇中捞一些好处,同时也准备给叶森格仑制造点麻烦。他鞠躬向国王致敬:"欢迎你们,尊贵的客人。"

"是你,列那先生!"国王回答。他知道叶森格仑的不如意,所以尽力克制自己不笑出来。"看在你准备使用的那些诡计的份上,我祝你今天快乐、走运。"

"说实话,陛下,我非常需要您的祝福。今天天刚亮我就开始打猎了。我想带一些东西给我妻子吃,她刚刚又为我生下一个孩子。可是直到现在,我什么也没有打到。"

"你在打猎？"国王诙谐地回答，"哦，上帝！难道天底下的狐狸也会打猎了吗？真是难以置信！"

"陛下，"列那继续说，"我以我对您的忠诚发誓，我知道自己不配和您平时的随从们走在一起，我也不敢妄想您在这么多大人物中间看我一眼！和我们这些小人物相比，您当然更喜欢那些上等的贵族，比如狗熊布朗先生、野猪泊桑先生、野牛罗纽斯先生、狼叶森格仑老爷，还有其他和他们一样的人。"

"你看，"国王又说，"瞧你说的。好啦，你今天就留在我们身边，我们一起打猎，一起寻找适合我们吃的东西吧。"

"啊！陛下，"列那回答，"我不敢这样做，因为叶森格仑先生不待见我。不知为何，他对我深恶痛绝。但我可以以脑袋担保，我从来没有冒犯过他。他指责我玷污了他的妻子，可看在上帝的分上，我向艾尔桑婶婶提出的要求，从来不比向我的亲妈提出的多。"

"我也这么想，列那，"国王接着说，"此事不能当真，但你也听说了人们怀疑你们有不正当的男女关系。不过要惩处你的话，必须要有确凿的证据，而他们却拿不出。所以，不要再捕风捉影[风和影子都抓不到的。比喻说话做事丝毫没有事实根据]了，我希望你们俩冰释前嫌。"

"上帝会报答您！事实上，我以我对艾莫莉娜的忠诚起誓，真相在我这一边。"

"我说，叶森格仑，"国王又发话说，"你对列那的仇恨有道理吗？你这样污蔑他，真是不可理喻。在艾尔桑夫人这件事上，我肯定他没有错。你就大度一点，忘掉这些陈年烂谷子的怨恨。难道我们能仅凭道听途说[路上听到的、路上传播的。泛指没有根据的传闻]，就去恨一个人吗？我比你更了解列那，我相信他不可能做出被人唾骂的事情，这一点就像皇帝屋大维[公元前63年9月23日—公元14年8月19日，又名奥古斯都，是罗马帝国的开国君主，统治罗马长达四十三年]的城堡塔楼那么坚固。"【名师点睛：这段话展现出国王听信谗言，不明是非，愚

147

▶ 列那狐的故事

蠢至极的特点。】

"陛下,"叶森格仑说,"既然有您作证,那我相信您。"

"那你还愣着干吗?快,你走近些,真心实意地原谅他。"

"遵命。陛下,当着您的面,我原谅他。我将忘掉过去的所有怨恨,我保证今后我们要做永远的朋友和伙伴。"

于是,两个根本不喜欢对方,而且永远不会喜欢对方的家伙相互亲了亲,以示和平。尽管他们表达了自己的愿望,发誓彻底和解,而且还是当着国王的面,但实际上两人依然讨厌对方,对于他俩的亲吻我根本不屑一顾。这是最最虚伪、最最骗人的和平,一句话:这是列那的和平。【名师点睛:呼应文章开头,再次点明他俩的仇恨是不可能和解的。】

Z 知识考点

1. 于是,两个根本不喜欢对方、而且永远不会喜欢对方的家伙相互亲了亲,以示_____。尽管他们表达了自己的_____,发誓彻底_____,而且还是当着国王的面,但实际上两人依然_____对方,对于他俩的亲吻我根本_____。

2. 列那在打猎时碰到了谁?　　　　　　　　　　　　(　　)
　A.艾尔桑　　　　B.诺布尔　　　　C.叶森格仑

3. 从文中你能看出国王是什么样的人?
_____
_____

Y 阅读与思考

1. 文中提到列那要捞点好处,那么他捞的好处是什么?

2. 列那和叶森格仑真的能和好吗?为什么?

三十六

列那淹死农夫

M 名师导读

  两人在列那的指引下，到一处山谷草地前发现了上好的猎物。于是，国王让列那前去打探情况。列那来到猎物附近，发现有一位农夫在看管。列那他们能得到食物吗？列那又是用什么方法将农夫淹死的？

  三人继续向前走：诺布尔走在前面，接着是叶森格仑，列那跟在最后。

  "我们该怎么走？"国王看着列那问，"你熟悉这地方，就当我们的向导吧，我们听你的。你知道附近哪里有草地、树林或者牧场，在那里我们可能打到猎物？"

  "陛下，我对圣人雷米发誓，"列那回答，"我什么都不敢向您保证。不过，我记得在那边的两山之间，有一个绿树苍翠的山谷，附近村庄的牲畜经常去那里吃草。您想去那里吗？"

  "好的，我同意。"国王说。

  于是他们又一次出发了。大家将可以看到，刚刚还信誓旦旦的友谊有多么牢固。【名师点睛：暗示列那与叶森格仑之间的友谊是多么的脆弱，为下文做铺垫。】他们来到草地前，叶森格仑一眼就看到草地尽头有上好的猎物。他满心欢喜地说："我们没选错路，陛下。我看到那边有三头牛，不能让它们跑了。不过，最好是先派列那到前面去看看，我们得小心可怕的猎狗或农夫。"

  "你说得对，"国王说，"列那既心细又狡猾，他比任何人都善于侦

▶ 列那狐的故事

察。那你就去吧，列那。侦察完毕后立刻回来报告。"

"遵命，陛下。"

说着他立刻朝草地尽头跑去，不一会儿就来到猎物的附近。看牲口的农夫在一棵榆树底下安静地睡觉。列那悄悄溜到他身旁，心里盘算着怎么引开他。列那没有弄醒他，而是抓住一根树枝，迅速往高处跳去。他从一根树枝跳到另一根树枝，最后停在了农夫脑袋的正上方。我是否要继续把故事讲下去呢？【写作借鉴：用反问的语气，引起读者的阅读兴趣，引出下文。】列那简直是一个名副其实[名声或名义和实际相符]的混蛋，他转过身去，使劲将一大泡奇臭无比的粪便拉到农夫的头上。农夫感觉到脸上有一种稀薄的糊状物在流淌，惊醒过来，用手摸了摸潮湿的脸，怎么也猜不出树上会掉下这样恶心的东西。他抬起眼睛，看到的只是一片苍翠的树枝，原来列那早就躲到浓密的树叶丛中去了。农夫惊讶极了，以为自己被魔鬼捉弄了。他赶紧双腿跪地，右手不停地在胸前画十字，祈求上帝保佑他远离魔鬼。然后他站起身来，径直向草地尽头的小河跑去。那条小河的水深足有二十英尺。【名师点睛：描写水之深，暗示下文农夫之死。】"先洗把脸，"他暗想，"然后再找那个捉弄我的混蛋。"

农夫来到小河旁，俯下身子，准备洗脸。这时，一直在监视农夫的列那从树上滑到地上，来到他身旁，趁其不备，就猛地跳到他的背上，压得他掉进了河里。可怜的农夫惊慌失措，伸长腿脚，扑腾着企图摆脱危险。可是列那没有走开，他看到不远处有一块又平又方的大石头，就把它推到河边，高高举起，重重地扔到农夫的背上。石头带着农夫沉到了河底的淤(yū)泥[河湖池塘里底部的泥沙]中。

这时候，国王和总管等得不耐烦了，便朝前走了几步路。叶森格仑的眼睛好，看见列那站在河边，就指着他对诺布尔说："您看，陛下，列那就是这样为您效劳的。他让您等得心急，自己却在那里戏水玩耍。他找到了自己需要的东西，就忘记我们了。真应该让他去死，作为我

150

们等他这么长时间的惩罚。陛下，我们从这边绕过去吧？这样我们至少能知道他在关注什么。"

"好，"国王说，"要是列那捉弄了我们，他会付出惨痛的代价，就连想重犯的机会都不会再有。"

他们心情低落地来到河边。这时，农夫已经在河里扑腾了很长时间，上上下下沉浮了两次，耗尽了最后一丝力气。列那打算了结农夫的生命。于是他迅速堆起一大堆土块，像冰雹一样朝农夫身上猛烈地砸去，使他第三次——也是最后一次——沉到了水底。农夫再也没上来。【名师点睛：描写出列那为了讨好国王，不择手段，心狠手辣的特点。】

干完这件大事之后，列那开始往回走。看到诺布尔陛下和叶森格仑老爷已经站在河边了。

"欢迎你们，"列那说，"陛下，还有陛下的随从！"

"我可不想向你问好，"国王回答，"列那先生，也许我应该把你吊在长柄叉上，作为你把我们撇下这么长时间的惩罚。"

"这可不是我的错，陛下，"列那狡辩道，"我以我对妻子的忠诚发誓，我和看守牲口的农夫发生了一些小纠纷。您知道，要是他发现了你们，就会把牲口藏起来。不过感谢上帝，您看我现在生龙活虎地回来了，而他已沉到河底见青蛙去了。我知道您一定盼着我回来，等待的感觉也确实不在好，但要是您知道了我是怎样干的，就一定会高兴的。让我仔仔细细地告诉您吧。"

于是，列那就把事情的经过原原本本地讲给他们听：他如何爬上榆树，如何弄脏农夫的脸，惊恐的农夫如何跑到河边洗脸，他又如何蹑手蹑脚来到农夫身边，跳上他的脊背，然后让他失去平衡、掉进河里，最后让他永远待在了河底。

国王听着，怒火渐渐平息。他一边拍手，一边称由于农夫的所作所为，这是他最好的下场。【名师点睛：形象地描写出国王假公济私、颠倒黑白的丑恶嘴脸，表明国王与列那是一丘之貉。】"噢！"轮到叶森格仑

▶ 列那狐的故事

说话了，"这听上去似乎很好笑。不过，要使我相信，最好还是让我亲眼看见。"

"好吧，"列那回答，"您要是想亲眼看见，去河底吧，农夫会告诉您我是否在撒谎。"

"不用啦，"国王说，他想为总管挽回一点面子。"我根本不在乎他们，那还不如让我把头埋在成千上万条毒蛇中间呢！既然他在河底，那就让他待在那里吧！至于我们，得赶紧去瓜分猎物了。"

Z 知识考点

1.列那简直是一个名副其实的_____，他转过身去，使劲将一大泡奇臭无比的_____拉到农夫的头上。农夫感觉到脸上有一种稀薄的_____在流淌，惊醒过来，用手摸了摸潮湿的脸，怎么也猜不出树上会掉下这样恶心的东西。

2.判断题。

列那用石头砸死了水中的农夫。　　　　　　（　　）

3.列那是用什么方法把农夫引到河边的，又是怎样淹死农夫的？

_____
_____

Y 阅读与思考

1.从文中你能看出列那怎样的本性？

2.从文中你能看出国王是否合格，为什么？

三十七

列那分配食物

M 名师导读

列那淹死农夫后，那些无人看管的食物静静地在山谷的草地上等着列那三人分食。国王为了显示对他臣民的尊重，让叶森格仑分配食物，然而，叶森格仑却惹得国王勃然大怒；然后他又让列那来分配食物。国王为什么会勃然大怒？列那又会怎样分配食物呢？国王对列那分配的方法满意吗？

诺布尔先转身对叶森格仑说："总管先生，由你来分配猎物吧。你一定能找到一个公平的办法，让我们三个皆大欢喜。"【名师点睛：国王故意让叶森格仑来分配食物，表现出国王别有用心，突出了国王的伪善。为下文埋下伏笔。】

"陛下，既然这是您的旨意，那我只有遵命了。说实话，我非常愿意吃……吃什么呢？公牛？母牛？还是牛犊？"他犹豫了一会儿，好像在思考一个完美的办法。因为他在想既要在分配食物时能让陛下满意，也要让列那得不到任何食物，自己还能分一杯羹。

"陛下，"叶森格仑终于说，"依我看，公牛和漂亮的母牛归您，我只要牛犊就行了；至于那只狐狸，我知道他不爱吃牛肉，就让他到别处去找吃的吧。"

噢！领主的权力真是太强大了！任何东西都必须属于他，任何事情都必须合他的心意，特别是永远不要和他谈什么分享。这规矩无论

153

▶ 列那狐的故事

到哪里都是亘古不变的,可是总管叶森格仑却似乎忘记了这个事实!【名师点睛:解释国王的想法,起到承上启下的作用。】诺布尔听了他的话,极为愤怒。他不等叶森格仑把话说完,就站起身来,向前走了两步,举起可怕的爪子,使劲拍在叶森格仑的脸上,把叶森格仑的脸皮都掀掉了,弄得他满脸是血。

"叶森格仑",诺布尔说,"我早就应该想到,你压根就不会分配猎物。列那,你比他更聪明、更能干,你来满足我们三个人的要求。"

"陛下,"列那回答,"您太抬举我了。我看就这样吧:陛下,您喜欢什么就拿什么,剩下的猎物归我们。"【名师点睛:展现出列那狡猾精明的特点,也从侧面反映出国王自私、狡猾的特点。】

"不,不!"诺布尔说,"我希望你根据自己的判断,用公平的方式进行分配,不能让任何人有抱怨的理由。"【名师点睛:让别人主动把食物让给他,表现出国王的虚伪和狡猾,乱用权力压迫别人。】

"好!"列那又说,"既然您希望如此,我的分配办法是:首先,按照叶森格仑的建议,公牛归您;它是属于国王的猎物,落入您的手是最最光荣的了。母牛的肉鲜嫩肥厚,就给王后娘娘吧。要是我没有记错的话,小王子还不满一岁。这小牛犊的肉就像牛奶一样滑顺,应该给他享用。至于我和那头吝啬的狼,我们可以到别处去寻找猎物。"

列那的话让国王的脸上洋溢愉悦的神情。"对啦,"他说,"这才是公平的分配方法。任何人都不会有意见。很好,列那,我很满意。不过,告诉我,你分配得这么好,是谁教你的?"

"列那先生,"国王悄悄地对着他的耳朵上说,"你是个机敏的人,既会吃,还能牢记别人说过的话,也懂得如何巧妙地利用别人干的蠢事。我会对叶森格仑说,要是他不想遗憾的话,下次就得分配得更合理些。至于我,我有非常要紧的事要做,就先走了。你们要在树林里接着仔细搜寻,如果发现了什么猎物,我允许你们把它们带走。再见,列那!你分配得很好,真的,分配得很好!"

"我说，叶森格仑先生，您感觉怎么样？"诺布尔刚带着猎物离开，列那就问，"国王是不是太欺负我们了？难道像我们这样的贵族应该受到如此的不公吗？请相信我，要是我俩稍稍团结一些，就一定能让他尴尬。我是您的朋友，我会给您最好的建议，全心全力帮助您狠狠地报复这个无耻国王。说实话，受到如此的不公平待遇真是太羞耻了，我们这样只能让他更加肆无忌惮。我的想法是：不管怎样，先要报复他对我们的侮辱，然后再报复他蛮横无理地夺走原本属于我们的食物。"【名师点睛：列那挑拨离间，在别人背后说坏话。突出了列那虚伪狡诈的性格。】

叶森格仑认真地听着列那讲话。他很自傲，所以对自己受到的待遇心怀怨恨，如果能复仇，他会很高兴。但话说回来，要想和国王打仗，他必须团结很多朋友。出于谨慎，他首先得向真正的朋友征询意见。"不过，"他暗想，"上哪儿去找比列那更加智慧能干的顾问呢？可是，要是他背叛我怎么办？要是他诱骗我说出秘密，再去向国王告密怎么办？背叛是狐狸的本性……不！我这是对他有偏见，不管怎样，他是我的伙伴。他难道不想让国王完蛋？他是个贤明的人，国王刚才要我们讲和的时候还这么说。可是，我的妻子！我的妻子呀！……这一切都是谣言。我要报复国王，列那会帮助我，为我出谋划策。我要是拒绝他，就无异于一个疯子。"

于是他回答列那："好朋友，我亲密的伙伴，我的确很需要你的帮助，请你能答应我的请求。我希望在天色暗下来之前报复我们这位可恶的国王。"

"噢！"列那一心想转移叶森格仑的仇恨目标，便立刻说，"您不必着急着现在就去报复，这件事我们下次再谈。眼下，我最想做的事情是赶紧回家和家人团聚。我离开马贝渡已经很久了，我要回去看看。再见，亲爱的叶森格仑叔叔，让我们联合起来对付这不可一世的国王吧。"

▶ 列那狐的故事

说着，两位言归于好的朋友便各自回家了。还没有走出百步远，他们就已经忘记了将要进行的战斗，还有各自的誓言——这誓言他们已经说过多次，也背叛过多次。

Z 知识考点

1. 领主的权力真是太_____了！任何东西都必须_____他，任何事情都必须____他的心意，特别是永远不要和他谈什么_____。这规矩无论到哪里都是_____的，可是总管叶森格仑却似乎忘记了这个事实！

2. 叶森格仑给自己分了什么？　　　　　　　　（　　）
   　A.公牛　　　　B.母牛　　　　C.牛犊

3. 列那的分配为什么会让国王非常满意？

_____

_____

Y 阅读与思考

1. 从文中你可以看出国王怎样的性格？
2. 你赞同谁的分配方案，为什么？

三十八

水井中的不同遭遇

M 名师导读

猎食无果的列那饥饿难耐，决定到修道院里偷东西吃，可在修道院偷吃完东西后却因口渴不小心掉进了井里。正在想办法脱困的列那碰巧遇见了同样口渴的叶森格仑。列那是怎样利用叶森格仑脱困的呢？叶森格仑最后会怎么样？

那些不爱聆听某一位圣人的箴言，却对令人捧腹的故事津津乐道的人们，我要奉劝你们闭嘴。虽然我并不是一个理性的人，但我们却经常可以在学校里看到卖弄智商的疯子。列那先生，他诡计多端，是所有中规中矩[合乎一定的标准或法则]者的天敌。他可以轻易地将整个世界玩弄于手中，并且依靠他的狡诈同魔鬼抗衡。【名师点睛：陈述列那的狡诈和诡计多端，为下文做铺垫。】现在，让我们来见识下列那的阴谋诡计。

列那去离家很远的树林打猎，可是没有任何收获，只得空着肚子从树林里回来。后来他又出去了一次，结果还是一无所得。他躲在灌木丛中苦苦守候，还是无济于事，他听到的只是自己的肚子在咕咕叫，仿佛是在抱怨懒惰的牙齿和休息的喉咙。【写作借鉴：用拟人的手法描写出列那十分饥饿的现状。】

肚子的不停抱怨促使他决定再去寻找一次。一条荆棘丛生的狭窄小路通向平地，平地尽头有一个庄园，四周围着高大的房子。那

▶ 列那狐的故事

是白衣僧侣们的修道院，僧侣是向来不缺好的吃喝的。修道院的左边有一个粮仓，列那希望能进去找些好东西来犒劳自己饥肠辘辘的肚子。可是粮仓的墙又高又坚固。多么可惜呀！里面一定囤积着狐狸爱吃的所有东西：鸡和鸭。列那从门缝里望去，看见一个鸡舍，那里也许休息着他最喜欢的食物。看到这让人震惊的场面，列那的眼睛再也离不开了。【写作借鉴：神态描写，写出列那对事物的强烈渴望，突出了列那的贪婪。】难道这里连一扇外窗、一个洞口、一个天窗都没有吗？他开始绝望，便蹲在门下，打算好好整理一下自己忧郁的思绪。可恰在此时，虚掩着的门在轻压之下打开了，意外地给列那留出了一条通道。他立刻钻进院子。不过，只走进了院子还不行，要是被发现了，那他这身毛皮就不保了。所以，他小心翼翼地前进，走近鸡舍。眼看这些鸡就是他的了。但是，万一它们叫起来怎么办？想到这里，因为害怕危险，列那停下了脚步，甚至掉头往回走去。他正要跨出大门，突然感到一丝羞耻，不由得在院子里站住，脑海里萌发了冒险的念头。萦绕在心头的强烈的饥饿感促使他下定决心：与其饿死，还不如经受拳脚之苦。于是，他重新回到觊觎已久的猎物旁，不过这一次他选择从另一条道绕过来，为的是使自己更加隐蔽，撤离时也更加方便。【写作借鉴：通过一系列的动作和心理描写，生动刻画出列那想去偷吃这些鸡又害怕被抓住的矛盾心理，但最终贪欲战胜理智。】很快，他就盯上了三只正在睡觉的母鸡。列那猛冲过去，将它们逐一掐死，将两只母鸡连头带翅膀吞了下去，走的时候还带上了第三只。

列那有惊无险地离开了令人幸福的粮仓。可是，饥饿平息之后，随之而来的却是口渴，怎么办呢？庄园前面有一口井，列那连忙跑过去。不幸的是，他够不着井水。他焦急得浑身颤抖，舔着干枯的胡须，完全无计可施了。【写作借鉴：动作描写，形象地写出列那不知所措的神态。】突然，他看到自己脑袋上方有一个圆柱形的绞盘，上面绕着两股绳索，一股垂到井下，另一股拴着一只空木桶，木桶放在地面上。列那顿时明白了绳索和木桶的作用，于是他把抓在手上的母鸡放到地上，走近井口，将绳索绕在自己身上，用尽全力拉着，希望能把井底的那只木桶拉上来。可是，也许是木桶没有装满，也许是绕在绞盘上的绳索从销栓上掉落，列那竟然不知不觉中把自己拉进了水井。

现在他终于可以痛快畅饮了，甚至还能有时间随心所欲地钓鱼。不过，我怀疑他是否有这份闲情逸致：干渴已不再折磨他，反而是害怕和恐惧围绕着他。他一直是个捕猎者，可现在反倒成了被捕者！噢，上帝！他会变成什么呢？要离开这里，除非是插上了翅膀。所谓的智慧现在对他又能有什么用？【写作借鉴：连续运用两个反问，更能突出列那现在所处的困境，引起读者的兴趣，留下疑问，为下文埋下伏笔。】如果没有人救他出去，他就将永远待在这里，直到最后的死亡。要真是这样，他甚至不用担心那些僧侣了，他们生来是他的敌人，无时无刻惦记着他毛皮上那圈白色的项颈。

列那痛苦地想着，一只爪子抓住井绳，另一只抓住漂浮在水面上的木桶的把手。这时，叶森格仑碰巧也从树林里出来，他又饥又渴，出于同样的目的，来到了修道院附近。可是，他一点也不聪明，没有发现修道院大门的门缝。"好吧，"他一边说，一边往回走，"这里根本不是什么活神仙的住所，而是一片魔鬼的土地。什么吃的和喝的都找不到。我看见那边有一口水井，可有什么办法能从里面打水上来呢？"

思考中的叶森格仑还是朝水井走去，他把爪子放到圆形石井栏上，目测着水井的深度。列那先生安静得如同一个影子，他一半身体浸在清澈的水中，所以仍能看到他的全身。"我看见什么了？"叶森格仑突然惊讶地说，"列那先生在井底！这怎么可能？"他又看了看，这次，他的身影倒映在水中，和列那的身体交错在一起，使他

▶ 列那狐的故事

<u>产生了各种各样奇异的想法。他误以为亲眼看到了列那和他妻子艾尔桑在一起，怀疑他俩说好在这里约会。"的确是他和她！啊！你这个离经叛道的女人，你还敢说自己不曾和邪恶狠心的列那在一起被捉奸在床吗？"水井里回荡着"列那"的名字和叶森格仑的咒骂，这声音更加证明了后者的屈辱。</u>【名师点睛：突出了叶森格仑一直对列那怀恨在心，以至于产生了错觉。】

列那马上听出了叶森格仑的声音，便让他诅咒叫喊了一阵。过了几分钟，他问："谁在上面说话？"

"列那，我的好侄子。"叶森格仑回答，"我认出你啦！"

"我也认出您了。不错，我曾经作为您的侄子我深深爱着您。可现在，我是已故的列那了。我活着的时候很狡猾，现在，感谢上帝，我死了，来到了一个乐园。"

"要是你真死了，"叶森格仑说，"我倒是不难过。你什么时候死的？"

"两天前。您不要惊讶，叶森格仑先生，所有活着的人都难免一死，每个人都将跨过死亡之门。上帝出于好心，把我从穷困的山谷里救了出来，让我离开了这充满算计与欺骗的尘世。但愿您死的时候，上帝也能眷顾您！不过，我首先要劝告您——请改变对我的态度。这也是为您好。"

"我倒是很愿意这样做，"叶森格仑回答，"既然你已经死了，所以我不再恨你，甚至还有点遗憾你不在人世。"

"可是我却非常高兴。"列那说。

"什么？你不是在开玩笑吧？"

"我说的是实话。"

"你可以说得清楚些吗？"

"好吧。一方面，我的身体躺在我亲爱的艾莫莉娜家，另一方面，我的灵魂在天堂，在上帝的脚下。您现在懂得为什么我这么高兴和快乐了吧？我拥有想要的一切。啊！叶森格仑先生，我不想称赞自己，可您本应该待我更好一些的，因为我从来不曾想加害于您，相反总是想帮您。我这样说并不是在忏悔，因为我的美好品德得到了太好的回报。如果说您是人间的大人物，那我在另一个世界的地位可比您要高。在这里，我看到的全是肥沃的土壤、美丽的草地、欢乐的平原、绿色的树林；在这里，有你们那里见不到的母羊、公羊和羊羔；在这里，有你们数不过来的家兔、野兔和鸡鸭。总而言之，我要什么就有什么，我们想吃多少鸡就能吃多少鸡。您想要证据吗？在井栏边应该有一只母鸡，那是我在上一顿盛宴上吃不了扔出来的。您仔细看看，就能找到。"【名师点睛：列那通过编造美好天堂的谎言成功引诱叶森格仑上当。】

叶森格仑微微转过头去，果真看到了列那说的母鸡。"他说的是真话，"他暗暗猜想，"他住的是什么天堂呀，有这么肥美的母鸡？吃了它以后，其他什么鸡我都不会再想吃了。"他一边想，一边张嘴把母鸡吃了个精光，只留下几根鸡毛。然后，他回到井边。"已故的列那，"他说，"可怜可怜你的伙伴吧，看在上帝的面子上，告诉我如何才能像你这样到天堂去。"

"啊！"列那答道，"您在问一件难以办到的事情。要知道，天堂是建在天上的房子，不是想去就能去、想什么时候去就能什么时候去的。您必须承认您向来是一个暴力、奸诈、心胸狭窄的人。您一直无端地怀疑我，而事实上您的妻子有那么多的美德，简直就是知书达理的典范。"

"对，对，我承认，"叶森格仑说，"可是我现在已经悔悟了。"

"好吧！要是您真的像您所说的那样做好了准备，那么就看一看那两只木桶：其中的一只在您身边，另一只在我这里。它们是用来称量灵魂的善恶的。当一个人认为自己有条件追求天堂的快乐时，他就可以进入上面的那只木桶，如果他真的悔悟了，木桶就会轻而

▶ 列那狐的故事

易举地下来；可要是他没有真的悔悟，那么他就只能留在上面。"

"忏悔？"叶森格仑问，"难道你为自己的罪孽忏悔过？"

"当然。临死前，我看见一只老兔子和一头长满胡须的山羊路过这里，我请求他们听我忏悔，并且得到了他们的宽恕。要是您也想下到我身边来的话，就必须先为自己做过的坏事忏悔。"

"噢！如果只有你说的这些的话，"叶森格仑兴奋地说，"那我已经都做到了。就在昨天，我在路上遇见了山雀于贝尔先生，我叫住了他，请他听我的忏悔并宽恕我，他二话不说就答应了。"

"如果真是这样，"列那说，"我非常愿意恳请上帝在我身边为您留出一个位置。"

"你快去吧，老伙计，我可以请圣人阿波迪特作证，我说的全是实话。"

"那您就跪下来，请求上帝允许您进入天堂。"

叶森格仑转身背对东方，面朝夕阳，口中念念有词，还发出刺耳的尖叫。然后他说："列那，我祈祷完了。"

"我也得到了上帝给予您的恩赐。到木桶里去吧，我想您会顺利下来的。"列那说。

这时天已黑，天空繁星点点，星光洒满了水井。"您看见这奇迹了吗，叶森格仑？"列那说，"上千支蜡烛在我身边点亮，这充分说明上帝已经原谅您了。"

叶森格仑满怀信任和希望，他尝试了许多次，但都没能成功。最后，在列那的建议和帮助下，他终于用前肢抓住了井绳，依靠后肢站在木桶里。在他身体的重压下，绳索开始松动、下滑。叶森格仑就这样下去了，列那的身体比他轻，所以就往上升起来。叶森格仑又发现一件令他惊讶的事情：在下降的过程中，他感觉自己被列那撞了一下。"你去哪儿，亲爱的伙计？我没走错路吧？"【名师点睛：运用诙谐的语言描写出叶森格仑意识到自己上当后的惊讶。】

"没有，您做得完全正确。这里的规矩就是这样：新人来，旧人走。亲爱的伙计，现在轮到您与那些白袍僧侣做伴了。这对您可是一个学唱歌的好机会。"说完这几句话，列那已经到了井沿边，他并拢双脚，一跃而上，然后转身就跑，一刻不停，直到白衣僧侣的修道院在他身后消失。

叶森格仑惊讶、耻辱、狂怒，说不出一句话来。他宁愿在阿勒颇城[指1146年阿勒颇战役中发生的战斗，以及努尔丁从约斯兰·德·库尔特耐手中夺回埃德撒城的战斗]前被俘，也不愿像现在这样羞愧和绝望到极点。他尝试爬上去，但手中的绳索却不住地向下滑落，他能做到的，只是借助载他下来的那只木桶，把脑袋伸在冰冷的水面上，而整个身体则只好完全浸没在水中。

夜晚就这样过去了，对于叶森格仑来说，这是一个漫长而又残酷的夜晚。【写作借鉴：环境描写，突出了叶森格仑的孤独与悲惨。】现在让我们看看修道院里的人在干什么。或许是白衣僧侣们在前一天晚饭时吃了太多的盐，他们醒得都很晚。在像管风琴那样打了一个晚上的呼噜之后，这些耶稣基督的慷慨的侍者们总算起床了，嚷着要水喝。厨子兼总管马上去了地窖，准备亲自去井边打水。他带上了三个教士和一头壮实的西班牙毛驴，他们把井绳拴在毛驴身上。这时，狼还是小心地在水中坚持着。毛驴开始拉绳索了，可是它的力气怎么也拉不起井里的重物。教士们用鞭子狠命地抽它，但都不见效果。于是，一个教士打算看看井里究竟有什么：噢！惊人的发现！他看见了四只脚，然后认出了叶森格仑的脑袋。他连忙叫来其他人："没错，是狼！"于是大家回到修道院，在宿舍、饭厅里广发警报。院长抓起大棒，副院长操起大烛台，其他僧侣则手持木桩、铁钎或木棍。大家全副武装，又来到井边，围在绳索前。最后，在毛驴和僧侣们的共同努力下，木桶被拉了上来，碰到了井栏的上沿。叶森格仑反应迅速，只见他一跃而起，跳过了前几个僧侣的头顶，

▶ 列那狐的故事

可是其他僧侣却挡住了他的去路。他遭到一顿暴打，院长的大棒重重地砸在他可怜的脊梁上，以至叶森格仑就像丢了性命一样，一动不动地趴在地上。副院长已经拿出了刀子，他准备剥下这身黑色的毛皮。这时令人尊敬的院长拦住了他："我们要这毛皮有什么用？"他说，"它已经支离破碎、满是洞眼了。我们走吧，就让这堆烂肉留在这里。"

叶森格仑并不抱怨别人蔑视他的毛皮，当僧侣们遵照院长的意思远走之后，他用尽全力支撑起身体，慢慢地挪到树林边的灌木丛中。在那里他儿子发现了他："啊！亲爱的爸爸，是谁让您变成这样的？"

"儿子，是列那，这个奸贼、骗子！"

"怎么！又是那个当着我们的面侮辱了母亲，还用粪便玷污了我们的红毛侏(zhū)儒(rú)[身材异常矮小的人。形容个子矮小]？"

"就是他！但愿老天有眼，给我时间，让我能够报此深仇大恨！"

说着，叶森格仑搂住儿子的脖子，在他的搀扶下回到了家门前。艾尔桑看到丈夫这副样子，叫得比谁都凄惨，显出一副对亲爱的丈夫遭受的厄运心疼不已的样子。大家四处寻医，把他们请上门。医生们忙着检查、清洗伤口，在上面敷药，用珍贵的草药熬汤剂给叶森格仑喝。在医生们精湛的医术下，病人很快恢复了体力和胃口，终于能起床走路了。但是，他之所以希望自己活下来，就是为了等待机会，在不久的将来向背信弃义的列那报仇。

Z 知识考点

1.因为害怕_____，列那停下了脚步，甚至掉头往回走去。他正要跨出大门，突然感到一丝_____，不由得在院子里站住，脑海里萌发了_____的念头。萦绕在心头的强烈的_____促使他下定决心：与其_____，还不如_____。

2.判断题。

列那捉到三只鸡,吃了两只,特意给叶森格仑留了一只。（　　）

3.叶森格仑为什么会上当掉进井里?

_____

_____

阅读与思考

1.叶森格仑是怎么脱困的?

2.从叶森格仑身上我们能学到什么?

> 列那狐的故事

三十九
不幸降临艾尔桑身上

> **M 名师导读**
>
> 　　叶森格仑被列那陷害后，一心想找列那报仇。他来到列那经常出没的地方，终于抓住机会，要置列那于死地。列那会被叶森格仑伏击到吗？艾尔桑又是怎么遭遇不幸的？

　　<u>叶森格仑伤痛刚刚痊愈</u>、白衣僧侣的水井梦魇(yǎn)[魇：噩梦，常常伴之以压抑感和胸闷以致把睡觉的人惊醒]<u>也渐渐离他远去，叶森格仑开始寻思报仇的办法。跟列那的决斗不能公然进行，这样会将矛盾公开化，因为国王很可能出面干预，而列那也可以轻易地将很多狐朋狗友招募在自己的旗下。所以，叶森格仑决定还是应该先对列那进行监视，伺机给他设一个圈套，让他一了百了，这样才能一劳永逸。</u>【写作借鉴：心理描写，突出叶森格仑为了成功报复列那煞费苦心的心情。】

　　叶森格仑详细地掌握了列那平时的生活规律。一天，他和他的夫人艾尔桑打算将列那围困在围墙边上，叫他没有任何逃生的机会。叶森格仑看到看豌豆枝的列那走近，便立刻低下头，大叫一声，朝他冲去。可是列那走路时警惕性非常高，他非常镇定。叶森格仑以为自己肯定要抓住列那了，列那却垂着尾巴、伸着脖子，一转眼跑远了。

　　叶森格仑和艾尔桑赶紧在后面追赶。列那逃上了一条曲折的小路，叶森格仑追的是另一条路，艾尔桑更关注列那的行动，她机智地发现列那逃跑的路线，也许她是想告诉列那他所面临的危险，也许是希望为自己过去的耻辱报仇。至于列那，他可不清楚艾尔桑追赶他的真实意图，所以并没有放慢脚步，而是一路狂奔，一直跑到马贝渡城堡前的道口。道口很窄，列那正好通过，但可怜的艾尔桑腰宽臀肥，却被卡住了，进退不得。她不由得发出求救的呼声，列那听见后从对面朝她跑过来。

"啊！是您，艾尔桑夫人，"他嘲讽地说，"您就这样一直追到情人的家里的吗？您的脖子被卡住了，这样您就有借口可以和我多待一会儿了。噢！您爱待多久就待多久吧，要是叶森格仑找到您，我可不想掺和进来。您还对他说您不爱我、从来没有和我单独约会过吗？说实话，换了我，我会说您爱我胜过爱您丈夫一百倍，只要有见到我的希望，什么都拦不住您。"【写作借鉴：语言描写，列那挖苦讽刺艾尔桑，体现出列那虚情假意，幸灾乐祸的心情。】

可怜的艾尔桑羞愧难当，她恳求恶毒的红毛狐狸把她从道口拉出来。列那准备救她的时候，叶森格仑突然赶到，叶森格仑看到眼前的这一幕瞬间暴跳如雷[急怒叫跳，像打雷一样猛烈。形容又急又怒，大发脾气的样子]！

"啊！可恶的侏儒！你将为你这一次对我的冒犯付出沉重的代价！"

"我哪里冒犯您了？您在说什么？"列那回答着，连忙逃到道口那一边，在道口最窄的地方露出头来。"叶森格仑先生，其实您不知道我将要帮您尊贵的夫人什么忙。您没看见她被卡住了吗？可是，您不但不感谢我对她的帮助，反而暴跳如雷。我可以发誓，我是在尽一切努力解救她啊。"

"你发誓！？你就是个彻头彻尾的骗子！你这一辈子就是一直在发没完没了的伪誓。我亲眼所见、亲耳所闻。难道冤枉你了吗？"

"您真的太敏感了，叶森格仑先生。您夫人不小心卡在这道口当中，脱不了身，可您到的时候，我正要把她拉出来。我对您说的全是

▶ 列那狐的故事

实话，希望您相信，除非您一心一意要找我的茬。再说，夫人也在场，您可以问她，我敢保证，一旦她从道口里摆脱出来，肯定不会跟您胡言乱语。上帝保佑您，叶森格仑先生！"说完，他把脑袋缩进马贝渡城堡，关上天窗，消失了。

叶森格仑可没有被这些花言巧语所迷惑。他自认为见得多了，觉得那个罪人的解释不啻(chì)[但，只]是对他新的冒犯。他来到妻子身边，准备将她拉出来。他抓住她露在外面的两只脚，用力拉扯，结果弄伤了她，疼痛让她再次尖叫起来。更可气的是，艾尔桑悲愤过度，五脏六腑翻江倒海，因此叶森格仑也体会到了不那么惬意的感觉。一时间，他远远躲开，然后又和可怜的艾尔桑齐心协力，手脚并用，移走了几块石头，将道口缝稍稍扩宽了一些。最后，他终于把艾尔桑拉了出来，这时艾尔桑的脊背和膝盖早已经皮开肉绽了。可她还得蒙受叶森格仑的指责："啊！你这不知羞耻的母狼，你为什么不跟着我走同一条路？为什么不告诉我走错路了？列那一定跟你幽会过了，你别抵赖。"

"不，先生，我不会抵赖。列那什么坏事都干得出，可我却做不到由着我的性子来惩罚他。您别谈我听见的一切，也别谈我所受的痛苦。你我在此说话，并不能消除我们蒙受的侮辱。可是在诺布尔国王的宫廷里有法庭，有审判，人们了解各种各样的争斗和纠纷。我们应该去那里上诉、报仇。"【写作借鉴：语言描写，艾尔桑遭受身体和心理的双重创伤后仍能说服叶森格仑。突出了艾尔桑冷静、睿智的特点。】

艾尔桑这一番痛苦而又隐忍的话语，如同一剂灵验的膏药，涂在叶森格仑内心的创伤上。"是呀，"他说，"我也许错怪你了，这是因为我欠考虑的缘故，我忘记了这里的规矩和法律。艾尔桑夫人，你的建议让我清醒过来。好，我们去向国王控告，只要这个可恶的侏儒敢到贵族法庭上出庭，那他就完了！"

知识考点

1.解释"齐心协力"的意思。

_____

2.判断题。

艾尔桑故意抄小路想提前给列那报信。（   ）

3.叶森格仑看到什么而暴跳如雷？

_____

_____

阅读与思考

1.艾尔桑遭遇了什么不幸？

2.这个故事告诉我们一个什么道理？

> 列那狐的故事

四十
叶森格仑夫妇上诉

📖 名师导读

　　叶森格仑又一次遇到列那和艾尔桑在一起,这让他暴跳如雷。他在夫人艾尔桑的陪同下来到朝廷,将向国王提起对列那的诉讼。那么,国王会怎么处理这件事情呢?叶森格仑能否得到他想要的结果呢?

　　叶森格仑一分钟也不耽误,在夫人艾尔桑的陪同下来到朝廷。大家可不要忘记,叶森格仑可是在王室担任着总管的要职,是一位深谙朝廷所有的人情世故的重要人物。【名师点睛:这句话具有反讽的意味,与后文国王对此事件的态度形成鲜明的对比。】

　　叶森格仑走进国王的大厅,拾(shè)级而上[一个台阶一个台阶地向上登],看见大厅里座无虚席,到处是身居要职、势力强大的动物和腰缠万贯的贵族地主,他们全都是平时经常受到国王赏识的人。【名师点睛:这句话表明国王所代表的阶级利益,这也为后文叶森格仑上诉不成功埋下伏笔。】国王无比荣耀地坐在宝座上,一副至高无上的样子。在他周围是一群贵族们,他们围着他形成一个王冠的形状。

　　叶森格仑牵着妻子艾尔桑夫人的手,一直走到大厅中央,开始控诉。他的声音打破了大厅的宁静:

　　"陛下,这个世界上还有没有信义?正义难道应该遭受蔑视?真理难道必须让位于谎言吗?【写作借鉴:三个反问句组成的排比句,写出了叶森格仑气愤的心情。】您曾经大张旗鼓地颁布命令,规定任何人都不得违反与婚姻相关的法律。可是列那却根本不把您的命令和法律放在心上。他是森林里的害群之马，诡计多端，从来不顾及友情和亲情。他侮辱了我亲爱的妻子，也让我名誉扫地。陛下，请您相信，我到您这儿来，并不是出于盲目的仇恨和积怨。我向您控诉的句句都是实话，我的夫人艾尔桑可以为我做证。"

"的确如此，陛下，"艾尔桑低垂着眼睛，满脸羞愧地接过话头，"我刚到婚嫁年龄，列那就不胜其烦地纠缠着我。我总是避而远之，对他的无礼恳求一直视而不见。那天，我陪同我的丈夫打猎，不幸来到列那的家门前，我在那里的狭道中迷了路，因为身体肥胖，被卡在道口脱不了身。这时，列那先生趁机殴打我，用最为难听的话羞辱我、凌辱我，而且是当着我丈夫的面，这让我倍感耻辱。"

她话音刚落，叶森格仑立刻接下去说："是的，陛下，您刚才听到的都是实话。现在您的看法如何？列那是否违反了法律和道德？为此，我要控告他，并恳请您将此案提交给贵族们讨论，请贵族们为我做主。我还要补充一件事情，虽然刚才艾尔桑夫人不曾提及，但她也可以做证。几天前，列那偷偷到我家侮辱了我的儿子们，他用粪便弄脏他们，还殴打、虐待他们，称他们是杂种和野孩子。他这可是极端污蔑和诽谤！那次打猎——就是艾尔桑夫人刚才跟您提到的那次该死的打猎——的时候，我遇见他，斥责了他无耻的行为，可是他对所有事情都一概不承认，并发誓说，可以到我指定的任何一个地方来为自己洗刷冤屈。所以，陛下，我请求您受理这个案子，对此做出判决，以便类似的事情将来不会再度发生。"

叶森格仑说完就回到了自己的位子上。诺布尔国王的头微微低垂着，似乎想勉强挤出一丝微笑。【名师点睛：这句话写出了国王的虚伪，国王想假装平易近人为叶森格仑解决问题，但他做不到。】"总管先生，"他说，"你还有什么要补充的吗？"

"没有了，陛下，除了想对您说：其实就我的名誉而言，要是能有

▶ 列那狐的故事

其他办法，我不想将这场纠纷公之于众。可是，我担任着国家要职，不能带头违反您的政令而私下了结这场恩怨。要是真能这样做，那对我来说就太简单了。"

"艾尔桑，"国王又开口道，"现在请你回答我，你说列那先生纠缠你，可是你是否爱过他呢？"

"从来没有。"

"那么，既然你们不是朋友，那你又怎么会一时糊涂，出现在他家门前的那条路上呢？"国王质疑道。

"抱歉，陛下，您不应该这么问。我们可以完全相信总管大人的话，他刚才说了，列那在对我施行我所控诉的行为时，他也在场。"艾尔桑惊慌地回答。

"他真的在场吗？"国王严厉地问道。

"是的，确定。"

"这样的话，有谁会相信，列那这么一个侏儒会当着你丈夫的面侮辱你、非礼你呢？"

叶森格仑激动地站起来："陛下，您现在不用为我和列那的任何一方说话。您只需听取我的诉讼，受理它，然后做出支持或驳回的决定就可以了。我要求列那到庭对质，只要他出庭，就能轻而易举地证明他对我妻子、儿子，以及我本人进行了侮辱和非礼。"

这里我们必须注意，国王诺布尔大人内心其实并不希望让那些和男女情事有关的不法行为闹得朝廷满城风雨，只要有希望平息这类纠纷，他就不会答应诉讼。【名师点睛：这句话表明叶森格仑的诉讼是无法得到解决的。】所以叶森格仑提出的指控令他很生气。他又说："总管大人，我一点都不希望看到你和侏儒列那之间发生争斗。我觉得可以找到一个让你们和解的办法。"

"陛下，您让我觉得，"叶森格仑回答，"您一直在袒护我的敌人。可是，圣母玛利亚呀！您应该屈尊更多地关心我在这起纠纷中所遭受的委屈,因为我长期以来一直比列那更加效忠于您。然而我突然明白,要是我像他一样虚伪、奸诈和不忠,我反而能得讨您更多的欢心。说真的,您让我为自己曾经对您付出的点点滴滴而后悔,我现在终于懂得了那句谚语的含义:有其君必有其臣。可惜太晚了。"

国王烦躁地听完了这番话,然后高傲地回答:"没错,我不想掩饰。如果列那是因爱情而犯错,那么我肯定会原谅他。现在他出于情感而令你忧伤,但这不会使人们觉得他不殷勤和不忠诚。不过,既然你提出了要求,那我就传唤他。我们将审理这个案子,根据朝廷的规矩来判决。从现在起,我接受你的上诉。"

知识考点

1.叶森格仑走进国王的大厅,拾级而上,看见大厅里_____,到处是_____、_____的动物和_____的贵族地主,他们全都是平时经常受到国王赏识的人。国王坐在宝座上,一副_____的样子。

2.判断题。

国王曾颁布命令,规定任何人都不得违反有关婚姻的法律。(　　)

3.国王为什么不想受理叶森格仑的诉讼?

_____

_____

阅读与思考

1.你觉得叶森格仑在朝廷上的表现怎么样?

2.你认为叶森格仑的上诉会得到怎样的结果?

▶ 列那狐的故事

四十一
秘密召开贵族会议

M 名师导读

国王将叶森格仑的上诉交给各位贵族和老爷解决，其中几位最为睿智的贵族和老爷召开了一次会议。这几位贵族和老爷中有雄鹿布里什麦，有对列那恨之入骨的狗熊布朗和不偏袒任何一方的野猪泊桑。这次贵族会议上发生了什么？又有什么讨论结果？

叶森格仑提交诉讼那天，夏莫先生也在国王的顾问中间，他非常睿智，整个朝廷对他无比尊敬。夏莫先生出生在君士坦丁堡附近，深得教皇的赏识，后者任命他为特使，将他从意大利的伦巴第委派到国王诺布尔身边。他还是一位法学权威。"大师，"国王对他说，"在您的国家里有没有过类似的诉讼？如果有，它是否得到了受理？我们非常希望您能说说您的看法。"

夏莫立刻回答："回禀大王：据本国政令，凡违家庭之法者，必先审之，而后方可加罪。故以大王之位，切不可贸然行事。至于判决，若大王有意惩戒，则窃以为体罚不如金罚。如此，违法者可受惩，政令亦可得循；此亦吾皇恺撒之所求也。若大王依此而行，则基业稳固，万众归心；否则，朝纲则将败乱，统治则将昏庸矣！吾不再多言，望大王明鉴。"

夏莫的话在贵族中引起很多不同的看法，有的开始窃窃私语，有的则忍不住笑出声来。【名师点睛：贵族对夏莫的话的反响不同，也说明贵族各自利益和立场的不同，这也是下文会议上争论不休的原因。】只有诺布尔国王神情肃穆："请各位贵族老爷听着，我把这件感情纠纷的案子交给你们裁定。你们首先要确定是否接受被告的证词，接着才能审议，最后才能宣布判决。"

听到国王说的这些话以后，所有在场者都站了起来，其中最为睿智的几位在走出王宫之后便召开了一次会议。雄鹿布里什麦知道案子的重要性，所以答应主持会议。他右边坐着的是对列那恨之入骨的狗熊布朗，左边则是野猪泊桑。泊桑不偏袒任何一方，他只想根据法律和正义办事。【名师点睛：简单明了介绍了会议的几位人员以及他们的立场。】就这样，大家聚集在一起坐下，准备对案子进行预审。

野猪泊桑首先发表了自己对本件案子的看法："各位大人，大家刚才听到了叶森格仑对列那的控告。按照朝廷的规矩，一旦有谁要求惩罚不忠，他必须要有第三方证词。这个规矩可以推翻不实指控，避免冤枉无辜者。现在我们来看看艾尔桑夫人的证词。她是叶森格仑的妻子，和他生活在一起，完全顺从于他。若是没有得到她贵族丈夫的首肯，她是无权说话或沉默、来往或走动的。所以她的证词不足以让人信服，我们应该要求原告提供更独立、更中立的第三者的证词。"

"上帝呀！各位大人，"这时狗熊布朗说道，"作为法官，我不同意大家刚才听到的话。原告他是王室的总管大人，他的话应该具有很高的可信度。噢！如果原告是一个穷光蛋、一个窃贼，或是一个强盗，那么他妻子的证词也许就没有分量。可是，要是除了叶森格仑自己，没有任何人能为他作证的话，那么他的名字应该具有足够的权威，使我们相信他。"【名师点睛：狗熊布朗的话写出了普通人和王室之间的巨大差别，间接表明了普通百姓的地位低下和生活悲惨。】

"布朗先生，"泊桑又说，"您说得不错，这里所有人都愿意相信叶森格仑先生所说的每一句话。但是，现在的问题不是确定原告和被告哪一方的话更可信。如果您说总管先生是诚实的贵族，那么列那为了

175

> 列那狐的故事

不被指控，同样也可以说自己如何诚实、如何可信。所以，我们这里对于当事人的功劳和地位不应该考虑在内，不然就可能发生这样的情况：人人都可以让自己的妻子作证，指控其他人。【名师点睛：这句话表明了野猪泊桑的公正，对应上文"他只想根据法律和正义办事"。】如果说：某人欠我一百个钱币，我妻子能够作证，所以指控成立。那这样它不是许多诚实的人将会因此而被错判。所以我不同意您的这种意见。布朗先生，请允许我这样说，您的主张是错误的，我把决定权交给布里什麦，他的话是最聪明、最公允、最正确的。"

说到这里，黄羊布拉多要求发言。"指控的罪名不光是这些，叶森格仑控告列那抢走了他的食品，玷污了他的孩子，还殴打他们、侮辱他们，骂他们是杂种。诸多罪行理应惩罚，才能保证日后不再发生。"

"您说得对，"布朗回应道，"我再补充一点：那些为列那辩护的人应该感到羞耻和愧疚！难道我们可以侮辱一个正直的人，将他的财产占为己有，就像是捡到的一笔财宝吗？如果国王对贵族的事情这样不闻不问，那我真的会对他很失望。不过，话说回来，国王偏袒列那的做法让人不敢恭维，我并不惊讶。各位大人，关于这个问题，我告诉大家我本人有一次是如何被这个恶毒透顶的无赖欺骗的。这件事说起来并不长。

"列那发现一个新建的村庄，从树林边望去，他认准了一户农夫人家，里面养着很多家禽，于是他整整一个月的时间天天夜里都去那里狩猎。每次他都会吃掉农夫家里的家禽，并且带回一只回马贝渡。后来，农夫为了报复，准备了猎狗，并且在树林的每一条道路上都设下了陷阱：有活结、套索、夹子、网兜、捕笼等等。面对如此严密的防范，列那有好长一段时间不敢走出树林去农庄。

"可是他知道，我仪表堂堂、举止威严，走到哪里都会引起别人的注意，而他身材短小，逃跑时更加灵便。他觉得要是我们俩同时被发现，人们会首先来围捕我，而他则可以趁机逃脱农夫和猎狗的追赶。他了解这个世界上我最喜欢吃的东西是蜂蜜，所以一年前的一天，他来找我：'啊！布朗先生，'他对我说，'我看见一罐极好的蜂蜜呀！'【名师点睛：写出了列那的狡猾与诡计多端，他知道利用狗熊的所爱来吸引狗熊布朗与他一起做坏事。】

"'在哪儿？在哪儿？'我问。

"'唉！在贡斯当·戴诺阿的家里。'

"'我能去尝尝吗？'

"'当然，您只要跟我走就行了。'

"于是第二天夜晚，我们摸黑来到了农庄。我们一步一步地前进，每走一步都要小心地回头看看是否有人跟踪我们。我们找到了敞开的小门，进了农庄。为了保险，我们在菜地里一动不动地观察了好长时间。我们事先说好先找到蜂蜜罐，吃完蜂蜜后就回来。可是列那经过鸡舍时，忍不住爬了上去，惊醒了母鸡们。【名师点睛：列那的贪婪让他们偷窃的行动暴露。】它们尖叫起来，惊动了整个村庄，农夫们从四面八方跑来，他们发现了列那，一边叫，一边争先恐后地向他扑去。当时我心里非常慌张，于是迈开大步逃跑。然而列那比我更熟悉逃跑的路线，追赶他的人看到了我，就抛开他拦住了我的去路。就这样，我眼看着这背信弃义的家伙逃了出去。丢下我一个人不管了，把我一个人扔给了追兵。大家说，你们见到过如此卑鄙的小人吗？

"这时候人们的喊声和猎狗的叫声越来越可怕，农夫们把我团团围住，猎狗们蜂拥而来，一拥而上，我感觉到猎狗的利齿和人们的箭镞。我明白自己陷入危险的境地，决心冲出重围。我扑向猎狗，撕咬着、拉扯着，把它们撞翻在地。此时他们谁都不敢接近我，我趁机抓住一个农夫，撕开了他的肚子。我用脚踩、用牙齿咬，农夫发出垂死的尖叫。但不幸的是，另一个农夫从后面上来，用大棒狠狠地砸在我的后颈上，我摇晃着倒在地上。猎狗和农夫们立刻涌上来，用牙齿撕

177

▶ 列那狐的故事

咬我，农夫用长矛刺我，还有暴雨般的石块向我砸来。最后，我遍体鳞伤，于是我决定逃进树林。人们不敢追赶，我慢慢地撤向最近的树林，很快从那里回到了我的领地。

"这就是列那对我做的好事。我不打算告他，只是想通过这件事告诉大家他的行事方式。今天控告他的是叶森格仑先生，上次控告他的则是铁斯兰——列那曾无耻地拔下他的羽毛——列那借口要给朋友梅桑热夫人和平之吻而想吃掉她。花猫蒂贝尔因列那而失去了尾巴。所有这些坏事都必须得到严惩。列那之所以如此大胆，就是因为他没有受到过惩罚。"【名师点睛：狗熊布朗讲述了上次和列那去偷蜂蜜，列那为了自己逃跑而陷他于不义的事，以及他对其他人做的坏事。这也说明狗熊布朗对列那恨之入骨的原因。】

听完了这长篇大论，泊桑要求做简短的回答："非常感谢，布朗先生，可这桩案子不能如此急躁并草率地了结。叶森格仑的指控还没有被公开，我们目前只听到过原告的证词，所以，要根据法律和道德来审判这个案子，肯定需要缜密的调查取证。既然我们已经听过了指控，那么也应该听一听辩白。何必这么急下结论呢？我并不是帮列那说话，也不是帮叶森格仑说话。但是，我们是不是应该在朝廷上组织一次公开辩论呢？应该向双方提问，听双方陈述。等列那出庭，案子得到证实以后，我们再考虑应该给罪犯如何定罪。"

"同意，"猴子关德罗说，"那些不经对质就急着要审判列那的人肯定是草率的。"

"至于您，关德罗，"布朗回敬道，"您是站在列那那一边的，这一点都不令人意外。您和他有同样的本领，列那已经好几次摆脱了困境，这一次只要仰仗您，他一定也能全身而退。"

"好吧，大师，"猴子优雅地撇了撇嘴，回答说，"您至少得告诉我们，您如此急着要宣判，究竟是为了什么？"

"看在圣人利切的面上，"布朗说，"我可以在世界上任何一个法庭上宣布，列那是万恶之源，叶森格仑对他的指控完全正确。难道当一个女人和她的丈夫一致要求伸张正义的时候，我们还需要什么证据吗？我们只需指控他是罪犯，并将他绑起来，用鞭子抽打一顿，砍去他的手脚，关进大牢，让他以后再也不能侮辱其他的贵族妇人。凌辱罪在任何地方都是这样判决的。我们尊贵而贤惠的艾尔桑夫人，她无法忍受自己所受的屈辱，难道我们反而要对罪犯宽宏大量吗？其实，列那的罪行已经事实清楚、证据确凿，否则没有人会想到叶森格仑会控告他。如果这一次正义得不到伸张，那么叶森格仑将蒙受多么大的冤屈！"

"说实话，"关德罗冷笑着回答，"有人借口那么一小点荣誉，却把自己所有的羞耻都展示在别人的眼前，这真奇怪！唉，上帝！要是列那真的做了叶森格仑指控的那些事，那么我们的职责就是对当事双方进行调解。再说，请相信我，列那一定会来，我坚信。他知道有时候小雨能平息大风。至于布朗先生，他讲了这么多话，实在是失去了一次沉默的好机会。"

布里什麦对于这冷言冷语的争吵感到心烦意乱。他简明地总结了大家的意见。"各位大人，"他说，"我们应该弄清事实，以达到调解双方的目的。列那曾经提出起誓，我们就让他来实现这个诺言。同样，正如睿智的泊桑所指出的那样，只要事实真相还没有澄清，我们就不能妄下结论。到目前为止，我们应该调解这场纠纷。但是我们要考虑到可能发生的意外和误解。列那宣誓完毕以后，国王很可能要离开这里。那么，庭审将在谁的主持下进行呢？我认为住在弗洛贝尔泉的野狗罗尼奥斯可以被任命为法官。他是一位正直的人，他的仁慈堪称典范。选择他做法官，肯定会得到一致同意。"

这一建议获得了所有人的鼓掌。会议结束，顾问们回到国王那里，向他汇报会议决定去了。

▶ 列那狐的故事

知识考点

1.这次参加贵族密会的人员有_____布里什麦、_____布朗、_____泊桑和_____关德罗,其中布朗对列那_____,泊桑_____,他只想根据_____和_____办事。

2.会议选举出的在国王离开后的主持法官是谁?　　　　　　(　　)
　A.泊桑　　　　B.关德罗　　　　C.罗尼奥斯

3.简述布朗迫不及待要定罪列那的原因。
_____
_____

阅读与思考

1.你怎么看待狗熊布朗的观点?

2.如果你是法官,你会有什么意见?

四十二

列那被传唤

M 名师导读

布里什麦把会议关于指控列那的案件内容一一向国王汇报,国王决定让格兰贝尔去传唤列那到朝廷宣誓辩论。得到消息的列那会如何回应呢?

布里什麦受托向国王汇报,他用优美的语句说道:"陛下,我们研究了天下所有与此案有关的判例,并将它们汇总起来。【名师点睛:这句话写出了布里什麦的夸大其词、虚伪和爱拍马屁。】如果您恩准的话,我将代表其他人向您一一汇报。"狮王向布里什麦转过身来,点头表示同意。于是布里什麦在鞠躬行礼之后,继续汇报:

"请听我说,陛下,如果我哪里说得不对,您可以随时打断我。首先,我们确认叶森格仑的控告应该被受理,并得到公平公正的对待。但是,如果他想证明控告属实,就必须在规定的日期内出示第三名证人的证词。其次,我们一致认为,他的妻子作为直系亲属提供的证词没有任何价值,不能支持他的指控。在这个问题上,布朗和泊桑进行了激烈的争论,最终会议得出了我刚才向您汇报的结论。对于这个结论,没有人提出异议。星期天弥撒结束后,列那将会对此事做出宣誓,随即在野狗罗尼奥斯的主持下进行审理。不管结果如何,当事双方必须服从,并同意相互和解。"

"我的圣地伯利恒[伯利恒,巴勒斯坦中部城市,位于耶路撒冷以南,

▶ 列那狐的故事

传为耶稣降生地,是基督教圣地]呀!"狮王愉快地说,"如果这桩烦人的案子能这样了结,再多花一千块金币我也愿意。【名师点睛:写出了国王对此案的不耐烦,对应上文"不管结果如何,当事双方必须服从,并同意相互和解",预示这个案件将得不到公正的结果。】就这么说定了,星期天弥撒结束后开庭,由住在弗洛贝尔泉品德高尚的野狗罗尼奥斯主审。鉴于列那还没有出过庭,我将委派獾子格兰贝尔去传唤他,让他在弥撒仪式结束后前来宣誓,然后在庭审中回答与叶森格仑指控有关的所有问题。"

国王说完后,就离开了,于是会议结束,大家都各自回家。格兰贝尔领旨后一刻都不耽误,马上动身。他在马贝渡找到了列那,告诉他贵族们如何决定传唤他,让他在罗尼奥斯的主持下宣誓并进行法庭辩论,国王又如何委派他本人前来传唤。列那听完表示一定到庭,并声明会服从法庭的判决。【名师点睛:写出了列那的狡猾和爱拍马屁的性格。】

Z 知识考点

1._____向_____汇报了贵族会议对叶森格仑指控列那一案的决议内容。国王很_____会议结果,派_____格兰贝尔去向列那传唤相关事宜。列那听到后表示会按时_____并会_____法庭判决。

2.判断题。

会议研究了天下所有类似判例后才做出决议。 ( )

3.狮王听了汇报后是什么态度?

_____

_____

Y 阅读与思考

1.听到消息后,列那是什么表现?

2.简要分析布里什麦的性格特点。

四十三

叶森格仑拜访罗尼奥斯

M 名师导读

列那将被传唤上庭,可他一点都不担心那些敌人和自己作对。但是叶森格仑却没有列那这么漫不经心,他去拜访了罗尼奥斯,去寻求罗尼奥斯的建议。那么罗尼奥斯会给叶森格仑什么建议呢?

格兰贝尔走了,列那独自陶醉在对自己命运和诡计的信任之中。列那知道他有很多敌人,但他一点都不担心这些敌人会和自己作对,因为他是如此憎恨他们、蔑视他们。【名师点睛:列那的心理活动显示出他对贵族老爷们的蔑视和不满,也显示出他对自己的阴谋诡计的信任。】

叶森格仑却不像列那这样盲目自信,在庭审前的第三天,他去拜访了罗尼奥斯。罗尼奥斯正舒舒服服地躺在弗洛贝尔泉庄园前的草褥床上。叶森格仑起先不敢肯定自己贸然到访是否会让罗尼奥斯反感,可是罗尼奥斯看到他停在那里,便示意他放心前来,叶森格仑连忙按吩咐行事。

"我现在就告诉您我拜访的目的,"他对罗尼奥斯说,"我需要您的建议。您知道列那劣迹斑斑,庭审的日子已经确定,星期天弥撒之后,列那将在您面前出庭,因为法庭任命您主持辩论。所以我来请求您的帮助,让他输掉这场官司。首先,我们应该上哪儿选他要宣誓的圣地呢?这个问题很重要,我向您坦白说,它让我有点担心。"【名师点睛:一方面表明列那的狡猾与奸诈;另一方面写出了叶森格仑对列那的憎恨。】

▶ 列那狐的故事

"说实话,"罗尼奥斯说,"这村庄里男女圣人数不胜数[形容数量极多,很难计算],您只会挑花了眼。不过,如果布里什麦希望担任法官,我们就得想一个更好的办法。到时候我可以装死,躺在村外的一条沟里。您到处传播我的亡故是如何具有教育意义,当人们前来为我收尸的时候,他们会看见我仰面朝天躺着,张着嘴,拖着舌头。您将众人叫到我的周围,等列那来了,您就宣布,只要他同意在我的牙齿前宣誓,说他从来没有欺侮过您的妻子,那么你俩的所有恩怨可以了结了。等到他靠近我的嘴巴时,我就把他抓住,让他尝尝所谓的圣体[宗教用语,天主教徒在做弥撒时把面饼代表耶稣的身体,称为圣体]是如何被抓和被咬的。如果他发现了我们设置的陷阱,肯定不会去圣地,但他也不会得到什么好处。我会安排四十多条最强壮的野狗在附近埋伏。除非列那是一个魔鬼,否则就算他逃脱了我的利齿,也逃不过我朋友们的利爪。上帝保佑您,叶森格仑!设法去安排好一切吧,剩下的事情由我来负责。"

Z 知识考点

1. ＿＿＿＿走了,列那独自陶醉在对自己＿＿＿和＿＿＿的信任之中。列那知道他有很多敌人,但他一点都＿＿＿这些敌人会和自己作对,因为他是如此＿＿＿他们、＿＿＿他们。

2. 判断题。

罗尼奥斯没有答应叶森格仑的请求。　　　　　　（　　）

3. 联系上下文,解释列那漫不经心的原因。

＿＿＿＿＿＿＿＿＿＿＿＿＿＿＿＿＿＿＿＿＿＿＿＿＿＿＿＿

＿＿＿＿＿＿＿＿＿＿＿＿＿＿＿＿＿＿＿＿＿＿＿＿＿＿＿＿

Y 阅读与思考

1. 你对罗尼奥斯的行为怎么看?

2. 罗尼奥斯跟叶森格仑提的什么建议?

四十四

叶森格仑邀请盟友

M 名师导读

叶森格仑对罗尼奥斯的建议非常满意,他告辞后开始挨家挨户亲自登门拜访朋友,组建自己的支持者团队。列那那一边也有众多的捍卫者,他们气势十足,双方的阵营旗鼓相当,一场激烈的审判会蓄势待发。

叶森格仑完全同意罗尼奥斯的想法。他对此次拜访非常满意,于是向罗尼奥斯告辞,回到树林,开始寻找朋友。他并不给他们写信,而是跑遍树林、平原和山川,亲自登门逐个拜访。【名师点睛:亲自拜访体现了他对这次审判的重视。】不久,昂头挺胸、步伐坚定的司法总管布里什麦、狗熊布朗、野猪泊桑、羚羊缪撒、非洲豹列奥帕、老虎第格尔、猎豹潘泰尔都来到了叶森格仑的家里。还有刚从西班牙回来的巫师帕金森,当然,他并不在乎诉讼双方是谁,他只是出于好奇站到了叶森格仑这一边。【名师点睛:帕金森连事情原委都不清楚,只是出于好奇,就站在叶森格仑这一边,写出了帕金森的伪善。】"各位大人,"叶森格仑说,"我把大家请来,是希望得到你们的帮助。"于是,所有在场者,不管是叶森格仑的熟人还是陌路,亲戚还是朋友,都保证一定会帮助叶森格仑。

当然,列那也有同样众多的捍卫者。他这个阵营的旗手是黄鼠狼富怡奈。花猫蒂贝尔紧随其后,他虽然不喜欢列那,但出于亲戚的关系,也加入了进来。【名师点睛:写出了蒂贝尔与列那狼狈为奸。】传唤官

▶ 列那狐的故事

格兰贝尔作为列那的表兄弟，当然也坚定地支持他。松鼠鲁塞尔一路小跑地来了，接着是旱獭根特、鼹鼠古尔特、老鼠贝雷、野兔库阿尔、水獭路特尔姆、貂马儿特、河狸比埃弗、刺猬埃利松、鼬贝莱特。蚂蚁福勒蒙是第一个趾高气扬[形容骄傲自满，傲视别人]地前来支持列那的人之一。至于家兔噶罗班先生，他找借口缺席了。

　　列那赶紧将这群高贵的同伴【写作借鉴：运用反讽的写作手法，写出了对列那及其支持者的讽刺。】带到村庄附近，因为法庭辩论就将在那里进行。叶森格仑和他的朋友们早就在此等候了。双方见面后经过约定，叶森格仑占据山谷，列那则到山头上去。罗尼奥斯先生按照事先讲好的，缩着头颈，拖着舌头，纹丝不动地躺在两大阵营中间的壕沟里。
【名师点睛：呼应上文，写出罗尼奥斯正在执行他之前的建议。】他的野狗朋友们则藏在离他不远的果园里。他们大约有一百多个，全都怀着对叶森格仑的敌人的同样的仇恨。

Z 知识考点

1.叶森格仑完全_____罗尼奥斯的想法。他对此次拜访_____，于是向罗尼奥斯告辞，回到树林，开始寻找_____。他并不给他们_____，而是跑遍_____、_____和_____，_____逐个拜访。

2.下列人物没有参加此次列那的审判会的是　　　　（　　）

A.埃利松　　　　　　B.噶罗班

C.列奥帕　　　　　　D.第格尔

Z 知识考点

1.你从叶森格仑的行为中得到什么启发？

2.从双方纠集的盟友中，你可以看出什么？

四十五

列那的怀疑

> **M 名师导读**
>
> 审判马上要开始了,叶森格仑这边万事俱备,只欠东风。可列那却又是如此诡计多端,这次审判能顺利吗?狡猾的列那又将如何应对?

布里什麦被一致推选为这一次法庭辩论的主席,他站起身子庄重地说道:"列那,您将面对叶森格仑对您的指控。请坚定地走过来按照您的诺言宣誓。我们知道您的话是可信的,用不着强迫您找来圣人的遗骨做证。不过,至少您还是应该在令人不快的圣人罗尼奥斯的牙齿面前发誓,表明您从来没有欺骗过叶森格仑,也没有侮辱过他的妻子,以证明您的正直和磊落不可置疑。"【名师点睛:"令人不快"写出了布里什麦对罗尼奥斯的不满,表明贵族之间也有各自的利益纠葛。】

列那站起身子,夹住尾巴,神气活现地准备按照要求宣誓。不过,在阴谋诡计方面,列那可是举世无双的。他发现了路边有埋伏,并从罗尼奥斯呼吸时肋部的起伏而猜出他只是装死。于是他往后退了一步,布里什麦看见了,问道:"喂,怎么了,列那?您还在犹豫什么?您只要将右手放在圣人罗尼奥斯的牙齿上就可以了。"

"大人,"列那回答,"我知道不管我有没有道理,都必须执行您的命令。但是,我认为我发现了一件令您始料未及的事情,必须告诉您。"

"不,不,"布里什麦说,"您的借口我是不会听的,您必须宣誓,不然您必须服从我们对您的判决。"

▶ 列那狐的故事

这个时候，獾子格兰贝尔同样也看穿了罗尼奥斯的诡计，但是让他与这么多有权有势的人物作对，他肯定是不愿意的，所以就想出一条权宜之计。"大人，"他说，"从道理上说，至少列那没有必要面对大众宣誓，他是有地位的贵族，不应该在拥挤的人群面前出丑。请您让旁观者走开，以便尊贵的被告能走近圣地。"【写作借鉴：运用反讽的手法，写出了列那和格兰贝尔的沆瀣一气。】

"的确，"布里什麦说，"您说得有道理，格兰贝尔先生。我这就让他们让出一条道来。"说着，他命令将站在前后及两边的人群驱散开来。列那抓住这个有利时机，迅速冲上人们刚刚为他让出的道路，又越过盟友们聚集着的山冈，穿过一条旧车道，消失在峡谷之中。【写作借鉴："抓""冲""越""穿""消失"等一系列动词形象生动地写出了列那的敏捷与迅速，侧面写出了列那的狡猾多端。】叶森格仑的盟友们见此情景大吼着、尖叫着、诅咒着，埋伏在果园的野狗们则如同一支支离弦的箭，向列那逃跑的方向追去。

Z 知识考点

1. 列那站起身子，夹住_____，神气活现地准备按照要求_____。不过，在_____方面，列那可是_____的。

2. 谁没有发现罗尼奥斯在装死？　　　　　　　　　（　　）
　A.列那　　　　B.蒂贝尔　　　　C.格兰贝尔

3. 列那是如何看出罗尼奥斯的计划的？
_____
_____

Y 阅读与思考

1. 格兰贝尔是怎么帮助列那的？
2. 列那是如何逃脱这次审判的？

四十六

追赶狐狸列那

M 名师导读

列那又一次从审判中逃走,那些勇猛的野狗的追捕让列那受了伤。不过,列那使出浑身解数还是逃脱了野狗的群捕。至于叶森格仑那边,他是会就此罢休还是会采取其他行动呢?

现在我们来认识下这些勇猛的雄野狗吧。首先就是罗尼奥斯,【名师点睛:形象写出了罗尼奥斯动作的敏捷。】接着是富农莫贝尔的狗爱斯比亚,还有阿尔班、魔狼、布鲁耶、爱格利亚、厄特卫兰,呢绒商爱富拉尔的妻子吉蓝的狗热希涅、阿菲都厄斯、高尔福斯、迪朗、鲁瓦也、洛夫拉、阿米让、克拉尔蒙,马卡尔·德·利夫的狗加里尼埃、高尔纳布、埃尔贝罗、弗里亚尔、布里斯高、福利桑、弗瓦齐耶、莱澳帕尔、狄松、库尔单、李高、帕斯路、戈蓝高、路瓦叶、帕斯乌特、希亚尔、巴居拉尔,弗莱那的蒂贝尔大人的狗艾斯杜尔米、比莱、夏沛、帕斯杜尔、艾斯杜尔、朗吉尼也、马尔福罗莱、维奥莱、瓦斯莱、格勒奇永、艾莫里勇、艾斯杜尔诺、爱死格拉里奥、夏努、莫甘、维基耶、帕萨旺、伯莱、宝夏、马莱,屠夫兰博的狗普瓦尼昂、奥斯皮多斯、特拉斯摩奴、杜尔纳福依、福尔威尔,以及刚从彭多德梅尔赶来的帕斯马莱。

一起在后面追赶的母野狗有波德和佛鲁瓦兹、柯姬野、瑟碧野,从索特拉威尔赶来的布里雅尔、佛芙、布洛爱特、莫莱特、波爱特、

▶ 列那狐的故事

维奥莱特、布拉茜娜、玛丽尼厄丝,住在拉梅尔莱特的罗贝尔的狗莫帕尔丽爱、让特洛丝,杂务修士的狗普利莫·诺瓦儿,以及离列那最近的品可耐特。要不是在树林边上拦下的列那,他压根不会把后者放在心上。

现在列那使出浑身解数[意思是指所有的本领,全部的技术手段],他这样做无可厚非[表示没有可过分责难的,意指说话做事虽有缺点,但还有可取之处,应予谅解],他必须以最快的速度逃跑。野狗们朝他扑来,将他打翻在地,用牙齿撕咬他。列那漂亮的毛皮上溅满了鲜血,但最后他还是用计谋摆脱了野狗,半跑半爬地回到了马贝渡的家。【名师点睛:通过对野狗们凶猛动作的描写,侧面衬托出列那得以逃脱的不容易,写出了列那的狡猾与诡计多端。】

列那在家里得到了他梦寐以求的休息,并找医生对伤口进行了包扎和治疗,他发誓要置一手策划圣地阴谋的罗尼奥斯于死地。与此同时,叶森格仑却对列那的逃脱懊恼不已。谁知道以后是否还会有今天这样的好机会呢?他把所有的动物同盟都召集起来:"布朗先生、罗尼奥斯先生、泊桑先生,你们是国王的挚友和亲密顾问,你们今天也看清列那这个骗子的丑恶嘴脸了。难道还有什么比他今天的所作所为更能说明他所犯的罪行,说明他根本不愿按照诺言宣誓吗?所以各位朋友,请听我说,等国王陛下上朝的时候,你们必须证明列那没有宣誓,这事关你们的荣誉。"

"请国王陛下一定要主持公道,"布朗先生插话说,"不判处列那在大庭广众之下接受绞刑,那么他就不是一个好国王。"

"绞刑或者火刑都可以。"叶森格仑附和道。

"可是,"格兰贝尔说,"请允许我说两句,列那的所为有你们所说的那样恶劣吗?因为他似乎觉察到有陷阱,所以你们在吉夏尔桥上的时候他逃跑了。他发现躺在沟里、拖着舌头的罗尼奥斯并没有死,还在呼吸。"

格兰贝尔的这席话在众人当中引起了骚动。罗尼奥斯既尴尬又恼火,立刻起身:"格兰贝尔先生,您是不是也要控告我犯了欺骗罪呢?"

"是你要这么想,我可没有这么说,"格兰贝尔回答,"不过我想为列那说几句话。我们还是到法庭上去说吧,别在这里争论不休了。要是列那真的有罪,你们的控告会得到公平的对待。"

"我已经决定了,"叶森格仑说,"不管发生什么事情,我会在五月的全体贵族大会上继续上诉。我希望贵族大会主持正义,我希望有人证明骗子列那拒绝了人们对他宣誓的要求。"

叶森格仑说完,大家纷纷散去,一直要等到下次上朝开贵族大会的时候,才会到国王那里去。【名师点睛:写出了大家对此事只是表面上的关心,并不会真正放在心上而去找国王上诉,表现了贵族老爷们的伪善。】

Z 知识考点

1.列那使出_____,他这样做_____,他必须以最快的速度_____。野狗们朝他扑来,将他打翻在地,用牙齿撕咬他。列那漂亮的毛皮上溅满了_____,但最后他还是用_____摆脱了野狗,半跑半爬地回到了马贝渡的家。

2.列那是被野狗(　　)在树林边上拦下的。

　A.鲁瓦世　　　　　　B.福尔威尔

　C.品可耐特　　　　　D.普利莫·诺瓦儿

3.叶森格仑在列那逃跑后又采取了哪些措施?

_____

_____

Y 阅读与思考

1.你怎么看众人对列那的指责?

2.你觉得列那还会怎么做?

列那狐的故事

四十七
叶森格仑再次控告列那

【M 名师导读】

国王召集众动物来到王宫举行朝会,唯独列那缺席了朝会。作恶多端的列那成了众矢之的,众人纷纷控诉列那的恶行,只有他忠实的兄弟格兰贝尔为他辩护。那么国王听了这些又是什么态度呢?

佩罗[即比埃尔·德·圣-克鲁,佩罗是比埃尔的爱称]依据他知道和学到的全部知识,创作了这个故事。他还生动地向我们讲述了狮王诺布尔怎么独吞猎物、列那怎么拒绝在圣人罗尼奥斯的牙齿前宣誓的故事。但他却忘记了故事最为精彩的情节,即国王诺布尔的朝廷就狡猾的列那和叶森格仑先生及其尊贵的夫人艾尔桑太太之间的纠纷所做的判决。

故事是这样的:春天到了,嫩芽满枝,花儿绽放。国王诺布尔陛下召集众动物来到王宫上朝。大家纷纷响应,除了列那——这个万恶的骗子和奸贼。于是,所有人都争先恐后地控诉他的恶行。【名师点睛:陈述列那的恶行受到所有人的痛恨,为后文众人的指控与辩解埋下伏笔。】叶森格仑要抓住这个机会为自己报仇,所以他径直走到国王的宝座前说:

"尊敬的陛下,我请求您主持公道,对侮辱我妻子艾尔桑的列那做出严厉的判决。他诱骗我妻子到马贝渡的城堡,在她觉醒之前,用行动和语言侮辱了她。这时我正好赶到,目睹了列那的无礼举动。在此之前,他还偷偷潜入我的家,用粪便玷污了我的孩子。他深深地伤害了我和我的家人。鉴于我在您的朝廷上控告了他，他迫不得已选定日期洗刷罪名。但我以圣人的名义发誓，临将宣誓的时候，不知出于什么原因，他突然后退，逃回了自己的巢穴。正如大家认为的那样，我对此非常失望。"

国王仔细听完了叶森格仑的控诉后说："叶森格仑，听我的话，撤销你的控告吧。重复你蒙受的耻辱对你没有任何好处。每个贵族，甚至国王都会遇到相似的麻烦，但他们并不在意。所有身居朝廷高职的人都曾经受过和你一样的委屈，但我从来没有见过他们为了这么点小事大吵大闹。家庭纠纷最好还是不要张扬。"【名师点睛：反映出国王并不想为了叶森格仑的家事而随意惩罚忠实于自己的贵族，损害到贵族的利益。突出了国王包庇袒护的特点。】

"啊！陛下，"这时狗熊布朗说道，"您说话应该更加得体一些。难道叶森格仑是无法自己报复列那对他的羞辱吗？恰恰相反，他的强大众所周知，足以让那头红毛狐丧失害人的本领。然而，他一直遵守着您颁布的政令和法律。您是国家的君主，应该由您来做重拾武器的决定，应该由您维护贵族们的团结。只要您谴责了谁，我们随时都可以介入干预。现在叶森格仑在控告列那，请您对这场纠纷做出裁定。如果有一方欠了另一方什么东西，那么他必须偿还，而且还要在您面前为自己的恶行付出代价。请您派人去马贝渡传唤列那。至于我，如果您委派我当这个信使的话，我一定把他带到这里来，让他知道朝廷的规矩。"

"布朗先生，"这时公牛布吕扬开口说，"我非常支持您的看法。我建议国王惩罚列那对艾尔桑夫人造成的伤害和侮辱。列那干了那么多坏事，冒犯了那么多值得尊敬的动物，任何人都不应该可怜他。叶森格仑先生有什么必要去证明那些人尽皆知的事实呢？我不管别人说什么，要是有一天列那这个奸诈的盗贼、卑鄙的骗子、恶毒红毛狐胆敢对我妻子说一句不敬的话，那么不管是要塞、城堡，还是马贝渡，任

193

▶ 列那狐的故事

何东西都不能阻挡我把他踩得粉碎，然后将那堆散发着恶臭的烂肉扔进某个私人作坊！艾尔桑夫人，您为什么不自己报这个仇？您是怎么想的？其实我理解您，您感到羞愧，因为您在非常冷静的情况下受到了这个十恶不赦的家伙的冒犯。"【名师点睛：表现出公牛布吕扬对列那调戏艾尔桑一事的愤怒，同情艾尔桑，替艾尔桑鸣不平。】

"听我说，布吕扬先生，"獾子格兰贝尔说，"我们应该不惜一切代价，平息关于这个棘手案子的风言风语。那些散布谣言、妄加评论、极尽夸张的好事者，到头来一定会为自己所说的不负责任的话承担严重的后果。我们面对的并不是公开的暴力、破门抢劫，或是破坏停战，列那所有受到大家指责的罪行，全部源自他内心的爱——可以被原谅的爱。所以，我们不能急于说他的坏话、急于指控他。列那很久以来一直爱着艾尔桑，尽管艾尔桑夫人受到了他的伤害，但她本人并没有提出控告。至于叶森格仑，应该说他内心过于脆弱，太把此事放在心上了，他应该谨慎从事，不应把此事告知国王和贵族们。请叶森格仑权衡一下：如果列那留下任何犯罪的痕迹，如果叶森格仑的家和家具遭到损坏，总之，只要他在这件事情中损失了哪怕是一颗榛果，我都可以以列那的名义保证，将一切恢复成原来的样子，只要列那本人一到，我立刻就可以让他许下诺言。但是，所有的耻辱都将落在艾尔桑的头上。夫人，对您而言，您丈夫大张旗鼓的最大好处，就是您将成为所有议论、所有嘲讽的主题。啊！要是在此之后您依然爱叶森格仑，要是您能忍受他继续称您为妻子，那么您真是遭遇最大不幸了！"【名师点睛：格兰贝尔巧妙地把最终的矛头指向艾尔桑，目的是让叶森格仑知难而退，不再指控列那。】

这席话说得艾尔桑夫人满脸通红，她浑身颤抖，额头上渗满汗珠。最后，她长叹一声。"格兰贝尔先生，"她说，"您说得对，我何尝不希望我丈夫和列那成为好朋友。我真的一点都不爱列那，我可以接受炮烙或开水之刑，以此来证明我的话。可是，我的话又能有什么作用呢？

一个可怜而不幸的女人说的话是不会有人相信的。不错,我以所有我崇拜的圣人以及上帝的名义发誓,列那待我就像待他母亲那样,仅此而已。我这样说不是为了列那本人,也不是为了替他辩护。我根本不在乎他和所有爱他或恨他的人,就像我不在乎驴子爱吃的蓟草那样。我这样说是为了叶森格仑,他的嫉妒敏感把我压得喘不过气来,他总是认为自己上当受骗了。看在我儿子品萨尔的分上,十年前,也就是4月1日复活节那天,我和叶森格仑结了婚。婚礼非常热闹,应邀前来的宾客非常多,就连鹅想找个地方生蛋都很难。<u>从此,我一直是一个忠诚的妻子,从来不曾给任何人说三道四,或认为我是个疯女人的机会。所以,不管别人相信与否,我以圣母玛利亚的名义发誓,我的所作所为无异于一个聪慧而虔诚的修女。</u>"【名师点睛:艾尔桑的话再次将话题的矛头指向了列那,反映出艾尔桑的聪明、冷静。】

　　艾尔桑的自然的语气,令驴子贝尔纳先生欣喜不已。他觉得叶森格仑固然正确,但艾尔桑夫人也没有错。"啊!"他感叹道,"贤惠的夫人,要是我妻子也像您一样聪慧忠诚,那真是我最大的福气了!您刚才对上帝和天堂的圣人发誓,这已经足够了。我支持您的辩护,我可以和您一起发誓。如果您曾接受列那的爱情、答应他的要求,那么上帝就将毫不留情地惩罚我,让我吃不到一根鲜嫩的蓟草。可是,一个人若是妄下断言、颠倒黑白,那这就是天大的恶毒、诽谤和嫉妒。啊,列那!你出生的日子真是个令人诅咒的日子!因为关于艾尔桑喜欢你的谣言,就是从你那里散布开来的。你是个十足的骗子。事实上,当她今天表示愿意接受炮烙或开水之刑以证明自己清白的时候,事实已经很清楚了!"

　　艾尔桑惊喜地听驴子讲完,接着不忘补充了几句。于是大家开始争先恐后地嘲讽列那。大凡一个人大势已去时,都会遭到这样落井下石的对待。只有格兰贝尔才是列那忠实的朋友,为了维护他表兄弟的利益,独自一人和所有人争论。他走近国王,摘下帽子放到肩上,掀

195

▶ 列那狐的故事

起外套。"请大家安静一会儿。"他说,"陛下,作为公正不阿的君主,请您平息这两位贵族的争执,宽恕列那先生。请允许我去将他带到您这里,您将听到他的回答。如果朝廷决定判他的刑,那么请您决定他应受的惩罚,他一定会服从您的。要是他拒绝上朝,而且不能说明理由,您可以给他最严厉的处置,命令他做双重的忏悔。"

兔子库阿尔姆对格兰贝尔以及刚才总司铎贝尔纳的话表示赞同。"我的圣人阿芒呀!"他说,"格兰贝尔先生的话很对。要让列那先生来到现场进行自我辩护,这正是体现公平的时刻。所以应该传唤列那,我相信他能证明自己的清白。不过,要是在艾尔桑夫人这件事情上,他的言语或行动真的对夫人有所冒犯的话,那他一定会承认,而不会立伪誓。所以,我愿意和素来谨慎的总司铎贝尔纳一起为艾尔桑夫人担保。我不再多说,请其他人发言。"

在所有这些辩论之后,贵族会议做出如下决定:"陛下,要是您不反对,如果列那收到传唤后拒绝出庭并不说明任何理由,请下令将他强制押解到庭,以当面宣布他应受之刑。"

"各位贵族大人,"诺布尔国王说,"你们希望对列那做出判决,但你们都错了。你们为自己找到了一块好啃的骨头,可这块骨头会在将来的某个时刻崩掉你们的牙齿。与其到时候后悔,还不如现在好好想想。其实我有非常多的理由指控列那,但只要他承认错误,我就可以宽恕他。【名师点睛:反映出国王对列那的不法行径心知肚明,还包庇他,突出了国王的自私,不听取民众疾苦,维护自己的利益,是一位不折不扣的昏君。】所以叶森格仑,请你相信我,答应你夫人请求的刑罚;如果你不答应,那么我就只好下命令了。"

"啊!陛下,"叶森格仑激动地回答,"请您别这么做,我求您了。万一艾尔桑死于她自己请求的刑罚,万一开水或烙铁烫伤了她,那么所有人——包括那些原先不知情的人——都将知道此事,最后大快人心的只能是我的敌人。我宁可收回控告,自己去讨回公道。我打算在

196

葡萄的收获季节去追捕列那，无论是钥匙还是门锁、高墙还是深沟，都无法保住他的小命。"

"真是一派胡言！"国王诺布尔恼怒地回答，"你这场战争还真的没完没了了！见鬼！你希望和列那一了百了，那是妄想。他比你聪明，与其说他害怕你的陷阱，不如说你更害怕他的诡计。再说，全国都在休养生息，和平已经缔结。谁要是想破坏它，那他就自认倒霉吧！"

【名师点睛：表现出国王因为叶森格仑公然对抗他，有损自己的威严而感到气急败坏。反映出国王绝不允许私自争斗的态度。】

Z 知识考点

1.艾尔桑惊喜地听_____讲完，接着不忘补充了几句。于是大家开始争先恐后地_____列那。大凡一个人_____时，都会遭到这样_____的对待。只有格兰贝尔才是列那_____的朋友，为了维护他表兄弟的利益，独自一人和所有人_____。

2.判断题。

　　国王并不想追究列那的责任。　　　　　　　　（　　）

3.列那为什么不去参加朝会？

_____

_____

Y 阅读与思考

1.国王听到大家对列那的指控时，为什么让别人打消这个念头？

2.作者是怎样描写朝会的？请简要分析。

> 列那狐的故事

四十八
来自鸡族的申诉

M 名师导读

就在国王准备宣布会议结束时,尚特克莱尔带着品特夫人和三只母鸡,以及一口黑色的灵柩来到朝廷,控告列那。他们因为什么要控告列那?国王又会做什么决定?

国王这一反对重燃战火的声明对叶森格仑不啻是致命的一击。他失去常态,不知所措,双眼冒着怒火,夹着尾巴坐回到他妻子的身边。【写作借鉴:用夸张的手法,形象地描绘出叶森格仑内心的愤怒。】列那的案子就这样眼看就要圆满结尾,一切都预示着纠纷即将得到合理解决,可就在这时,尚特克莱尔带着品特夫人和三只母鸡来到朝廷上。他们是来恳求国王主持公道的,这样一来,对列那的怒火又重新燃起了。

公鸡尚特克莱尔先生,下蛋又大又多的品特夫人,以及她的三个姐妹路赛特、博朗什和诺瓦莱特拱卫着一口黑色的灵柩(jiù)[装有尸体的棺木],里面躺着一只昨夜死去的母鸡。这只母鸡是被列那害死的。

争辩已让国王厌倦了,会议即将结束,尚特克莱尔和母鸡们却大声地击着掌进来了。品特鼓足勇气,首先开口:"啊!看在上帝的分上,各位大人,狗先生、狼先生们,尊贵而善良的动物们,请不要拒绝一位无辜的受害者的申诉。我有五位叔伯,他们全都被列那吃了。我还有四位姑姨，有的正处于豆蔻年华，有的则是雍容华贵；弗莱那的农夫龚贝尔把她们喂得肥肥的，好让她们下出上好的鸡蛋；可这一切全都是白费，她们中只有一个逃脱了列那的魔爪，其他三个全都成了他的盘中美餐。还有您，温柔的科佩特，我亲爱而不幸的朋友，此时您躺在灵柩中，您会告诉我们自己曾是多么丰腴和温柔！现在您悲痛欲绝的姐姐该怎么办？啊，列那！愿地狱之火把你吞噬！多少次你追赶我们、恐吓我们、驱散我们！多少次你撕碎了我们的衣裙！又有多少个夜晚你翻墙潜入我们的住处！【写作借鉴：运用排比的手法描绘出列那作恶多端的次数之多。】就在昨天，你把我妹妹扔在大门边，她已气息全无。你在听见了龚贝尔的脚步声后落荒而逃。可惜他没有一匹快马，不能拦住你的逃路。所以我们前来求助于大家，我们已没有任何报仇的希望，要伸张正义只有依靠各位尊贵的大人了。"

品特的话不时被她的抽泣打断，说完这席话，她直挺挺地倒在了大厅的石板地面上，她的三个女伴也同时倒了下来。狗先生和狼先生们见状，立刻从各自的座位上纵身跃起，争先恐后地前来救助。他们将母鸡们扶起来，让她们靠在自己的身上，并用朝她们的头上泼冷水的方式让他们快速苏醒。她们醒来之后，立刻跑去扑倒在国王的脚下，此时尚特克莱尔开始在那里号啕大哭了。看到这位年轻的贵族，诺布尔的心里充满了怜悯之情。他长叹一声，仰起鬃发浓密的脑袋大吼。听见这吼声，哪怕是再勇敢的动物——不管是狗熊还是野猪——也都会被吓得浑身发抖。兔子库阿尔姆先生更是害怕得发了整整两天的高烧，要不是发生了各位即将听到的奇迹，说不定他现在仍然高烧未退呢。【写作借鉴：运用夸张的手法描写兔子的害怕，反衬出国王的威严。】

此时，国王竖起高贵的尾巴，重重地拍打着自己的身体，发出的巨响足以撼动整座房子。接着他说：

199

▶ 列那狐的故事

"品特夫人,我以我父亲的灵魂发誓,我对您的不幸深表同情,我要严惩罪犯。我这就传唤列那,您将亲眼看见我是如何惩罚骗子、凶手和夜贼的。"

Z 知识考点

1.国王这一反对_____的声明对叶森格仑不啻是致命的一击。他失去_____,不知所措,双眼_____,_____坐回到他妻子的身边。

2.列那咬死了哪一只鸡? （   ）

　　A.博朗什　　　　B.科佩特　　　　C.品特

3.列那做了什么事让国王勃然大怒?

_____

_____

Y 阅读与思考

1.谈谈母鸡品特的说话技巧。

2.认真品读文章,尝试分析作者的写作技巧。

四十九
科佩特夫人的葬礼

> **M 名师导读**
>
> 国王宣布给科佩特夫人举行隆重的葬礼,然后让布朗去传唤列那。不过,就在科佩特夫人下葬后不久,兔子库阿尔姆前去参拜科佩特时发生了一件神奇的事情。到底发生了什么神奇的事呢?

诺布尔说完之后,叶森格仑站了起来。"陛下,"他说,"您是一位伟大的国王。您答应为死去的科佩特夫人伸张正义,这为您赢得了人们的敬仰和赞誉。这里我并不想发泄自己的仇恨,但我们怎么能对另一个无辜的受害者不闻不问呢?"【名师点睛:叶森格仑借题发挥,要将列那绳之以法,表现出叶森格仑善于审时度势及对列那强烈的痛恨之情。】

"是呀,"国王接着说道,"这灵柩和可怜的母鸡让我的灵魂苦不堪言。总管大人,我也非常痛恨这卑鄙的列那,他是夫妻关系和公众和平的敌人。但是,我们现在要做最为紧急且重要的事情。布朗,请你披上圣带,为死者做临终祷告,然后请将她的遗体埋葬在花园和平地之间。"

布朗立刻照办了。布朗披上圣带,国王和所有朝臣开始做夜祭。蜗牛塔尔迪夫独自唱完了三段祭文,虔诚的罗尼奥斯领唱,布里什麦则负责圣咏。最后的祷文"愿上帝接受你的灵魂"由布朗先生朗诵。

晨祭是安排在这夜祭之后,完了接着棺木入土。死者的遗体事先被放在一口漂亮的铅制棺材里。墓穴位于一棵橡树脚下,上面覆盖着

▶ 列那狐的故事

一块大理石板，石板上用爪子或凿子刻着以下铭文：【名师点睛：描写祭祀科佩特的细节，展现出祭祀的庄重及对死者的尊重。】

  品特之姊、女圣科佩特夫人

  因十恶不赦的列那而不幸殉道

  长眠于此

葬礼上，品特伤心欲绝、泣不成声，她一边祈求上帝，一边诅咒列那。尚特克莱尔也绝望地伸直了腿脚，一副激动而悲恸的样子。

痛苦平息之后，贵族们回到国王身边。"陛下，"他们请求道，"我们要求严惩这只贪婪的狐狸、祸国殃民的骗子、违背誓言的叛徒。"

"正合我意，"诺布尔国王说，"布朗，我现在委派你去传唤列那。你不必对这个背信弃义的家伙客气。就对他说，在决定传唤他之前，我已经等候了他三次。"

"遵命，陛下。"布朗回答。说着，他转身告辞，马不停蹄地前往列那的住所马贝渡。

正在他翻山越岭地赶路时，朝廷上发生了一件对列那的案子并不那么有利的事情。科佩特夫人下葬之后，高烧未愈的兔子库阿尔姆执意要到她的墓前去参拜。他在那里昏昏睡去，醒来后就退烧了。这个奇迹立刻传开了。叶森格仑得知科佩特夫人是一位真正的殉道者，便想起自己经常受到耳鸣的折磨。他的好朋友罗尼奥斯将他带到墓前，让他跪拜祈祷，此后他的病竟然也立刻痊愈了。这全是叶森格仑自己说的，不过，要是他不鲁莽地对如此毋庸置疑[事实明显或理由充分，不必怀疑]的事情将信将疑，而且罗尼奥斯也没有出面证明这件事的真实性的话，大家也许不会把叶森格仑的病愈和他的信仰联系起来。

这两个奇迹被大多数人津津乐道，只有格兰贝尔心急如焚。他要为列那辩护，于是预料到这样的传言会对列那很不利。【名师点睛：表明列那并不是让所有人都痛恨的大坏蛋，他还是有忠实的朋友。】不过现在我们还是回过头来说布朗先生，伴随他一起去马贝渡吧。

Z 知识考点

1.布朗披上_____,国王和所有朝臣开始做_____。蜗牛塔尔迪夫独自唱完了三段_____,虔诚的罗尼奥斯_____,布里什麦则负责_____。最后的祷文"愿上帝接受你的灵魂"由布朗先生_____。

夜祭完毕后是_____,完了接着_____。

2.科佩特夫人墓前发生了哪些神迹? (   )

　A.高烧的兔子病好了。

　B.叶森格仑的耳疾病愈了。

　C.罗尼奥斯的病也好了。

3.为什么这些神奇的事会对列那更加不利呢?

_____

_____

Y 阅读与思考

1.说说你对两个神迹的理解。

2.简述葬礼的经过。

▶ 列那狐的故事

五十
狗熊布朗品尝蜂蜜

M 名师导读

　　狗熊布朗遵旨去传唤列那。布朗来到列那的城堡前，宣布国王的圣旨。狗熊布朗能将列那带回朝廷吗？列那会妥协吗？

　　狗熊布朗来到马贝渡。城堡的门很窄，所以他只得在第一道堑壕前停下。列那躲在房子深处，睡觉做梦。他身边放着一只肥美的母鸡。其实，他一大清早就已经吃了一对大公鸡的翅膀。他听见布朗在外面叫他："列那，我是国王的钦差。请您出来接受陛下的圣旨。"

　　列那一下就听出了布朗的声音，便暗想怎么让他上当受骗。"布朗先生，"他透过半掩着的天窗回答，"其实，陛下让您白白辛苦跑了这一趟。因为我本来就要出发到国王的朝廷上去了，只是在动身之前，我得好好吃一顿，把肚子填饱。布朗先生，您也知道，如果上朝的是一个有钱有势的人，那么大家都会向他献殷勤，争先恐后地为他拿衣服，帮他沐浴更衣。人们会给他上用黄胡椒烹制的牛肉，用给国王吃的肉来招待他。可是，如果这个人无权无势，情况就截然不同，人们会把他说成是从魔鬼的粪便里爬出来的。他没有资格烤火，也不能坐到餐桌前用餐；他只能把饭菜放在自己的膝盖上吃，两旁的看门狗还经常会抢走他手中的食物；他仅仅可以喝一小口、最多是两小口酒；他只能碰一种肉，仆人们只会给他啃骨头；他被孤苦伶仃[孤单困苦，没有依靠]地遗忘在一个角落，有干硬的面包吃就已经非常好了。

204

而那些由大厨和管家们端上来的美味可口的大菜就放在一边,等着被送给那些自恃清高的大人们的情妇吃,但愿魔鬼把他们全都带走!【名师点睛:语言描写出朝廷上的丑陋现象,反映出列那对朝廷的憎恶,同时也为后文诱骗布朗埋下伏笔。】所以,布朗先生,今天早晨出发之前,我检查了我所有的粮食和猪肉储备,并且吃了六罐新鲜的蜂蜜。"

听到"蜂蜜"这个词,布朗顿时来了兴趣,把列那的狡猾也抛到了九霄云外,连忙打断他的话说:"看在上帝的分上,朋友!您是从哪里弄到这么多蜂蜜的?说实话,这可是我最爱吃的东西。"【名师点睛:描写出布朗贪吃的特点,为了吃,愚蠢地忘记了自己的使命。】

列那看见布朗如此轻易地上了当,既惊讶又好笑,便决定吊吊他的胃口,布朗却不知道自己被列那耍得团团转呢。"上帝!布朗,"列那继续说,"我以我儿子洛威尔的名义发誓,要是我觉得您是一个值得信赖的朋友,那么您想吃多少蜂蜜,我给您管够。其实您不必到很远的地方去寻找,守林人朗弗洛瓦看守的树林边上就有。不过,如果我只是为了取悦于您而带您去,那我未免划不来。"

"喂,您在说什么呀,列那?您竟然如此不信任我。"布朗大声地说道。

"当然。"列那轻蔑地回答。

"您担心什么?"

"担心您背叛我、抛弃我。"

"您这样想,真是着魔了。"

"既然这样,我相信您,我跟您无冤无仇。"

"您说得对,我已效忠国王诺布尔,因此我将永远不会虚伪和作假。"

"现在我信任您,对您善良的本性放心。"

为了满足布朗先生的愿望,列那走出马贝渡城堡,带着他来到树林边上。那里有一棵橡树的树干被守林人朗弗洛瓦劈开了,准备用来做桌子的面板。为了防止它重新合拢,朗弗洛瓦在树干的开口处放了

▶ 列那狐的故事

两个楔子。

"布朗，我亲爱的朋友，"列那说，"橡树的树干里藏着蜂蜜。您把头伸进去，尽管拿，然后我俩一起喝。"

布朗早已急不可待，他把前肢搭在橡树上，列那则爬上他的肩头，示意他伸长脖子，同时把鼻子往前拱。布朗照办了。列那用一只手使劲地拔楔子，终于将它们拔了出来。于是，树干被分开的两部分把布朗的脑袋正好夹在当中。【写作借鉴：动作描写，写出布朗的贪婪让他轻易上了列那的当，受到了惩罚。】

"啊！现在，"列那一边说，一边放声大笑，"布朗先生，蜂蜜的味道真不错，是吗？（这时，布朗发出了阵阵尖叫。）您怎么在那里站了这么长时间！噢！我早就该料到了，您把全部蜂蜜都占为己有了，连一份都不留给我。您这样独吞，难道就不害臊吗？要是我现在正在生病，需要吃甜的东西，我敢保证您一滴的蜂蜜都不会给我的。"

这时，守林人朗弗洛瓦来了，列那见了拔腿就跑。农夫看见一头肥硕的狗熊被卡在他劈开的树干里，便立刻回到村庄："来人！来人！去抓狗熊！我们把他逮住了。"

只见农夫们操着大棒、梿枷、斧子和狼牙棒纷纷赶来。布朗害怕极了！他听见身后有于特维兰、捆牛人龚杜安、担架工博杜安、尼古拉先生的儿子吉罗安·巴尔贝、放走苍蝇的无耻的偷驴人、街上的捕松鼠高手科尔巴让，还有弟热兰·布里斯米什、蒂杰尔·德·拉·布拉斯、龚贝尔·科浦·维兰、弗朗贝尔、赫尔林先生、奥特朗·勒·鲁、村长布里斯·傅希尔、汗贝尔·格罗斯贝、傅谢尔·加洛普，以及其他人。

农夫们的叫喊声越来越近，布朗焦急地思考着：与其把整个脑袋丢掉，还不如损失一只鼻子，朗弗洛瓦的斧子是肯定不会饶过我的。于是他用双脚使劲地蹬住树干，挺直了身体往外拔，感觉到自己脖子上的皮被渐渐拉长，最终断裂，光秃秃地露出血淋淋的耳朵和脸庞。就是用这种残忍的手段，布朗才得以保全自己的脑袋回家。他留下的那张皮简直足够用来做一只钱囊，而他的面目变得如此狰狞，从来不曾像现在这样担心被别人撞见。【写作借鉴：运用比喻的手法，生动描写出布朗受伤之惨烈和虚荣心受挫的羞愧之情。】

他穿过树林逃跑。他为自己被农夫看见而感到羞耻，又害怕挨揍，所以鼓足了力量不停地向前跑。农夫们仍然在追赶他。这时，他和教区的神父马丹·德·奥尔良擦肩而过，后者刚搅拌完厩肥回来。神父举起手中的耙子，狠狠打在布朗的脊梁上。此外，西耶夫·德·兰斯的哥哥——这位精于制作梳子和灯笼的工匠，也用一根长长的牛角打到了他的腰，竟然把牛角都打断了。噢！要是布朗能遇见列那，那么后者就将倒霉了！可是，列那早就躲进了马贝渡，所以当布朗经过他家窗口的时候，列那还是忍不住要欺骗他。

"尊敬的布朗先生，您抛下我一个人独吞那些蜂蜜，现在感想如何？您可看到背信弃义的下场了吧。您临终的那天就别指望有神父来为您做祷告了。可是，您属于哪个级别的贵族，怎么会戴这样的红帽子？"

布朗连眼睛都不朝他抬一下，赶紧加快脚步逃走了，因为他以为农夫、神父、工匠还在身后追赶他呢。

最后，他终于来到了国王诺布尔开会的地方。他到得正是时候，筋疲力尽的布朗，倒在众人的座位前。看见他耳朵和脑袋上没有皮的样子，每个人都恐惧地画着十字。"嗨！上帝呀，布朗兄弟，"国王说，"是谁让你变得这样？你为什么把帽子挂在脑门上？剩下的皮毛你都放在哪里了？"

"陛下，"可怜的布朗极其艰难地回答，"是列那让我变成这样的。"

他努力朝前挪了几步，倒在国王的脚下，就如同死了一般。【写作借鉴：运用动作描写表现了布朗受伤之重，侧面反映出列那的狡猾和传唤列那任务的艰巨，为后文做铺垫。】

207

▶ 列那狐的故事

Z 知识考点

1. 布朗焦急地_____着：与其把整个_____丢掉，还不如损失一只_____，朗弗洛瓦的_____是肯定不会饶过我的。于是他用双脚使劲地蹬住树干，挺直了身体往外拔，感觉到自己脖子上的皮被渐渐_____，最终_____，光秃秃地露出_____的耳朵和脸庞。

2. 判断题。

   布朗因为贪吃蜂蜜而上了列那的当，还为此付出了惨痛的代价。

   （　　）

3. 狗熊为什么没有把列那带回朝廷？

   _____

   _____

Y 阅读与思考

1. 列那用什么诡计让狗熊没有完成任务？

2. 从狗熊身上我们能学到什么？

五十一

第二次传唤列那

M 名师导读

布朗遍体鳞伤地回来，让国王非常愤怒，国王要将列那绳之以法，再次派遣与列那同样狡猾的蒂贝尔前去传唤列那。这一次，蒂贝尔能不负众望带回列那吗？

这时，大家看到国王诺布尔怒吼一声，可怕地竖起鬃毛，用强壮的尾巴拍打着自己的身体，并以性命向上帝发誓。【名师点睛：运用动作描写表现出狮王的愤怒。】"布朗，"他说，"卑鄙凶恶的红毛狐欺负了你，现在他再也别想指望我宽恕他了，再严酷的刑罚对他来说也不为过。我会严厉惩罚他，这将成为全体法国人长久谈论的话题。花猫蒂贝尔，你在哪里？你立刻去把列那找来。告诉这只卑贱的红毛狐，他必须立刻到朝廷接受审判，他什么都不需要带，只要带一根上吊的绳子就可以了。"

要是蒂贝尔可以拒绝国王的命令的话，他肯定不会上路，可是他找不到借口。【名师点睛：侧面描写出列那的狡诈。】"只要是神父，就必须参加教区会议，不管他愿意还是不愿意。"于是蒂贝尔向大家告辞，穿过通往树林的山谷，树林的尽头就是列那的马贝渡城堡。

看到马贝渡城堡后，蒂贝尔第一个想到的便是上帝，他虔诚地向上帝祈祷；接着，他又祈求狱神圣-列奥纳保护他不落入列那的圈套。不过他正为一件事而焦虑不安，正当他要敲门的时候，圣-马丁之鸟——

▶ 列那狐的故事

乌鸦从一棵杉树飞到近处的一棵榛树上。"往右，往右！"他对乌鸦叫道。可乌鸦还坚持往左飞。这仿佛是个不祥的预兆，使蒂贝尔感觉有一场灾难在等待着自己，他非常不愿意进列那的家门。可是，有谁能帮他逃脱命运的安排呢？[名师点睛：通过细节描写表现出蒂贝尔对列那的恐惧，预示着后文蒂贝尔会被狡猾的列那欺骗。]

蒂贝尔在外面叫道："列那，老朋友列那先生，您在家吗？请回答我。""当然在家，"列那轻声应道，"等着教训你呢。"然后，他扯开嗓门回答："欢迎欢迎，蒂贝尔，欢迎您的到来，您就好像是在圣灵降临节那一天从罗马或圣-雅克[圣-雅克-德-贡波斯泰尔城位于西班牙的加利西亚地区，据传该城大教堂的地下室里存放着一口装有使徒圣-雅克遗骨的瓮，故成为朝圣之地]朝圣归来一样。"

"老伙计，我从国王那里来，他恨您并威胁您。朝廷上的每个人都在恨您，特别是布朗和叶森格仑。国王身边只有一个人在为您辩护，就是您的表兄弟格兰贝尔。"

"蒂贝尔，"列那回答，"威胁杀不死人，让他们对我张牙舞爪吧，我不会因此而少活一天。我非常乐意去朝廷看看是谁在指控我。"

"您真明智，尊敬的先生，作为朋友，我也建议您这样做。不过，我来时匆忙，现在感觉饿了，您能给我几只鸡吃吗？"

"啊！您的请求超出了我的能力范围，老伙计蒂贝尔，您大概是想考验我吧？我现在能为您找到的，也只有老鼠了，不过是很肥的硕鼠。您想吃吗？"

"什么，老鼠？我当然很想吃。"

"噢，不！对您来说老鼠太小了！"

"我可以保证，列那，要是我能挑食的话，那这辈子我肯定不会吃老鼠以外的其他东西。"

"要是这样，我保证能让您抓到非常多的老鼠，吃都吃不完。我这就到您这儿来，您跟我走就行了。"

210

这天，饥饿让蒂贝尔放松了警惕。他再也不怀疑列那在欺骗他，顺从地跟着他，来到附近一座村庄的房屋门前。【名师点睛：陈述事实，承上启下。】很久以前，村庄里所有的鸡就已经成了艾莫莉娜厨房里的菜。"现在，"列那对蒂贝尔说，"我们从这两幢房子之间溜进去，就能到达神父的家。我知道他家粮仓的位置，粮仓里面装满了小麦和燕麦，老鼠天天在那里大吃大喝。我上次去侦察的时候，抓到了好多，当场就吃掉了一半，另一半被我藏起来了。您瞧，这就是通往粮仓的洞，钻进去尽情享受吧。"

其实这些情况全是列那捏造出来的。神父既没有小麦，也没有燕麦，相反，村里所有人都在抱怨神父的妻子，她将他变成了马丹·德·奥尔良神父。她使可怜的神父完全破了产，所有家畜只剩下了一只公鸡和两只母鸡。不过列那特别谨慎，坚决不去碰它们，因为已经获得僧侣头衔（以后还将获得绞索）的马丹在洞口设置了两个套索，专门用来对付列那。这位尊敬的上帝之子一直在研究如何抓捕花猫和狐狸！

"快去看看吧！"列那看见蒂贝尔有点犹豫便说，"快去呀！上帝，你怎么变得扭扭捏捏的？去吧，我在这里等你。"在这席话的激励下，蒂贝尔朝洞口猛冲过去，但他立刻意识到了自己的鲁莽。他觉得自己的咽喉被卡住了，一根强有力的绳子套住了他。【名师点睛：列那的怂恿让蒂贝尔受到了惩罚，也反映出蒂贝尔的贪吃让他忘记了列那的狡猾。】他越是挣扎，绳子套得越紧。正当他徒劳地使劲试图逃脱时，马丹的儿子跑来了。"快起床，起床！"他立刻叫起来，"快来，爸爸！妈妈！快来抓花猫！点起灯，到洞口来，花猫被套住了。"

小马丹的母亲第一个起床，赶忙点起蜡烛，用另一只手操起擀面杖。神父连袍子都来不及穿，跟在妻子后面。可怜的蒂贝尔挨了上百下棍棒。神父、神父的妻子，还有他们的儿子都争先恐后地打他。最后蒂贝尔失去了耐心，他看见神父就在他身边，便狂怒地向他扑去，用爪子和牙齿将他脸上的皮肉撕咬下一块。神父凄厉地尖叫一声，他

▶ 列那狐的故事

妻子想前来报仇，可花猫趁势扑向她，让她尝到了同样的滋味。蒂贝尔经过一番努力，终于咬断了套索，遍体鳞伤、丧魂落魄地逃了出去，不过殴打他的凶手也得到了报复。他多么希望同样也报复一下列那啊！

可是，当蒂贝尔落入陷阱、小马丹大声呼救的时候，列那就已走在回家的路上了。"啊！列那，"蒂贝尔说，"但愿上帝永远不会饶恕你！至于我刚才挨到的棒打，那是我自作自受。我再也不会上这个令人恶心的红毛狐的当了。还有你，凶恶的神父，至少你会记得我。我要祈求上帝，让你没有好下场！我的爪印将永远留在你丑恶的脸上。至于你可敬的儿子，我祝他没有好前程。"

Z 知识考点

1. 蒂贝尔失去了_____，他看见神父就在他身边，便狂怒地向他扑去，用_____和_____将他脸上的皮肉撕咬下一块。神父凄厉地尖叫一声，他妻子想前来_____，可花猫趁势扑向她，让她尝到了同样的滋味。蒂贝尔经过一番努力，终于_____了套索，_____、_____地逃了出去。

2. 判断题。

　　蒂贝尔为了逃脱，咬伤了神父一家三口。　　　　　（　　）

3. 蒂贝尔成功带回了列那吗？为什么？

_____

_____

Y 阅读与思考

1. 列那怎样再次逃脱了国王对他的传唤？

2. 如果你是蒂贝尔，会怎么做？

五十二

第三次传唤列那

M 名师导读

前两次的失败让国王也产生了一丝忧虑,在国王感到绝望的时候,他决定让列那的表兄格兰贝尔去试一试,并给格兰贝尔下了死命,必须带回列那。那么,这次格兰贝尔能带回列那吗?

蒂贝尔在回到国王朝廷所在山谷的路上还在咒骂。他一到达,便扑倒在诺布尔的脚下,向他汇报前去传唤的情况和失败的结果。"事实上,"国王说,"透过列那胆大妄为[毫无顾忌地干坏事]和逍遥法外的表面,可以看到某种超乎自然的东西。难道真的没有人能把这个卑鄙的侏儒给我带来吗?我猜想你可以,格兰贝尔。你不是一直在帮他并把这里发生的一切都告诉他吗?"【名师点睛:表现出国王内心的一丝担忧。】

"陛下,我从来不曾对自己的忠诚有丝毫怀疑。"

"好吧!既然这样,请你去马贝渡,如果带不回你的表兄弟列那,你就别回来。"

"陛下,"格兰贝尔说,"我的这位亲戚生性就非常警惕,要是我带上您的亲笔信,只要他看到您的印玺,我可以保证他立刻就会上路。"

国王同意了,立刻口授了一封信,野猪泊桑记录,布里什麦盖上国王的印玺。格兰贝尔双膝跪地,从尊敬的国王手中接过封好的信,然后起身告别朝廷,踏上了传唤列那的路。

马贝渡城堡门前是一片耕地,由一条小路与耕地相连。格兰贝尔

▶ 列那狐的故事

穿过耕地，走到马贝渡城堡的门前，通过一扇开着的小门，他来到城堡外面的栅栏边。列那听见脚步声，特别警惕，怕有人来袭击他，于是循着声音传来的地方跑去查看。他一眼就认出了格兰贝尔，后者刚穿过吊桥，正要走上通往城堡暗门的隘道。【名师点睛：描写出列那城堡的隐蔽和牢固。】

"是您吗，亲爱的格兰贝尔？"列那说着，张开双臂拥抱住他，"太好了，进屋吧。快给格兰贝尔两个枕头，我要给我的表兄弟最好的款待。"

格兰贝尔的做法聪明得很：他饱餐一顿之后，才表明自己拜访的目的。餐桌的桌布刚刚撤去，他便说："听我说，列那先生，您的玩笑把所有人都逼急了，国王委派我第三次来传唤您。您必须去朝廷接受审判。其实，我知道您将和布朗、蒂贝尔，还有叶森格仑当庭对质。我不想用无望的结果来讨好您：您将会被判处死刑。给您这封国王的信，您打开封印，自己看看情况有多么严重吧。"

列那略显紧张地拆开封信的蜡印。信是这样写的：

狮王诺布尔陛下——普天之下及所有动物的君主宣布：若列那明天仍不上朝回应对他的指控，他将荣誉扫地，接受死刑的惩罚。列那上朝时不必携带金银财宝，也不必准备长篇说教，只需带一根用以自缢的绳子即可。[若俘虏或死刑犯赤着双脚、脖子套着绞索、手执绞索一端出现的话，经常可以获得赦免]

读完这封信，列那惊慌失措。"啊，格兰贝尔，"他说，"真该死！请您为我出出主意，别让我明天被吊死！我真应该趁早到克莱尔沃[法国小镇名，旧址位于现香槟-阿登地区的奥伯省，因建于 1115 年的克莱尔沃修道院而著名]或克吕尼[法国城市名，位于勃艮第地区的索恩-卢瓦尔省。因建于公元 909 年的克吕尼修道院而著名]出家当修士。不过，话又说回来，僧侣们也不好相处，我要是真去当了修士，说不定我现在早就被那些穿白袍的家伙算计了。他们肯定是第一个出卖我的人。"【名师点睛：表现出列那的害怕和黔驴技穷。】

"现在已经追悔莫及了，"聪明的格兰贝尔说，"别忘了明天您将遭到被处死的下场，没有人会和我一起为您辩护。所以您还是好好利用剩下的时间，做一次忏悔吧，虽然没有神父，但我可以聆听。"

"对呀！"列那说，"我承认应该听从您的建议。不管怎样，即使我不死，忏悔也不会给我造成损失，而如果我被判处死刑，它能帮我打开天堂的大门。好吧！表兄弟，您听着，我开始忏悔了：

"主啊，我曾经觊觎得到叔叔的妻子。艾尔桑并没有说实话，她一直是我的密友，她对我的残酷我从来不埋怨。不过，我之所以对叶森格仑干了那么多坏事，是因为我无论怎么做都不能讨得艾尔桑的欢心，至少上帝会原谅我！我低头认罪，承认犯了大错。我让叶森格仑上了两次当：第一次，他在葡萄园里落入捕狼的陷阱；第二次，他的皮毛被预设的套索撕破；我让他站在鱼塘上，致使他的尾巴被冰冻住；我让他在泉水里钓了一整夜的鱼，并让他在水中捞月，因为他把月亮的倒影误认为白色的奶酪；我用开水为他剃度，他成了僧侣和司铎。但是，当那些把羊交给他放牧的人们发现他在吃羊时，就后悔不曾将他击毙，纷纷找他报仇。有一天，叶森格仑在狗熊布朗以及很多公牛和野猪的帮助下围攻马贝渡。我则雇用了野狗罗尼奥斯，他给我带来了六千多个朋友，他们经常因我而挨打和受伤。围攻结束后，他们问我要军饷，可我却欺骗了他们，没有遵守诺言，我认罪。我无法想起我施展过的所有诡计，但在国王的朝廷上，没有一只动物不会控告我。我还没有谈农夫的公鸡母鸡、年轻的品特的兄弟姐妹、布朗，以及我为他酿造的蜂蜜，还有蒂贝尔以及我为他准备的老鼠；我对所有这一切以及其他许多坏事都低头认罪。我请求赎罪，只要上帝允许我有时间这么做的话。"

▶ 列那狐的故事

"列那先生,"格兰贝尔说,"您忏悔得很好,现在您必须承诺,不再犯同样的错误。"

"啊!我承诺今天一定说令上帝高兴的话,做令上帝高兴的事。"

【名师点睛:表现出列那真诚在忏悔,反映出列那对国王的害怕。】

列那双膝跪地,格兰贝尔说了一通半拉丁语半罗曼语的话,赦免了他的所有罪过。

Z 知识考点

1.如果列那明天仍不上朝回应对他的_____,他将_____,接受_____的惩罚。列那上朝时不必携带_____,也不必准备_____,只需带一根用以自缢的_____即可。

2.判断题。

从狮王的信中可以看出,他仍在帮着列那。　　　　　( )

3.列那为什么会一改往日的狡猾特性,变得乖巧呢?

_____
_____

Y 阅读与思考

1.说说列那做了哪些坏事?

2.如果你是列那,见到信后,你会怎么做?

五十三

列那来到朝廷

M 名师导读

列那深情地和家人做了告别和叮嘱后,跟格兰贝尔一起上路去了朝廷。在前往朝廷的路上,内心痛苦的列那路过了修女的粮仓,列那会如他忏悔的一样痛改前非吗?

第二天天刚亮,列那和悲恸欲绝的妻子、孩子亲吻告别。"出身高贵的孩子们,"他说,"我不知道自己会怎样。只要你们把城堡维护好,就不用害怕国王、贵族、君主或者领主。即使他们在城堡外待上半年,也不可能往城堡里进半步。你们有好几年的粮食储备。我会在上帝面前说你们的好话,并请求他不久就放我回来。"【名师点睛:表现出列那对家人的爱和照顾,为家人准备好后路。】

列那来到外面,又做了如下祈祷:"仁慈的上帝,我将我的智慧和头脑交付给您。当我来到诺布尔面前,当叶森格仑指控我时,请让我拥有它们。请帮助我战胜他们的指控,或通过否认,或通过辩解,或通过斗争。最重要的是,请给我足够的时间,让我的心灵放松下来。"说完,他躬身行礼,连说三声"认罪",并在胸口画了一个十字,保佑自己不受魔鬼和狮王之害。

两位贵族就这样踏上了去朝廷的路。他们穿过一条小河,走过一条隧道,翻过一座高山,来到平原。列那内心痛苦至极,以至于走错了方向,他们不知不觉来到一座修女的粮仓前。【名师点睛:反

▶ 列那狐的故事

映出列那的忏悔与自身的狡诈本性相互矛盾的心情。】粮仓里堆满了各种食物。"我们最好沿着树篱走，"列那说，"到满是母鸡的院子里去。那里可以找到正确的路。"

"啊！列那，"格兰贝尔说，"你怎么能说出如此违心的话呢！您真是比异教徒还不如。您不是已经为过去做过的坏事做了忏悔了吗？"

"我忘记了，"列那回答，"那我们快走开吧，既然您这样想。"

"哎呀！不管您后退还是前进，您到死都不会变好，您永远是一个立伪誓、说谎话的家伙！谁能想象您的盲目呀！您冒着被处死的危险，这您自己也知道。您有幸做了最后一次忏悔，可现在却又企图重新开始邪恶的生活！您母亲将您生到这个世上，一定是后悔不已的！"

"好吧，我的好兄弟，您有道理，我们别吵了，继续赶路吧。"

因为列那忌惮表兄弟，所以克制住了自己。可是，他一边走，一边时不时地回头看看修女的粮仓。要是他能做主，早就顾不上忏悔的约束，扑向鸡舍了。【名师点睛：心理描写，突出列那的不甘心和虚伪的特点。】

他违心地走着。离目的地越近，他就越焦虑。他们终于翻过了最后一座山，朝廷所在的山谷就在眼前。当他们来到朝廷，请求通报的时候，庭审已经开始了。

知识考点

1.因为列那忌惮_____，所以_____住了自己。可是，他一边走，一边时不时地回头看看修女的_____。要是他能做主，早就顾不上_____的约束，扑向_____了。

2.解释"悲恸欲绝"的意思。

3.列那真的认真地忏悔了吗？为什么？

_____

_____

阅读与思考

1.列那是怎么忏悔的？

2.如果你是列那的朋友，会给他什么建议？

列那狐的故事

五十四

宣读指控列那的诉状

M 名师导读

列那和格兰贝尔来到朝廷,所有动物都支持对列那的指控。面对指控,列那是怎么样为自己进行辩护的?国王会相信列那的辩护吗?

列那和格兰贝尔的到来在贵族会议上引起了一阵骚乱。所有动物都迫切地想表示对指控的支持。王室总管叶森格仑甚至已经把牙齿磨得很锋利,只等国王一声令下;蒂贝尔和布朗也都准备好了报仇,前者为了失去的尾巴,后者则为了头上戴着的那顶红帽子;尚特克莱尔挺直了身子,他身边是野狗罗尼奥斯,后者也急不可待地狂吠不已。在这一片憎恨和愤怒之中,列那恢复了镇定,显出一副平静的样子。他神色安详地走到大厅中央,用高傲而蔑视的目光慢慢扫视了前后左右一圈,然后请求说话。他这样说道:【名师点睛:描写被列那欺负过的动物对列那的憎恨之情,他们的表现与列那一脸平静的样子形成鲜明的对比,更能突出人物性格。】

"国王陛下,作为您的一名臣子,我比其他所有贵族加起来还要忠诚得多,我向您表示敬意。有人在您面前毁谤,污蔑我,不幸的是我从来不曾有一天得到过您的恩宠。我听说由于您身边的佞(nìng)臣[指奸邪谄媚的臣子]谗言,您准备判处我死刑。当一位国王满足于无耻之徒的一面之词,拒绝听信最为可靠的贵族的忠言时,他做出这样的决定又有什么可惊讶的呢?如果所有人都低下头来赞颂自己的脚趾，那么国家就处在厄运之中了。对于出身卑微的人来说，无论他们爬得再高、赚钱再多，他们仍然有着奴婢的本性，他们的地位和财富只能被用来更多地损害天生高贵的人们。一条饿狗是不会满足于拍邻居马屁的。农奴难道不是穷人的枷锁吗？他们要求兑换货币，以装满自己的钱包；他们啃蚀别人，独自享受他们所造成的所有不公。不过，我倒很想知道布朗和蒂贝尔对我做了什么样的指控。不管他们是对还是错，只要在国王的支持下，他们一定会对我造成很大的伤害。可是，不管怎样，如果说布朗在偷吃蜂蜜时被农夫朗弗洛瓦擒获，那么有谁阻止他自卫了？难道他的手不够宽、脚不够大、牙齿不够锋利、腰背不够敏捷吗？如果说高贵的蒂贝尔在吃老鼠的时候被逮住砍断了尾巴，这跟我又有什么关系？我又不是村长或神父，难不成要我去跟他道歉？他们是不能要求我做我做不到的事情的！至于叶森格仑，说实话我不知道该说什么。如果他声称我爱他的妻子，那他没有错；但如果这使他妒火中烧，那我就无能为力了。他指控我翻他家的墙头、撞开他家的门、拧断他家的锁、毁坏他家的桥了吗？我可没有这么做。既然如此，那么指控从何说起？我的朋友、高贵的艾尔桑夫人都不曾指责我，那叶森格仑有什么可抱怨的呢？他心情不好，怎么能拿我去当出气筒呢？不，上帝会保护我。您的王权虽然高贵，但我可以确定地这样说：很久以来，不管发生什么事，我一直对您忠诚忘我。上帝可以为我做证，他从不撒谎；虔诚的骑士之神圣-乔治也是我的证人。现在我年老体弱、嗓音嘶哑，甚至连集中思想都有困难，在这样的情况下把我传唤上庭，滥用我的虚弱，未免太不厚道。不过既然国王下令，我当然服从，所以我来到他的宝座前。他可以援引法律，判处我火刑或绞刑。不过，对于一个老人而言，这样的报复并不显得宽宏大量。如果将我这样的动物吊死而不容我辩护，我想这会成为人们长时间的话柄的。"【写作借鉴：语言描写，列那尖牙利齿、颠倒黑白地为自己辩护，装病博得

> 列那狐的故事

同情，体现了列那的狡猾。】

列那刚说完，国王诺布尔便说话了："列那啊列那，你很会狡辩；但你的诡计再也不会得逞了。你的父母不应该把你生到这个世界上！当你在对其他动物暗中做坏事的时候，你就要为自己的恶行接受惩罚。所以撕开你伪装的外表吧，那只是狐狸的花招。你将得到审判，因为这是你咎由自取。聚集在这里的贵族们将决定如何惩罚像你这样的叛徒、凶手和盗贼。你看，这里有谁会认为刚才这些头衔对你不合适呢？有的话请开口，我们洗耳恭听。"

格兰贝尔站起来。"陛下，"他说，"您看见了，我们服从了您的传唤，到庭向您的公正表示敬意。难道这意味着我们应该受到屈辱的对待，甚至连事因都不容我们分说吗？现在列那先生应大家的要求来到这里，并准备回答大家的问题。即使有人控告他，陛下，您至少也应该给他辩护的自由，允许他履行他应有的权利，在公共场合下反驳别人对他的公开指控。"

格兰贝尔的话音未落，在座的所有人便呼啦一下全部站了起来：狼叶森格仑、野狗罗尼奥斯、花猫蒂贝尔、乌鸦铁斯兰、公鸡尚特克莱尔、母鸡品特、麻雀德鲁安、兔子库阿尔姆，还有狗熊布朗、蟋蟀弗洛贝尔、小嘴乌鸦高乃伊、山雀梅桑热。国王命令大家都坐下，接着他亲自一一列举了人们对列那的指控，并将它们提交全体会议审理。【名师点睛：表明了很多动物急切地想指控列那，要求处死列那的心理。】

Z 知识考点

1.在这一片＿＿＿和＿＿＿之中，列那恢复了＿＿＿，显出一副＿＿＿的样子。他神色安详地走到大厅中央，用＿＿＿＿＿的目光慢慢扫视了前后左右一圈，然后请求＿＿＿。

2.判断题。

会议上只有格兰贝尔在为列那说话。　　　　（　　）

3.列那是怎么样给自己辩解的？

_____

_____

阅读与思考

1.你觉得列那有没有为自己辩解的权利？

2.国王相信列那的狡辩吗？

▶ 列那狐的故事

五十五

列那刑场逃脱

M 名师导读

在多人的控告下，国王下令将列那处以死刑。为了挽救自己的性命，列那是怎样让国王免除自己的死刑并逃脱刑场的？为什么逃出王宫后其他人又去追他，是要把他抓回来处死吗？

叶森格仑、布朗、蒂贝尔、铁斯兰、弗洛贝尔、德鲁依诺、尚特克莱尔，以及三位女士品特、高乃伊和梅桑热控诉完毕之后，国王对贵族大会说："现在该你们对这个十恶不赦(shè)[形容罪大恶极，不可饶恕]的坏蛋宣判，决定判处他哪一种死刑了。"法庭的回答是列那犯有背信弃义罪，没有任何理由能阻止他被判绞刑，这是他罪有应得。

"大家都说得对，"国王说，"把绞刑架架起来！把罪犯抓住，可不能再让他逃了。"

绞刑架在一块很高的岩石上被架了起来。人们抓住列那，命令他爬上去。猴子关德罗对他做了个鬼脸，还用手扇了他一个耳光；其他人也群起效仿，有的拉扯他，有的推搡他。兔子库阿尔姆从很远的地方向列那扔了一块石头，可是列那已经走过去了。列那正巧转过头来，看见了他，便皱起眉头。库阿尔姆害怕极了，连忙躲到树篱底下，再也不露头了。【名师点睛：特写兔子向列那扔石头后，列那不怀好意地看向他以及兔子的害怕，为后文列那逃脱后特意去找兔子麻烦做铺垫，刻画了列那欺软怕硬的特点。】他说，他打算从这里观看行刑，这样更加自在。列那在等待行刑的时候，想到了从来没有用过的一招，他突然宣布自己有重要机密要讲。国王只得听他说。

"陛下，"他说，"您逮捕我，用铁链锁住我，并决定将我绞死。我承认我是一个罪人，但请您不要剥夺我和上帝讲和的机会。请允许我拿起十字架，我将离开这个国家，去朝拜耶路撒冷的耶稣圣墓。如果我死在叙利亚，我便得救了，上帝将会因为您准许我回到他身边而奖赏您。"说着，他扑倒在国王的脚下，国王深受感动。

格兰贝尔也连忙帮着表兄弟说话："陛下，我可以在您面前为列那担保，请您赦免他，他不会再伤害您和其他人。看在上帝的面上，宽恕您手下的贵族吧！要是他被绞死，他的后代将蒙受多么大的耻辱！您知道，他们都是名门之后，以后他们还会为您效力呢！再过六个月，您就将需要勇猛的战士了。您就让列那远赴重洋吧，只要您一召唤，他马上就会回来。"

"不行，"诺布尔回答，"因为按照以往的惯例，十字军骑士回来时都比离开前更坏；甚至出发时最优秀的骑士归来后也会变得十恶不赦。"

"既然这样，陛下，看在老天的分上，您就让他走吧！让他永远别回来！"

诺布尔转身对列那说："啊！你这个阴险狠毒的东西，总是不走正道，就是把你绞死一百次也不为过。"

"谢谢，仁慈的国王，"列那叫道，"请相信我：我将永远不再做坏事，不再伤害他人。"

"我原本不应该相信你；不过，我对伯利恒所有的圣人发誓，如果你再被别人指控，那你就别指望逃脱惩罚了。"【名师点睛：国王的心慈手软让列那逃脱死亡的命运。也说明一个道理，决不能对坏人心慈手软。】

国王饶了列那一命。诺布尔甚至向列那伸出手去，将他扶起来。人们拿来了十字架。布朗一边为国王心肠太软而发牢骚，一边把十字

225

▶ 列那狐的故事

架绑到列那的肩上。尽管其他贵族也心存不满，但仍然为他拿来了朝圣的披巾和手杖。

就这样，列那手持用白梣[chén][白蜡树，落叶乔木，可放养白蜡虫，树皮可入药，称秦皮，木材坚硬，可做器物]木做成的手杖，脖子上围着披巾，肩上扛着十字架。国王让他对所有指控过他的人保证，说他对他们没有任何坏心；他决心(至少他是这样说的)痛改前非。总之，他希望重新拯救自己的灵魂。此外，列那对别人对他的任何要求都无条件地接受；他和每一个贵族都有过节，但现在都原谅了他。祷告开始的时候，他离开了朝廷。

可是，一旦走出贵族们所在的院子、穿过围墙，感到自己重获自由之后，列那所做的第一件事情，就是挑衅那些刚才他用忏悔的话语安慰过的人，只有诺布尔陛下除外。【名师点睛：描写出列那毫无悔改之意，一逃脱就暴露出他丑恶的本性。与前面的表现形成鲜明的对比，更能凸显出列那的虚伪狡猾。】这里，我还要补充一句：列那向大家告辞前，在王宫的庭院里遇见了美丽高贵的王后菲耶尔夫人。"列那先生，"她对他说，"请您在国外为我们祝福，我们也会在这里期盼您的归来。"

"夫人，"列那一边鞠躬一边回答，"谢谢您的祝福，这是我最珍贵的东西！噢！如果我能带一件能证明您友谊的信物去叙利亚，就一定能满怀幸福地完成朝圣。"

于是王后从手上摘下一枚指环递给列那。列那连忙致谢，但却在心里说："给我全世界所有的珍宝，我都不会归还这指环。"【名师点睛：心理描写，突出列那的虚伪和无耻。】他将指环套到手上，然后就像大家看到的那样，向朝廷告辞，策马离开了。

不一会儿，他就来到兔子库阿尔姆躲藏的树篱旁。【名师点睛：呼应前文，反映出列那睚眦必报的性格。】后者被发现了，却又不敢逃跑，只得颤抖着说："列那先生，上帝保佑您！再次看到您平安无事，我非常高兴。我为刚才您所遭遇的不幸感到难受。"

226

"是呀，库阿尔姆，我的不幸让您难受了！啊，上帝，多么善良的灵魂呀！所以，既然您曾对我的身体表示了怜悯，我也非常高兴能怜悯一下您的身体。"听见这句可怕的话，库阿尔姆想转身就溜，可是为时已晚。列那一把抓住他的耳朵："见鬼去吧，库阿尔姆先生，您不再会是一个人走路了。您将和我一起回家，不管您愿意还是不愿意。今晚我会把您介绍给我的孩子们，他们会用您来举办一场盛宴！"说着，他用手杖把库阿尔姆打昏了。

然后，他带着库阿尔姆，继续赶路。他爬上一座山，从上面可以俯瞰(kàn)[从高处往下看]国王的朝廷所在的山谷。他从山上凝视着那些刚才审判他、并对诺布尔的善良说三道四的人。然后他大叫一声，引起所有人的注意，并把绑在肩上的十字架扯了下来。"国王陛下，"他说，"把你这破玩意儿收回去吧，上帝会诅咒那些把手杖、披巾，以及所有这些破烂货硬塞给我的人。"他扔掉手杖、披巾和十字架，把屁股对着他们，接着说："听着，国王陛下：我听从您的命令去了叙利亚，现在我从那里回来了。努雷丁苏丹[1145年任阿勒颇苏丹，后为大马士革和埃及苏丹。著名的萨拉丁即为他手下的一位阿米尔，于1174年左右接任努雷丁]见我如此苦修，请求您饶恕我。异教徒对您是如此害怕，以至于他们一听见您的威名，就落荒而逃。"【名师点睛：生动形象地描写出列那的狂妄自大、目中无人和对国王以及所有人的厌恶之情。】

正当列那喋喋不休地嘲讽贵族们的时候，库阿尔姆先生醒过来，悄悄溜走了，他与列那拉开距离，逃回了朝廷。他丧魂落魄、皮开肉绽，扑倒在国王的脚下，哭着述说了列那的罪恶。其实只要列那被吊死，他就能避免这场灾难。

"上帝！"诺布尔吼道，"我真该死，怎么会指望这个无耻之徒改邪归正呢？出发吧，各位贵族大人，去把他抓回来。要是再让他逃脱，我一辈子都不会饶恕你们。谁要是把他给我带回来，我就给予他的孩

▶ 列那狐的故事

子特权，并封他们为贵族。"

在国王的命令下，大家纷纷出动，其中包括叶森格仑、狗熊布朗、花猫蒂贝尔、绵羊贝林、老鼠贝雷、公鸡尚特克莱尔、母鸡品特和她的姐妹、劣马费朗、野狗罗尼奥斯、鹿子布朗夏尔、乌鸦铁斯兰、蟋蟀弗洛贝尔、白鼬埔朗什、野猪泊桑、公牛布吕扬、鹿布里什麦、蜗牛塔尔迪夫负责扛军旗，并为大家指路。【名师点睛：写出如此多的人要去追捕列那，表明列那平时作恶多端，令人痛恨。太多的人要将他置于死地。】

列那看见他们一起来追捕他。他没有片刻迟疑，立刻逃进一个山洞。敌军们也跟着他冲了进去。列那已经可以听到周围胜利的叫喊。"可恶的红毛狐！你跑得再快也救不了你的命，没有一个园子、一堵围墙、一条壕沟、一丛矮树、一根栏杆，以及一座城堡、塔楼或要塞能保住你的命。"列那累得疲惫不堪、口吐白沫，再也逃脱不了追兵们疯狂的牙齿。一切已成定局：列那的退路即将被切断，他也眼看就要成为俘虏。这时候，他看见了马贝渡城堡的顶端，这给他带来了希望。他用尽最后的力气，终于逃回了自己的庇护所，这是其他任何人都无法攻克的堡垒。【名师点睛：描写列那在众人的追逐下逃跑的过程，扣人心弦，引人入胜。】现在，即使诺布尔去围困城堡，他就是花上几年的工夫，也无法打开城堡的大门。列那有充足的食物，他将舒舒服服地等待他的追兵。

尊重他、敬仰他的妻子听见国王军队的号角，连忙和三个儿子——贝尔斯艾、马尔布朗什和罗威尔（也有人称他为列那戴尔）——一起赶到大门口，迎接尊贵的丈夫。列那被亲人簇拥着、爱抚着、亲吻着。大家查看他的伤口，用白葡萄酒进行清洗，然后让他坐在一个柔软的坐垫上。晚餐上来了，盛宴上只缺少库阿尔姆这道菜。不过，列那先生很疲惫，只勉强吃了一块母鸡的里脊肉和一张鸡皮。第二天，他放了血，拔了火罐。几天后，列那便恢复了体力和健康。

Z 知识考点

1. _____在一块很高的岩石上被架了起来。人们抓住列那，命令他爬上去。猴子关德罗对他做了个_____，还用手扇了他一个耳光；其他人也群起效仿，有的_____他，有的_____他。兔子库阿尔姆从很远的地方向列那扔了一块_____。

2. 列那逃脱后报复了谁？　　　　　　　　　　　（　　）

　　A.猴子关德罗

　　B.兔子库阿尔姆

　　C.山雀梅桑热

3. 列那逃脱后为什么会在山上对朝廷里大叫？

_____

_____

Y 阅读与思考

1. 家人是怎么对待列那的？

2. 列那用的什么花言巧语得到国王的信任？

> 列那狐的故事

五十六

列那与叶森格仑辩论

M 名师导读

　　国王诺布尔在朝廷上宣读人们对列那的控告，列那并不慌张，并且对此一一做出辩解。列那面对叶森格仑的指控是怎样辩解的？他的辩解能得到其他人的信服吗？

　　据说，国王诺布尔复述了一大段人们在朝廷上对列那的指控之后，在场的所有人都认为应该惩戒列那，以示后人。可是列那受过良好的教育，在任何事情面前都不会惊慌，他花了很多时间把自己所有的回答都权衡了一遍。听了众人对他的指控之后，他神色庄重地站起来，要求对这些指控一一做出辩驳。【名师点睛：描写出列那对自己的辩护非常自信，因为对于这些指控他都是利用他人的弱点让他人心甘情愿上当的。】"要求合理，"国王回答，"在没有听取被告的辩护之前，我们不能对他进行宣判。说吧，我们认真倾听，看你能怎样为自己辩护。"

　　"陛下，"列那说，"首先，感谢您传唤我来朝廷，给予我澄(chéng)清[显示事实真相，消除混乱或模糊之处]事实的机会。蒂贝尔和梅桑热的指控根本不能够相信，所以为了不分散您的注意力，我甚至懒得做出回应。我一点都不记得曾经见过科佩特，所以也就不可能伤害或谋杀她。至于尚特克莱尔，我只知道有一天我让他跟着我，后来又准许他离开我，因为我们离一大群猎狗很近，他们很有可能伤害我们。为什么狗熊布朗也要指控我，这我说不上来，我可从来没有图谋过他的一根皮毛。同样，我想不出来为什么罗尼奥斯和老伙计叶森格仑也要指责我。我的大多数邻居之所以控告我，是因为这个世界充满了忘恩负义和贪得无厌之辈。大家都知道，我现在只能说自己的好心被大家误解。一个人做了这么多好事，却经常受到惩罚，而一般人们所指责的却不是罪恶最深重的人。可惜！上帝没有赐予我恩惠。我的所有善举都成了自己不幸的根源，这就是我的命。"说到这里，列那似乎激动起来；他把手臂伸到眼睛前面，做出擦眼泪的样子，然后继续说：

【名师点睛：列那的辩护颠倒是非黑白，强词夺理，形象地描写出列那巧舌如簧、信口开河的形象。】

"我可以非常诚恳地说，我从来不曾忘记自己欠艾尔桑夫人——我伙伴的妻子——的情。冒犯她是异教徒的举动，叶森格仑先生公开指责我犯下如此滔天的罪行，其实是在给自己难堪。"

这时，叶森格仑先生忍无可忍，他打断列那："说真的，也只有你才会否认事实这么清楚的罪行！啊！你真是睁眼说瞎话！难道让我下到井里再也上不来的也不是你？你对我说你在天堂里，井里有树林、有粮食、有水，还有草地；你要什么就有什么：山鹑和母鸡、鲑鱼和鳟鱼。我很不幸听信了你的话，跳到桶里。我下井的时候，你却上去了。半路上我问你想干什么，你回答说按照规矩，有一个人下井，就必须有另一个人上来。现在你离开了地狱，替换我下去了。还有那个池塘，我把我最漂亮的那段尾巴留在了那里，你让我对此说些什么呢？"

"事实上，"列那回答说，"对我提出这样的指控是不严肃的。我们去池塘的时候，叶森格仑钓鱼之心非常急切，好像永远也钓不够似的。农夫们的谚语在他身上灵验了：'贪心的人一无所有。'他感到大鱼来的时候，为什么不走开？最多再回来一两次不就行了？可是他的贪婪欲望战胜了他。我去提醒他，他却非常生气、愤怒，向我尖叫，我等得一点力气也没有了，只好让他继续下去。现在他遭到了意外，错在谁呢？反正吃鱼的肯定不是我。"

列那狐的故事

"列那，"叶森格仑又说，"你很会蒙蔽你要欺骗的人，你这一辈子都在骗我。还有一天，我吃了太多的火腿，感到嗓子有点渴，你为了让我相信你，你说你有一座酒窖的钥匙，是葡萄酒的看守。我跟你去了酒窖，你这个背信弃义的家伙，在那里你让我听邪恶的歌曲，正是因为你，我的肋骨差一点被打断。"

"这件事，"列那说，"我是记得的，事实并不是如你所说的那样。你自己喝醉了，然后想要唱歌，你唱得太响亮了，全村庄的人都引来了。我不像你，没有丧失理智。当我看到村民们赶来的时候，就远远地离开了。难道我保持头脑清醒也有罪吗？你遭到痛打，难道也是我的错？'恶有恶报'这句话想必大家早就听说过。"

"有一天，你又装出讨好我的样子，用开水为我剃度，让我变成了秃头，还掀掉了我脸颊上的皮。还有一天，你送给我半条偷来的鳗鱼。我问你鳗鱼是从哪儿弄来的，你说从一辆满载鳗鱼的马车上，车夫们为了减轻马儿的负担，想从车上扔掉一部分鳗鱼。他们为了让你吃得更畅快，甚至还要邀请你坐到他们身旁。我听信了你的话，决定效仿，因此我掉入新的陷阱。我等候在马车必须经过的路上，可是我遭到了乱棒猛打，至今背上还留有伤痕。你的罪行以及你给我造成的伤害三天三夜都说不完。好在我们现在在朝廷上，在这里阴谋诡计是无用武之地的。"

"朝廷会像我这样，对你的指控不屑一顾。凡是听到我俩辩论的人肯定会惊讶万分，把你当作傻瓜，因为你如此拙劣地粉饰着你的谎言。难道你会如此轻易地上当受骗吗？"【名师点睛：叶森格仑的一切指控都是因为他自己贪图享受而被列那利用，使他自己遭受惩罚，让别人看来觉得是他自己的愚蠢，而不是列那的罪过。反衬出列那的狡猾和狡辩。】

"你太过分了，"叶森格仑两眼喷火，继续说，"我现在只等国王离开，请他准许我和这个背信弃义的家伙单挑独斗。"

"我嘛，"列那说，"我的愿望和你一样。"

两人此话刚出，国王便坚决地同意了。整个朝廷都认为战斗不可避免，更何况大家都觉得，除非列那机敏超常，否则他肯定抵挡不住叶森格仑可怕的蛮力。【名师点睛：反映出人们虽然觉得列那的辩解让人觉得合情合理，但所有人都希望看见列那被叶森格仑教训一顿。表现出人们对列那的痛恨。】

Z 知识考点

1.国王诺布尔复述了一大段人们在朝廷上对列那的_____之后,在场的所有人都认为应该_____列那,以示_____。可是列那受过良好的_____,在任何事情面前都不会_____。

2.判断题。

列那首先提出要和叶森格仑决斗。　　　　　　　　　（　　）

3.这个故事告诉我们什么道理？

_____

_____

Y 阅读与思考

1.列那面对叶森格仑的指控是如何辩解的？

2.国王为什么会毫不犹豫地同意决斗？

▶ 列那狐的故事

五十七
决斗前准备

M 名师导读

　　叶森格仑争论不赢列那后要求与列那决斗，国王同意了他的请求，让他们选择证人以示公平，并决定十五天后决斗。然后列那与叶森格仑各自回家准备，列那是怎样做准备的？而叶森格仑又是怎样做准备的？

　　国王要求双方指定证人，对谁都不予偏袒(tǎn)[偏护一方]。于是叶森格仑指定狗熊布朗、花猫蒂贝尔、公鸡尚特克莱尔和兔子库阿尔姆做他的证人；列那则挑选了一些最有经验的人：公牛布吕扬、野猪泊桑、刺猬埃斯比纳，以及他的表兄弟獾子格兰贝尔。决斗定在十五天之后进行，格兰贝尔保证列那会在约定的时间和地点前来，以"打击叶森格仑的气焰"。"好吧，"国王说，"别再挑起争端了，你们都太太平平地各自回家吧。"

　　列那不如叶森格仑那么勇猛，可是他更了解决斗的窍门，正是这个原因促使他接受了挑战。尽管列那在力量上稍逊一筹，但他的身手更加敏捷。他懂得如何"以退为进"，在后退的过程中抓住时机，使对手门户大开；他也深谙(ān)[非常透彻地了解；熟悉内中情形]各种迅猛而令敌人猝不及防的招数。至于叶森格仑，他觉得自己不需要做准备，因为他有理，而且还比列那要威武勇猛，便安心地回家睡觉去了。不过他还是对决斗的延期大加咒骂，因为这使得他报仇的时间也往后推了。【名师点睛：通过对比描写两人对待决斗的态度，展现出列那的谨慎与

自信以及叶森格仑的自大狂妄。】

这一段等待决斗的时间里双方都在寻找最好的武器，并且将它们调整到最佳状态。叶森格仑把注意力集中在盾牌和毡呢紧身衣上；他还试穿了护腿，找到一双轻便牢固的鞋子；他使用的棍子是一根满是结节的欧楂树枝；他为盾牌上颜色鲜红的漆。列那的盔甲由他的朋友们负责准备：一块圆形的黄色盾牌，一件长度不到两尺的短衣，毡呢鞋子，山楂树枝做成的棍子，上面配有皮带；此外，他们还非常细心地为列那刮去了胡子、剃掉了头发，以免决斗时给敌人机会。【名师点睛：表现出列那对决斗准备充分。】

叶森格仑看到列那来到朝廷上，为不能像自己希望的那样用利齿撕碎他漂亮的毛皮而感到懊恼；然而，此前他却从来不屑从列那的身上拔一根毛。不过，他还得克制一下焦急的心情，因为决斗并不像他想象的那么简单。【名师点睛：心理描写，突出叶森格仑迫不及待地想撕碎列那的心情。】

大家看到艾莫莉娜夫人来到栏杆前，在她的三个儿子——贝尔斯艾、列那戴尔和马尔布朗什——陪同下。他们四人虔诚地祷告上帝，希望列那化险为夷。列那目睹了他们的祷告，用话语和手势向他们表示感谢。

与此同时，艾尔桑夫人跪在另一边的祈祷室里。她也在恳求上帝的帮助，请他不要让自己的丈夫从决斗中胜出，要让他亲爱的朋友列那获得最后的胜利。因为她对列那对她的表白念念不忘，也没有忘记叶森格仑的鲁莽。要是后者遭到不测，感到悲伤的肯定不会是艾尔桑这位光明磊落的夫人。【名师点睛：刻画出艾尔桑的无知、愚蠢，被列那的花言巧语蒙蔽了心灵，侧面反映出叶森格仑的悲哀，没有坚实的后盾。】

国王诺布尔看到人群聚集在栏杆周围，大声喊着决斗开始，便让布里什麦走过来，任命他为决斗裁判。他将起草誓言的格式，确保决斗的正常进行，并宣布获胜者的名字。布里什麦庄严地履行了他的职

▶ 列那狐的故事

责:他首先选出三位贵族作为他的顾问,第一位是骄傲而没耐心的列奥帕,第二位是举止威严的泊桑,第三位是公牛布吕扬。他们三位是最睿智的贵族,没有人比他们更了解有关决斗的事宜了。【名师点睛:呼应前文。列那找的见证人却是决斗顾问,反映出列那聪明,有先见之明。】

Z 知识考点

1.尽管列那在力量上＿＿＿＿,但他的身手更加＿＿＿＿。他懂得如何"＿＿＿＿",在后退的过程中抓住时机,使对手＿＿＿＿;他也深谙各种迅猛而令敌人＿＿＿＿的招数。

2.艾尔桑支持谁获胜？　　　　　　　　　　（　　）

　　A.列那　　　　B.叶森格仑　　　　C.保持中立

3.列那为了决斗做了哪些准备？

＿＿＿＿＿＿＿＿＿＿＿＿＿＿＿＿＿＿＿＿＿＿＿＿＿＿
＿＿＿＿＿＿＿＿＿＿＿＿＿＿＿＿＿＿＿＿＿＿＿＿＿＿

Y 阅读与思考

1.布里什麦挑选了哪三位顾问？

2.你觉得谁会获胜呢？为什么？

五十八

列那与叶森格仑宣誓

M 名师导读

在决斗前,布里什麦希望列那和叶森格仑讲和。于是他来到国王那里说出了自己的想法,国王也同意了,让他去叶森格仑里那儿劝告他放弃决斗,和列那讲和。布里什麦来到叶森格仑的家,叶森格仑会听从他的劝告与列那讲和吗?

他们聚集在一起,布里什麦说:"各位大人,对于大家对列那先生的所有怨言我很难相信。指控他的不仅仅是我们的朋友布朗,还有罗尼奥斯、弗洛贝尔、铁斯兰、品特和其他人。所幸的是,自从叶森格仑提出他的指控之后,其他所有的声音都消失了。叶森格仑将代表大家参加决斗,我们只要和他打交道就行了。各位大人,在目前的情况下,尽最后一次努力让两位决斗者讲和,难道不是最明智、最正确的做法吗?"【名师点睛:在列那成为众矢之的的情况下,布里什麦为列那说好话,表明他想尽可能地帮助列那,担心列那被叶森格仑打败。】

"我们的意见也和您一样,"泊桑和另外两位回答说。于是他们立刻来到国王那里:"陛下,我们已经达成了一致,除非您出于荣誉或其他特别的原因而反对,否则我们认为最好还是让叶森格仑先生和列那先生这两位贵族握手言和。"

其实国王也是这么想的,因此他随声附和(hè)[声音相应。自

▶ 列那狐的故事

己没有主见，别人怎么说，就跟着怎么说]："你们先去对叶森格仑说吧，他如果同意就好办了。至于我，我必须维护他的权利，剩下的就看你们了。"

布里什麦硬着头皮来到叶森格仑家，把他拉到一边说："国王知道您拒绝任何和解，非常生气。作为您的挚友，我必须劝您一下，接受列那提出的妥协，这也是国王和全体贵族的心愿。"

"您这话说得不对，"叶森格仑回答，"要是我和一个违背诺言，不讲道义的人握手言和，要是我今后不能阻止他羞辱和玷污他的朋友，那么就让我被火烧死。我倒要看看是谁想剥夺我的权利。"

"接受冒犯您的人的讲和要求，"布里什麦说，"这并不意味着剥夺被冒犯者的权利。我希望能够阻止您把事情推向不可挽回的地步，消除你们两人之间的所有矛盾。但是您不愿意，我感到很遗憾。"

"好了，布里什麦先生，"叶森格仑回答，"您回去对国王说，要是我让这个红毛鬼从决斗场全身而退，那么他就把我当作是一个醉鬼吧。和平只能在战场上获得，决斗是不可避免的。我再说一遍，任何人都不能剥夺我的权利。"【名师点睛：表明叶森格仑想要打死列那的决心无人能撼动。】

布里什麦回到国王身边："陛下，我们没有劝说成功，看来决斗是不可避免的了。既然这样，那么为了维持公正，必须打开决斗场的大门，让双方尽其所能地攻击和自卫。"

"既然如此，"诺布尔回答，"我对圣人里歇尔发誓，他们将如愿决斗，即使两人中最富有的一方将他的全部家产给我，我也不会取消这场决斗。总管大人，打开决斗场的大门！"

叶森格仑立刻执行了国王的命令。叶森格仑和列那手拉着手，被带到栏杆的缺口处。一个神父出现了，他是睿智而低调的贝林。他身前有一个祭台，两位决斗者将在祭台前宣读誓言。趁布里什麦起草宣誓格式的时候，有人宣读了国王的命令：任何人都不得以言语或动作闹事。

"各位大人，"布里什麦说，"请听我说。如果我哪里有记错的，请马上打断我。列那将首先宣誓，说他不曾对叶森格仑造成任何伤害，不曾对蒂贝尔背信弃义，不曾对铁斯兰、梅桑热、罗尼奥斯、布朗以及尚特克莱尔施加诡计。过来吧，列那！"

列那朝前走了两步，屈膝跪下，将披风甩到肩上，祈祷了一会儿，然后把手放在祭台上，向圣人日耳曼以及其他所有安息于此的圣人发誓，说在这次争执中他一点儿错都没有。说完，他亲吻了一下祭台，站起身来。

叶森格仑看到列那竟然能在上帝和圣人的面前撒谎，不免感到既惊讶又愤怒。他走上前去。"亲爱而仁和的朋友，"布里什麦对他说，"您发誓，说列那刚才发的是伪誓，而您发的誓才是真的。"

"我发誓！"

说完，叶森格仑亲吻了祭台，站立起来，在决斗场里稍稍往前走了一点，虔诚地祈祷上帝保佑他洗刷耻辱、重夺荣誉。<u>接着，他亲吻了大地，拿起棍棒，向四面八方挥舞着操练起来。同时，他用右手旋转着皮带，往臂肘、膝盖和手心吐了几口唾沫，拿起盾牌，向人群优雅地致意，然后示意列那做好准备。</u>【名师点睛：动作描写，叶森格仑已经开始摩拳擦掌，迫不及待地要与列那一决生死了。】

Z 知识考点

1.叶森格仑和列那手_____，被带到栏杆的缺口处。一个_____出现了，他是睿智而低调的贝林。他身前有一个祭台，两位决斗者将在祭台前_____。趁布里什麦起草宣誓格式的时候，有人宣读了国王的命令：任何人都不得以_____或_____闹事。

2.判断题。

列那在祭台前作了伪誓。　　　　　　　　　　　　（　　）

239

▶ 列那狐的故事

3.布里什麦为什么希望两人私下和解呢？

_____

_____

阅读与思考

1.叶森格仑对于讲和的态度是怎样的？

2.你会和欺负过自己的人讲和吗？

五十九

正式决斗

名师导读

列那和叶森格仑来到决斗场,宣誓后,两人展开了决斗。体格弱小的列那是叶森格仑的对手吗?狡猾的列那和勇猛的叶森格仑之间的决斗结果如何?让我们拭目以待!

列那面对叶森格仑,心中极为不安。虽然他很善于用言辞表达,甚至还懂得不少招魂的巫术,但要说一些对单打独斗有所帮助的话时,却一句都记不得了。【名师点睛:表明列那除了会一些小诡计外,不具备正面与别人打斗的本领,为下文做铺垫。】不过,他相信决斗足以说明问题,挥舞了两三下棍子,前臂上绕着皮带,盾牌上留下了他的吻痕,表情如同一堵高不可攀的城墙那样坚定。【写作借鉴:运用细节描写和比喻的手法,突出了列那毅然为自己打气的神态。】让我们看看现在他能做些什么。

叶森格仑首先发动攻击,这是受冒犯一方应有的权利。列那弯下腰,把盾牌举过头顶,准备迎接叶森格仑的攻击。叶森格仑一边咒骂一边用力打来:"可恶的侏儒!你羞辱我的妻子,要是今天不能为她报仇,就让我输掉这场决斗!"

"行行好吧,叶森格仑先生,"列那说:"请接受我的道歉,我的骑士亲戚们会向您致敬的,我会离开这里,到海外去。"【名师点睛:列那先示弱,让叶森格仑麻痹大意。突出了列那的狡诈。】

▶ 列那狐的故事

"你是在跟我说从我手里逃出来以后的打算吗？得了！到时候你肯定不可能出远门。"

"那可说不准。到了明天，我们看究竟是谁活得更好。"

"要是你能见到明天太阳落山的话，那我肯定要比你多活一天。"

"天哪！别干打雷不下雨！"

叶森格仑猛冲过来，列那把盾牌放在额前，伸出一只脚，把脑袋护住。他抵抗住了叶森格仑的攻击，灵巧地把棍子朝叶森格仑耳朵附近的脸颊投去，叶森格仑一下子被打蒙[昏迷，神志不清]了，身体摇晃了几下。他的头被打破了，鲜血从头上涌出，他画了一个十字，祈求上帝的保佑。难道他的妻子真是列那的同谋？他感到心烦意乱：要是有人问他现在几点，该念什么经，他肯定回答不出。【名师点睛：心理描写，叶森格仑突然被比自己弱小的列那打破了头，感觉难以置信。】

列那虽然不敢主动进攻，但至少他已做好了承受第二次攻击的准备。他一直看着叶森格仑，"嗨，您还等什么，叶森格仑？您以为决斗结束了吗？"这话提醒了艾尔桑的丈夫，于是他又冲了过来。他伸出一只脚，挥舞着棍子，然后准确地将它朝列那投去。列那及时躲避，棍子落空了。"您看见了吧，叶森格仑先生，上帝都站在我这一边。您投棍子时方向是对的，可就是打不到我。听我一句话吧，如果您重视自己的荣誉，那我们就讲和。"

"我重视的是要挖出你的心，如果我做得到，我就出家当僧人。"

叶森格仑再次冲向列那，他将棍子藏在盾牌下面，然后突然竖起，朝列那的脑袋打来。列那乘机俯下身体，躲过棍子，利用叶森格仑门户大开的机会，一棍重重地击中了他，打断了他的左臂。这时，双方同时扔掉了各自的盾牌，扭打在一起，猛烈地撕咬着对方，鲜血从胸口、脖子、身体四处喷射出来。因为叶森格仑的一条胳膊受了伤，所以他们现在是势均力敌。两人得打多少个回合，才能分出胜负呀！因为叶森格仑的牙齿更加锋利，所以留在列那身上的伤口也更宽更深。

狡猾的列那想着硬拼是很难取胜的，只得借助于技巧，于是他抓住叶森格仑，不住地绊他的脚，终于把他打翻在地。列那赶紧跳到他的身上，打碎他的牙齿，往他的嘴里吐唾沫，用指甲拔去他的胡须，还用棍子打肿他的眼睛。叶森格仑就这样被打得鼻青眼肿。【名师点睛：列那用一些下三滥的手段把叶森格仑打得鼻青脸肿，反映出列那的卑鄙无耻。】"老伙计，"列那对他说，"现在谁有理，一目了然了。您为了艾尔桑夫人和我过不去。连这么小一件事都这么在乎，我看您真是疯了。怎么能相信女人呢？她们没有一个是值得信任的，她们是所有争端之源，因为她们，亲戚朋友反目成仇，兄弟伙伴相互争斗；她们是所有骚乱的始作俑者［开始制作俑的人。比喻首先做某件坏事的人］。所以别人不管怎么说艾莫莉娜的坏话，我是不会相信一个字的，更不会为了她去拼命。"

可恶的列那就这样一边嘲讽叶森格仑，一边把拳头雨点般地砸在他的眼睛和脸上。可是，他一个失手，原先如此得心应手地打在对手身上的棍子掉了。【名师点睛：占据上风的列那开始骄傲起来，然而被叶森格仑抓住机会，这是故事的转折点，暗示下文列那被叶森格仑打败。】叶森格仑抓住时机，想站起来，可是他的胳膊受了伤，使他难以站起来。列那仍然占有着优势，但不幸的是他不小心将手指伸进了叶森格仑的嘴巴，后者用剩下的牙齿死死地咬住了它。列那痛得大声叫唤起来，叶森格仑趁机抽出右手，伸到列那的身后，将他拉倒，反过来骑到他的身上。决斗双方的态势立刻改变了：列那被叶森格仑的膝盖抵在下面，他没有祈求敌人，而是祈求罗马诸神保佑他免遭发伪誓的惩罚。叶森格仑下手毫不留情，列那昏死过去，浑身冰凉，只求一死，但他依然不肯道歉认输。【名师点睛：表现出列那为了尊严宁愿一死。】

叶森格仑怀着愤恨把列那狠狠地揍了一顿、打得死去活来之后，站起身来，他被宣布是胜利者。贵族们一拥而上，欢呼着向他祝贺，并把他簇拥在中央。看到列那输掉了决斗，狗熊布朗、乌鸦铁斯兰、

▶ 列那狐的故事

花猫蒂贝尔、公鸡尚特克莱尔和野狗罗尼奥斯高兴万分,比当年特洛伊人迎接海伦入城时还高兴。失败者的亲属徒劳地向国王求情,可诺布尔什么都不愿意听,他命令背信弃义者必须立刻被绞死。蒂贝尔为列那蒙上眼睛,罗尼奥斯绑住了他的双手。当可怜的列那长叹一口气,以说明他还活着的时候,他的第一眼投向了绞刑架上的绳索。

Z 知识考点

1. 失败者的亲属徒劳地向国王_____,可诺布尔什么都不愿意听,他命令背信弃义者必须立刻被_____。蒂贝尔为列那蒙上_____,罗尼奥斯绑住了他的_____。当可怜的列那长叹一口气,以说明他还活着的时候,他的第一眼投向了_____。

2. 判断题。

因为大意,叶森格仑在决斗前期吃了亏;也因为大意,列那最后败给了叶森格仑。（　　）

3. 简述列那与叶森格仑决斗的过程。

_____
_____

Y 阅读与思考

1. 从这场决斗中,你能得到什么教训?

2. 列那为什么在被叶森格仑打败后不肯道歉认输?

六十

神父改造列那

> **M 名师导读**
>
> 正当贝林神父为列那做忏悔时,深得国王爱戴的贝尔纳经过这里。贝尔纳听说了列那的事后,决定救赎他,让他到修道院修行。狡猾的列那会痛改前非,在修道院虔诚修行吗?

为了在临死前好好认罪,列那要求至少为他请一名忏悔师。格兰贝尔立刻通知了贝林。这位好心的神父前来听取列那的忏悔,由于列那的罪孽实在深重,所以贝林还必须确保刑罚的执行状况符合规则。

正当他为列那做忏悔的时候,贝尔纳神父经过此地,他刚从格朗蒙[山名,位于法国中部,自12世纪起成为格朗蒙修会的所在地]来。路上他遇见了格兰贝尔在哭哭啼啼,便询问他为什么如此悲伤。"啊!善良的神父,我在为列那先生所遭受的不幸而痛哭,我们即将失去他了。没有人敢在国王面前为他说情。其实,他是一位忠诚的骑士,既高尚,又谦卑。"看到格兰贝尔和刺猬埃利松伤心的样子,贝尔纳不禁动了恻隐[恻隐:对别人的不幸表示同情。形容对人寄予同情]之心。他前去求见国王,希望国王把列那交给自己,让自己把他改造成修道院的僧侣。

贝尔纳神父是最受诺布尔爱戴的教士。看见他进门,国王起身迎接,并让他坐在自己身旁。【名师点睛:为下文贝尔纳说服国王放过列那埋下伏笔。】贝尔纳开门见山地请求他饶列那一命,可是诺布尔并不回

▶ 列那狐的故事

答,而是生气地看着他。"啊,陛下,"贝尔纳继续说,"请您同意我的请求。但凡记仇的人是不可能见到上帝的。耶稣基督都能免他一死,难道您就不能敞开您的胸怀吗?不能宽宏大量一点吗?如果罪犯像他在忏悔中所说的那样,真的为上帝之爱所感动,那么就应该赦免他!既然您对我充满爱心,那么把列那的生命也交给您的爱心吧。我来见您,就是阻止对他的惩罚。我要剃度他为僧侣,要拭去他以前的罪恶,让他成为感化众人的榜样。上帝不希望处死罪人,一旦他看到罪人的忏悔,就会给他永远的救赎。"

诺布尔听着,慢慢地被贝尔纳的坚定所折服。他不想拒绝贝尔纳的请求,终于同意把列那交给他,并听凭他如何处置。【名师点睛:呼应上文。表现出贝尔纳的愚蠢和国王的假仁慈。】就这样,列那离开了监狱。他学会了修会的规矩,披上了修道院的长袍,成了一名僧侣。

过了差不多十五天,列那的伤痊愈了,身体完全恢复到了从前的状况。看到他对基督教的所有教义背得滚瓜烂熟,而且一直虔诚地履行模范教士的职责,人们都被感动;每一个和他共事的神父都爱戴他、尊重他。然而,列那神父最主要的学习内容,却是伪装虔诚,欺骗众人,使别人上当。【名师点睛:揭示了列那本性难移,不知悔改,突出他的虚伪、无耻和狡猾。】

所有人都以为列那将在修道院里待一辈子,要是他的伪善在死后没有被揭发,说不定他还会被封为圣人呢。也有人说虽然列那尽心完成圣职,但他总是念念不忘肥美的母鸡,那鲜嫩的鸡肉一直在他的心头萦绕,他心中仍有杂念。最后,与日俱增的诱惑终于战胜了列那。借助他所穿戴的圣衣,列那在很长一段时间里欺骗了僧侣们对他的信任。成天斋戒、守夜,却什么都不能吃;做法事的时候必须跟着大家一起唱圣歌,而不是让铁斯兰或尚特克莱尔唱;这一切都让他感到无聊。

一天,列那在非常虔诚地听完布道以后,和往常一样一边看着经书,一边跟在众人后面走。出教堂的时候,他发现教堂的诊所里有四只漂亮的母鸡，那是邻近城镇里一个名叫蒂博的有钱市民送给修道院的。列那神父捻(niǎn)[用手指搓转]了好长一阵时间的胡须。"说到底，"他想，"所有那些许愿节制的人跟我都不是一路人。"夜幕降临后，列那神父从房间里走了出来，径直来到诊所，找到了母鸡们住的地方。他把四只母鸡都掐死了，然后把其中的一只吃掉了，他吃得那么津津有味。接着，他连招呼都不跟修道院院长打一声，便带着剩下的三只母鸡潜逃了。

就这样，列那可能踏上了回马贝渡的路。在经过这么长时间的销声匿迹之后，他终于又回到了旧居。有人说，他的归来让贤良的艾莫莉娜略感吃惊，因为她以为列那早已经死了，以至于她不得不鼓起所有的勇气，才相信了这无望的幸福。有一些爱议论的人甚至还说，列那离开修道院的时候，艾莫莉娜正要和她年轻的堂兄弟蓬塞结婚；为了进入马贝渡城堡，我们的假行僧不得不化装成一名英国的行吟诗人。我们认为，这是恶言中伤，但不幸的是，这种说法至今还没有被明确否定。不过，上帝不会让我们在一位如此贤惠的女人脸上抹黑，所以迄今为止还没有人敢怀疑艾莫莉娜的母爱和忠贞！

Z 知识考点

1.与日俱增的_____终于战胜了列那。借助他所穿戴的_____，列那在很长一段时间里欺骗了僧侣们对他的_____。成天_____、_____，却什么都不能吃；做法事的时候必须跟着大家一起唱_____，而不是让铁斯兰或尚特克莱尔唱；这一切都让他感到_____。

2.判断题。

列那杀死并吃掉一只母鸡后，离开了修道院。　　　　（　　）

3.列那被改造成功了吗？最后他的命运如何？

_____

_____

247

▶ 列那狐的故事

阅读与思考

1. 从文中看出贝尔纳是位什么样的人？
2. 国王为什么同意贝尔纳的请求？
3. 读完全书，你有什么想法？

《列那狐的故事》读后感

今年暑假,舅舅送给我一本很有趣的书——《列那狐的故事》。当我接过这本书的时候,马上被封面上那个活泼机灵的狐狸给吸引住了。于是,我迫不及待地翻开书看了起来。

故事中列那狐来到这个世界上的方式很特别,他的到来注定了他一生的传奇。上帝给了亚当一根神棒,并规定只许亚当一人使用,但是夏娃不遵守上帝的规定,总是偷偷拿来用,因此制造了很多凶禽猛兽,给人类带来了许多麻烦。亚当忍无可忍,和夏娃争夺神棒时,不小心两人一起拿神棒击打了海面,因此出现了猫。夏娃十分生气,把神棒折成两段扔进了大海里,不一会,列那狐就出现了,当夏娃走向列那,想用他的皮毛做围巾时,列那冷笑一声走开了。

聪明的列那狐经常用欺骗的手段来得到自己想要的东西。他在马路上装死,车夫看中了他的皮毛,就把他捡起来扔上车,于是他从车上偷走了好多鱼;他欺骗乌鸦铁斯兰,让其嘴里的乳酪掉了下来,成了他的美餐,还差点把铁斯兰给吃掉;他还欺骗大公鸡尚特克莱尔,说自己现在不干坏事了,最后却吃了尚特克莱尔的好几个孩子。除了这些,列那还干了许多的坏事……那些被他伤害了的动物们可是吃尽了他的苦头。

最倒霉的要数列那的叔叔——雄狼叶森格仑,其实他们并不是亲戚。有一次,列那狐用花言巧语把叶森格仑骗到冰天雪地的湖面上,让他把自己的尾巴伸进冰窟窿中钓鳗鱼,拴在叶森格仑尾巴上的水桶逐渐被冰冻住了,可怜的他还自认为桶中已装

列那狐的故事

满鱼呢，便对自己越来越重的尾巴毫不留意。而列那却满脸得意地躲到远处偷笑。不一会儿，那些冰块变得又厚又硬，叶森格仑终于动不了了。当他大喊着向列那求救时，列那却一走了之，留下了可怜的叶森格仑……

虽然列那很聪明狡猾，但是也有被别人欺骗、报复的时候。一次，列那偶遇山雀梅桑热，他假用国王颁布的和平命令，要梅桑热给他一个和平之吻，并试图借机吃掉他。梅桑热识破了他的伎俩，让列那闭上眼睛等着和平之吻，最后列那却差点被猎人抓走。

还有一次，在列那与雄猫蒂贝尔争香肠的大战中，列那辛辛苦苦地拖走了香肠，可到最后却什么都没吃到，被雄猫蒂贝尔好好地耍弄了一次。

列那被骗的经历告诉我们，天外有天，人外有人，再厉害的骗子也会有被别人识破的时候。欺骗别人的人，最终总是要受到惩罚的。列那因为欺骗了太多人，大家一起要求狮王诺布尔审判他。幸好列那很聪明，在审判时对自己的行为进行了辩解，指出了其他动物贪心的缺点，让狮王诺布尔差点原谅了他。聪明的列那知道自己欺骗的人太多，那些仇人是不会轻易放过他的，并且狮王诺布尔喜怒无常，也不可能永远保护它，因此最后它又装死欺骗了大家一次。

看完了《列那狐的故事》，我的脑海常常冒出列那狐的样子。他那么聪明机灵，却把心思用在欺骗和捉弄别人身上，真是让人既喜欢又讨厌。从中我也得到了一些启示：聪明机灵固然是好，但要用对地方，对人真诚、谦让有礼、懂得尊重别人，才是做人的根本。

编　者

2021年3月

参考答案

引 子

知识考点
1. 夏娃　神棒　列那　叶森格仑　叔叔
   亲戚　葛令拜　很好　艾莫莉娜　马贝渡
2. C
3. 列那是夏娃气急败坏地折断神棒,并扔到大海中出世的。

一、列那夜间偷走腌猪肉

知识考点
1. 二　夜色　熟睡　屋顶　腌猪肉　家
2. 指人缺乏善意,在别人遇到灾祸时感到高兴。
3. 列那把腌猪肉切成小块,藏在床褥的草垫里。

二、农庄抓鸡

知识考点
1. 棕红色皮袄　牙齿　坚硬　咽喉　脑袋　露在外面
2. 梦见被狐狸吃进肚子里了。
3. 列那激将公鸡尚特克莱尔唱歌没有他父亲好听,想要唱出动听的歌声必须闭上双眼放声歌唱。当公鸡想要证明自己,闭上眼睛的时候,列那迅速扑上去咬住公鸡的头颈。

三、村长贝尔东上当

知识考点
1. 新歌　开心　长音　挣扎　逃脱　一棵高大的榆树
2. ×
3. 吝啬,爱财,愚蠢,老实,胆小

四、列那夺走铁斯兰的奶酪

知识考点
1. 忘乎所以　洪亮　松开　贪得无厌
   浑身颤抖　不动声色　虚荣的歌手
2. ×
3. 列那吹捧铁斯兰的歌声比他父亲唱得还要好听。于是爱慕虚荣的铁斯兰张开嘴巴放声歌唱,把抓住的奶酪掉落树下。

五、渴望和平之吻

知识考点
1. 全面和平　和平　摒弃前嫌　争吵
   官司　谋杀　相互友受　高枕无忧
2. C
3. 列那假颁国王和平令,欺骗山雀给他一个和平之吻,为了接近山雀,把山雀抓住吃掉。

六、列那逃过猎狗

知识考点
1. 树林　追赶　水沟　打道回府
2. ×
3. 列那利用修士的博爱和单纯,用他在和猎狗们赛跑的谎话骗过了修士,让修士让开了道路,然后列那穿过一条水沟躲过了猎狗的追捕。

七、列那偷鱼

知识考点
1. 争分夺秒地　搭在　慢慢直起　掀开
   一口气
2. C
3. 列那利用鱼贩贪图他的皮毛的弱点,躺在路中间装死骗过了鱼贩,鱼贩将他扔到车厢,让列那得以偷到鱼吃。

八、叶森格仑剃发受戒

知识考点
1. 寒冷　一无所获　饥寒交迫　马贝渡
   阵阵炊烟　烤鱼片
2. 对比、比喻、夸张。

251

列那狐的故事

3.贪小便宜,愚蠢。

九、列那和朋友钓鳗鱼

知识考点

1.剧痛 全身力气 追赶 高地 决战 树林

2.×

3.叶森格仑把自己的尾巴系在水桶上。

十、普利莫打钟

知识考点

1.皮盔甲 薰铁帽 铁叉 狗 剑 大棒 桎梏 斧头 狼牙棒 地狱的魔鬼

2.ABC

3.一是为了确定普利莫是否被人打死,二是为了让普利莫误以为他是特意为普利莫逃出来,博得普利莫的信任。

十一、集市做买卖

知识考点

1.指责 威胁 对抗 强 自知之明 走开 痛恨

2.×

3.因为列那担心到集市上,别人怀疑衣服是偷的,卖不上好价钱,却看上了神父怀里的肥鹅,才改变主意跟神父交换。

十二、普利莫丢鹅

知识考点

1.凝神思考 盘旋 苦思冥想 抓住 俯冲 伸出 夺走

2.×

3.爱吃独食、贪婪的人总会付出惨痛的代价,因此,要学会分享,不能占小便宜。

十三、普利莫挨揍

知识考点

1.不慌不忙 四肢 尾巴 毛皮 腿脚 牙关 嘴唇 舌头 双眼

2.你看我,我看你,不知道如何是好。形容人们因惊惧或无可奈何而互相望着,都不说话。

3.因为列那想用鱼诱骗普利莫用同样的方法去鱼贩那偷鱼,让鱼贩挨揍的,以报普利莫上次独吞鹅的仇。

十四、肉库遇险

知识考点

1.围墙的大门 救援 牙关 田野 有力 敏捷

2.B

3.因为普利莫知道列那聪明、狡猾、诡计多,想跟着列那不劳而获地得到食物。

十五、普利莫上了大当

知识考点

1.后颈 摔倒 脚下 乱踩 遍体鳞伤 魂不附体

2.√

3.列那诱骗普利莫踩到套子里面,普利莫有可能被套子夹住活活饿死,有可能被猎狗吃掉,也有可能被农夫剥去毛皮。

十六、列那招惹花猫

知识考点

1.尾巴 灵巧 自由自在 追逐 摇摆 抓住 把玩 抚摸

2.利用对方的计策,反过来对付对方。

3.列那恭维蒂贝尔的马强壮,引他进入套索,蒂贝尔发现陷阱,停了下来。

十七、列那与蒂贝尔争香肠

知识考点

1.甜言蜜语 好心 相信 保护 和平

2.×

3.因为列那对蒂贝尔的轻视和自己的爱慕虚荣。

十八、蒂贝尔闯进神父的家

知识考点

1.毛发 爪子 跃来 躲避 跌倒 知觉 马背

2.√

3."偷鸡不成蚀把米"或"搬石头砸自己脚"或"自作自受"

十九、在田野上玩游戏

知识考点

1.蚂蚁福勒蒙 白鼬博朗什 花猫蒂贝尔 松鼠鲁塞尔 造房子游戏

2.×

3.狐狸列那先假装在田野四处寻找猎物的样子,然后告诉花猫蒂贝尔,田野上有他最爱的老鼠,从而分散蒂贝尔的注意力使香肠从蒂贝尔手中落下,最后列那得到香肠。

二十、蒂贝尔的尾巴被截

知识考点

1.好言哀求 舔得 胡须 故意 无心 打翻 流了一地

2.×

3.因为两人的自私和贪婪,蒂贝尔被夹断尾巴,列那也没能偷到鸡。

二十一、有心无力的骑士

知识考点

1.郁郁葱葱 葡萄园 葡萄酒 猎场 猎物 水禽

2.A

3.骑士是一个自负、迷信、虔诚、勇猛、大方的人。

二十二、骑士狩猎

知识考点

1.獠牙 肚子 脑浆迸裂 狂怒万分 灌木 细杈 树枝 报复

2.BC

3.作者运用比喻、夸张的手法,多处巧妙运用动词生动形象地描绘出一场狩猎野猪的场景,真是引人入胜,扣人心弦。

二十三、第十张狐皮

知识考点

1.扭曲 坍塌 短松枝 歪扭 外翻 牙齿 鼻子 狗眼 头发 耳朵

2.B

3.列那伪装成墙上挂的狐狸皮躲过了多人的抓捕。

二十四、列那吞食白鹭品萨尔

知识考点

1.长嘴 脑袋 张牙舞爪 脖子 脑袋 灌木丛

2.形容身体娇弱,连风吹都经受不起。

3.列那在水中连续三次放下水草来迷惑白鹭,而白鹭发现水草没有危险,一次比一次放松警惕,列那利用白鹭的懈怠捕捉了白鹭。

二十五、想捉列那的农夫

知识考点

1.伸出手臂 举起船桨 沉重的皮鞋 跳进了小船

2.×

3.列那梦见自己和妻子在家中,家中着火,列那怎么都逃不出去。预示着列那将面临灾难。

二十六、悲惨的德鲁依诺

知识考点

1.悲痛万分 自己的身体 羽毛 一线希望 勇气 寻死

2.×

3.单纯,天真,善良,无知。

二十七、猎狗莫胡

知识考点

1.离开 粪便 骨瘦如柴 满脸苦恼 奄奄一息

2.违背诺言,不讲道义。

3.因为莫胡家的主人很久没给他东西吃了,而德鲁依诺答应帮他找到食物,所以他才愿意帮助德鲁依诺报仇。

二十八、麻雀德鲁依诺的诡计

知识考点

1.抓鸟 灌木 马车 前肢 熏肉 熏肉 带回灌木丛

2.AC

3.德鲁依诺在马夫面前假装翅膀受伤,用自己的敏捷的身法骗得贪婪的农夫下车追逐他,一旁的莫胡偷偷从马车后偷走了一块熏肉。

二十九、德鲁依诺拜访列那

知识考点

1.肚子 身体 耳朵 毛皮上 死神 一动不动 鲜血淋漓 一命呜呼

2.√

3.对于阴险狡猾的坏人,只要善于动脑子,齐心协力,一定能让坏人得到惩罚;也告诉我们做坏事是不会有好下场的,正所谓恶有恶报,不是不报,时候未到。

253

列那狐的故事

三十、列那去了艾尔桑家

知识考点

1. 都争着向前,唯恐落后
2. ABC
3. 因为列那想要鼓动狼崽向叶森格仑告发他的行为,从而让叶森格仑暴跳如雷,挑拨叶森格仑与艾尔桑之间的关系,使他们夫妻失和。

三十一、艾莫莉娜释梦

知识考点

1. 树林边　红色兽皮　好几个洞　纯白色　套不进　卡住
2. √
3. 列那假装自己中了圈套,从而伸出长长的舌头装死,让乌鸦信以为真,当乌鸦去啄他的舌头时,他马上一跃而起,抓住了乌鸦的翅膀。

三十二、叶森格仑复仇

知识考点

1. 怜悯　友谊　圈套　游戏　快乐　玩耍　模糊　泪水
2. ×
3. "扑、按、搂、咬、漫骂"等一系列动作形象写出了叶森格仑对列那的憎恨之情,也从侧面突出了列那的作恶多端。

三十三、叶森格仑独吞熏肉

知识考点

1. 狐狸　熏肉　贪欲　西瓜　芝麻
2. √
3. 农夫因为自己的贪婪,想抓住列那获得他的皮毛,为了追上列那而把熏猪肉放在地上,让叶森格仑有机可乘,叼走了熏猪肉。

三十四、朝圣路上

知识考点

1. 搜寻　仔细聆听　浑身战栗　发现　蟋蟀弗洛贝尔　唱经　停了下来
2. √
3. 因为列那的狡猾,把猎人引到叶森格仑经常活动的地方后,悄悄折回到神父的家,而叶森格仑却被猎人发现,所以才攻他。

三十五、两位冤家的和平之吻

知识考点

1. 和平　愿望　和解　讨厌　不屑一顾
2. BC
3. 国王是一个爱慕虚荣、自私自利、不明是非的昏君。

三十六、列那淹死农夫

知识考点

1. 混蛋　粪便　糊状物
2. ×
3. 列那在树上往下拉粪便到农夫的头上,迫使农夫到河边洗脸,然后列那偷偷趁农夫低头洗脸时,在后面把农夫踹进了河里,又拿大石头和土块砸向农夫,把农夫淹死了。

三十七、列那分配食物

知识考点

1. 强大　属于　合　分享　千古不变
2. C
3. 列那把所有的食物全部分配给了国王,正合国王想独吞食物的想法。

三十八、水井中的不同遭遇

知识考点

1. 危险　羞耻　冒险　饥饿感　饿死　饱受拳脚
2. ×
3. 因为叶森格仑的贪念和愚蠢,以至于听信列那的花言巧语,相信了天堂的美好的鬼话而被列那骗进井里。

三十九、不幸降临艾尔桑身上

知识考点

1. 形容认识一致,共同努力。
2. ×
3. 叶森格仑看见列那和卡在石缝的艾尔桑在一起,误以为他们俩又在偷偷幽会而气得暴跳如雷。

四十、叶森格仑夫妇上诉

知识考点

1. 座无虚席　身居要职　势力强大　腰缠万贯　至高无上

2.√

3.因为国王不希望那些和男女情事有关的不法行为闹得满城风雨。

四十一、秘密召开贵族会议

知识考点

1.雄鹿　狗熊　野猪　猴子　恨之入骨
不偏袒任何一方　法律　正义

2.C

3.因为狗熊布朗对列那恨之入骨。列那利用狗熊喜欢吃蜂蜜，诱骗狗熊误入圈套，狗熊被农夫和猎狗包围，差点丧命。所以布朗怀恨在心，迫不及待地要定列那的罪。

四十二、列那被传唤

知识考点

1.布里什麦　国王　满意　獾子　出庭　服从

2.×

3.狮王对他们俩的事一点不在意，想马上解决问题，不想为这件事烦心。

四十三、叶森格仑拜访罗尼奥斯

知识考点

1.格兰贝尔　命运　诡计　不担心　憎恨蔑视

2.×

3.列那一方面对自己的诡计很放心，另一方面他非常憎恨和蔑视他们。

四十四、叶森格仑邀请盟友

知识考点

1.同意　非常满意　朋友　写信　树林
平原　山川　亲自登门

2.B

四十五、列那的怀疑

知识考点

1.尾巴　宣誓　阴谋诡计　举世无双

2.B

3.他发现路边有埋伏，又从罗尼奥斯呼吸时肋部的起伏而猜出他没有死。

四十六、追赶狐狸列那

知识考点

1.浑身解数　无可厚非　逃跑　鲜血　计谋

2.C

3.他把所有的动物盟友都召集起来，希望他们在国王面前证明列那没有宣誓，又希望他们在五月贵族大会上继续上诉，主持正义。

四十七、叶森格仑再次控告列那

知识考点

1.驴子　嘲讽　大势已去　落井下石
忠实　争论

2.√

3.因为列那不屑于与强权斗争。

四十八、来自鸡族的申诉

知识考点

1.重燃战火　常态　冒着怒火　夹着尾巴

2.B

3.列那残忍地杀死了三只母鸡。

四十九、科佩特夫人的葬礼

知识考点

1.圣带　夜祭　祭文　领唱　圣咏
晨祭　棺木入土

2.AB

3.兔子去参拜科佩特的墓后病痊愈了，叶森格仑的耳疾也这样好了，这些神奇的事让人们以为列那杀死的是神圣的使者，更加痛恨列那。

五十、狗熊布朗品尝蜂蜜

知识考点

1.思考　脑袋　鼻子　斧子　拉长　断裂
血淋淋

2.√

3.狗熊因为贪吃上了列那的当，被列那害得掉了自己的皮毛才狼狈逃回朝廷。

五十一、第二次传唤列那

知识考点

1.耐心　爪子　牙齿　报仇　咬断
遍体鳞伤　丧魂落魄

2.×

3.没有带回列那，因为列那利用蒂贝尔的饥饿让他中了神父的圈套，被神父打了一顿，而列那趁机逃跑了。

255

列那狐的故事

五十二、第三次传唤列那

知识考点

1. 指控　荣誉扫地　死刑　金银财宝　长篇说教　绳子
2. √
3. 因为格兰贝尔带来了国王的亲笔信，列那出于对格兰贝尔的信任，相信了国王对他的愤怒，列那因此感到害怕了。

五十三、列那来到朝廷

知识考点

1. 表兄弟　克制　粮仓　忏悔　鸡舍
2. 伤心的要死，指极度悲哀，万分伤心的样子。
3. 列那并没有真诚地忏悔，去朝廷前的祈祷都是在想如何为自己的罪行辩解逃脱，而且看见修女家的粮仓不自觉地起了歹心。表明列那没有真正的悔过。

五十四、宣读指控列那的诉状

知识考点

1. 憎恨　愤怒　镇定　平静　高傲而蔑视　说话
2. √
3. 列那首先反咬别人是佞臣，指控是对他的诬陷，又列举了布朗是因为偷吃蜂蜜，蒂贝尔偷吃老鼠，才被打的，跟自己没有关系。而他认为自己喜欢艾尔桑，叶森格伦没必要抱怨。用这些颠倒黑白的话为自己狡辩，又装病以博得同情。

五十五、列那刑场逃脱

知识考点

1. 绞刑架　鬼脸　拉扯　推搡　石头
2. B
3. 因为列那的狂妄自大，目中无人和对国王以及所有人的厌恶和不满，故意挑衅众人。

五十六、列那与叶森格伦辩论

知识考点

1. 指控　惩戒　后人　教育　惊慌

2. ×
3. 告诉我们，诚实善良的人们很容易被谎言欺骗，要避免上当，就要时刻保持清醒的头脑，进行理性地分析。

五十七、决斗前准备

知识考点

1. 稍逊一筹　敏捷　以退为进　门户大开　猝不及防
2. A
3. 准备了一块圆形的黄色盾牌，一件长度不到两尺的短衣，毡呢鞋子，山楂树枝做的棍子，上面配有皮带，刮了胡子，剃掉头发。

五十八、列那与叶森格伦宣誓

知识考点

1. 拉住手　神父　宣读誓言　言语　动作
2. √
3. 因为布里什麦知道国王不想为这种事情劳心费神，想拍国王的马屁。也反映出他对贵族的包庇。

五十九、正式决斗

知识考点

1. 求情　绞死　眼睛　双手　绞刑架上的绳索
2. √
3. 列那先示弱麻痹叶森格伦，使叶森格伦掉以轻心，利用自己的敏捷身法，使用下三滥的手段打到叶森格伦，又因为列那的膨胀心理被叶森格伦抓住机会反打列那，在绝对实力面前，列那被打败了。

六十、神父改造列那

知识考点

1. 诱惑　圣衣　信任　斋戒　守夜　圣歌　无聊
2. ×
3. 列那并没有被改造成功，本性难移的列那忍受不了鸡肉的诱惑和自身狡猾的性格，最终逃回了马贝渡的家，从此销声匿迹。

256